W0000839

# Pardonnable, impardonnable

Du même auteur

*Big*, NIL éditions, 1997 ; J'ai lu, 1998. Prix du Premier roman de Chambéry.

*Gabriel*, NIL éditions, 1999 ; J'ai lu, 2002.

*Où je suis*, Grasset, 2001 ; J'ai lu, 2006.

*Ferdinand et les iconoclastes*, Grasset, 2003 ; J'ai lu, 2006.

*Noir dehors*, Grasset, 2006.

*Providence*, Stock, 2008 ; J'ai lu, 2010. Prix du Roman Version Femina/Virgin Megastore.

*L'ardoise magique*, Stock, 2010 ; J'ai lu, 2013.

*La Battle*, Editions du Moteur, 2011.

*L'atelier des miracles*, J-C Lattès, 2013 ; J'ai lu, 2014. Prix de L'Optimisme, prix Nice-Baie des Anges.

Valérie

# TONG CUONG

# Pardonnable, impardonnable

ROMAN

*À Éric.*

Comment être pardonné jamais, si on ment, puisque l'autre ne sait pas qu'il y a quelque chose à pardonner. Il faut donc dire la vérité au moins une fois avant de mourir – ou accepter de mourir sans être jamais pardonné. Quelle mort plus solitaire pourtant que celle de celui qui disparaît, refermé sur ses mensonges et ses crimes.

Albert CAMUS, *Carnets III*

J'ai toujours voulu être un salaud qui s'en fout sur toute la ligne et quand vous n'êtes pas un salaud c'est là que vous vous sentez un salaud, parce que les vrais salauds ne sentent rien du tout.

Romain GARY, *L'Angoisse du roi Salomon*

# Prologue

Elle se retourne, sourit, inspire avec lenteur pour souligner l'importance de l'entreprise. Se remet en position, tête inclinée. Prête à partir.

Et puis non.

— Attends, souffle-t-elle, sourcils froncés.

Elle rajuste sa robe à damiers rouge et blanc, coince avec soin l'ourlet entre la selle et ses cuisses.

— Au premier coup de pédale, d'accord ?

Il acquiesce, les yeux rivés sur le cadran magique.

Dans son dos, les champs habillent les collines à perte de vue. Les maïs sont à hauteur d'homme, les tournesols brûlés. Dans deux ou trois jours au plus, les tracteurs déploieront leurs bataillons. Les roues écraseront la terre, arracheront les tiges, broieront les feuilles avec sauvagerie.

— Cinq, quatre, trois, deux, un, décompte Milo avec sérieux.

Marguerite s'élance.

Un battement de cils et déjà, il l'a perdue de vue.

La route serpente et disparaît sur une centaine de mètres dans le sous-bois, réapparaît puis s'enfonce à nouveau dans les champs.

Le garçon n'aime pas ce moment où il ne la voit plus, ne l'entend plus. Il se sent seul, vulnérable, minuscule face au monde immobile.

Mais la voici qui surgit, tache rouge et blanche sur le lacet de bitume.

— Deux minutes quarante-six ! hurle-t-il joyeusement, comme si elle pouvait l'entendre.

Peine perdue, elle est beaucoup trop loin.

Elle agite les bras : Allez, Milo, à ton tour, descends !

Alors il enfourche son vélo, un vélo bleu avec des étoiles blanches peintes sur le cadre, il courbe les épaules, contracte ses muscles, murmure pour lui-même, Fonce, mon petit vieux, fonce !

Les joues giflées de vent et de soleil, la nuque moite et la mâchoire serrée, il pédale de toutes ses forces. Il ne s'agit pas de compétition ni de record à battre, seulement de vitesse, d'ivresse, il est saoul sur la petite route de campagne, saoul Milo de désir enfantin, de joie, de légèreté, saoul de bonheur – une seconde avant l'impact, il rit encore bouche grande ouverte en pédalant.

Puis tout se brise.

# LE TEMPS DE LA COLÈRE

Céleste

[illegible]

[illegible]

[illegible]

[illegible]

# Céleste

Cela s'est produit, et je n'en avais aucune idée.

J'étais assise dans cette pièce aux murs couverts d'un affreux tissu marron, entre Lino et ma mère, j'écoutais le notaire souligner combien c'était généreux de sa part, un beau geste cette donation, après tout elle était encore jeune, elle se liait les mains, se privait d'une petite fortune, ce n'était pas faute d'avoir attiré son attention sur le caractère prématuré et irrévocable de l'affaire, mais puisque madame était sûre de sa décision !

Moi, je n'étais plus sûre de rien. Je fixais le stylo que bientôt, le notaire me tendrait, le cœur comprimé par l'angoisse du condamné, mais qui s'en serait douté ? Certainement pas Lino, que j'avais eu tant de peine à convaincre des bienfaits de l'opération, encore moins ma mère, toute à sa joie sincère de m'accorder un tel cadeau, et ne parlons pas de Marguerite, puisque Marguerite ignorait tout, ma mère avait exigé le secret absolu, C'est *ma* maison, c'est *mon* choix, avait-elle averti, laisse-la en dehors de tout ça, je lui parlerai le moment venu.

Nous avions donc laissé Marguerite *en dehors de tout ça*. Résultat, tandis que nous signions l'acte sous l'œil comblé du notaire, dans ce lieu obscur où régnait une asphyxiante odeur de moisissure, le corps de mon fils, en plein soleil, rebondissait sur la route jusqu'à se tordre aux pieds de sa tante.

Je l'ai su la première. Nous descendions l'escalier, j'ai allumé mon téléphone portable, la liste interminable des appels manqués m'a sauté à la figure. Je me suis arrêtée net.

— Que se passe-t-il ? a questionné Lino, alarmé. Il y a un problème avec Marguerite ? Avec Milo ?

J'ai enclenché la messagerie, mon doigt tremblait, je savais déjà que le ciel nous tombait sur la tête.

Ils étaient censés travailler ensemble à la maison. Marguerite s'était proposé d'aider Milo la veille, lorsque nous lui avions menti de conserve, ma mère, Lino et moi, prétendant qu'il fallait choisir un nouveau carrelage pour la piscine et que ce serait ennuyeux. J'avais donné mon accord.

— À condition que tu ne fasses pas les exercices à sa place, Margue. Je les connais, vos tours de passe-passe !

Ils avaient échangé un clin d'œil malicieux que j'avais fait mine de ne pas voir, attendrie et heureuse de leur indéfectible complicité.

Le message était à peine audible, la voix de Marguerite hachée, elle pleurait, donc c'était grave, elle disait : il y a eu un accident, il faut nous rejoindre à l'hôpital.

Je me suis agrippée au bras de Lino pour ne pas m'effondrer, j'ai répété la phrase deux fois, trois fois, dix fois peut-être, Il y a eu un accident, il faut aller à l'hôpital, et deux fois, trois fois, dix fois Lino m'a laissée parler, pétrifié, puis quelque chose s'est allumé dans ses yeux, il m'a traînée dehors sous le soleil insolent et m'a assise dans la voiture, sans répondre à ma mère qui émettait des suppositions en rafales (Une intoxication ? Une chute dans l'escalier ? Une casserole d'eau bouillante ? Une électrocution ? Une piqûre de frelon ?), réclamant des détails, mais des détails nous n'en avions aucun, il faudrait attendre, attendre, attendre, le téléphone de Marguerite était maintenant sur répondeur et l'hôpital se situait à plus de trente kilomètres, trente kilomètres et une éternité durant lesquels quatre lettres occuperaient à elles seules la totalité de l'espace libre de mon cerveau, Milo, quatre lettres dans mon cœur blanc de peur, blanc de colère, mon cœur bouillant – oh pas ça mon Dieu, pas encore, pas à nouveau.

Nous sommes arrivés vers 13 heures. L'hôpital dominait la ville, les façades étaient parcourues de traînées noires, effrayantes, ici aussi, ai-je songé subitement, la pollution régnait, obstruait, rongeait, cette campagne n'était donc qu'un leurre, une promesse factice de santé et de paix !

Lino s'est garé au plus près de l'entrée, déjà ma mère était dehors, portière claquée, tandis que je demeurais enfoncée dans mon siège, je sais bien que dans les films, les livres, les cauchemars, on court, on se rue, on écarte sans ménagement ceux qui se trouvent sur son passage, on interpelle la première blouse blanche croisée, on veut savoir ce qu'il en est le plus vite possible, on exige ! Mais je voulais rester enfermée dans cette voiture jusqu'à la fin des temps, comme si cela pouvait éviter à l'information de me parvenir, à la situation d'exister.

Pas à nouveau. Pas encore.

Il y a eu un accident.

— Céleste, viens ma chérie, a murmuré Lino avec précaution, viens, il faut y aller.

Je voyais ce combat dans ses yeux, prendre soin de sa femme, contourner la blessure jamais refermée, la bombe jamais désamorcée qui menace à nouveau d'exploser, et en même temps se précipiter vers son fils, affronter, mesurer l'étendue du désastre, trouver des raisons d'espérer et des moyens d'intervenir –Lino était un homme d'action.

Je me suis extirpée de la voiture. Ma mère s'est approchée, Allons, allons, tout ira bien, a-t-elle assuré en me prenant le bras, il est impossible qu'aujourd'hui, justement aujourd'hui, quelque chose de grave arrive à Milo, c'est une fausse alerte, ta sœur a toujours su amplifier les choses, mais tu verras, on va découvrir qu'il a le poignet cassé ou l'arcade sourcilière ouverte !

Sa remarque m'a donné du courage. J'ai pensé à l'hiver dernier, lorsque Marguerite avait avancé l'hypothèse d'une tumeur au cerveau pour expliquer ses violentes migraines, tumeur qui s'était finalement muée en simple problème oculaire sans gravité, après avoir mobilisé l'attention de tous et surtout, comme l'avait souligné non sans justesse ma mère, après que Lino avait finalement accepté de la loger dans le studio du sixième étage. Deux chambres de bonne réunies, presque vingt mètres carrés qu'il employait jusque-là comme bureau et rechignait à libérer – mais comment refuser son aide à sa belle-sœur, mise à la porte par une propriétaire irascible et menacée par la maladie ?

Il m'avait tendu les clés en soupirant, c'était un véritable sacrifice, abandonner cet îlot où il aimait se réfugier tard le soir, il le faisait pour moi, par amour, de la même manière qu'il acceptait depuis toujours la présence parfois envahissante de ma mère et de ma sœur, et cet amour-là, absolu, inépuisable, ne cessait de me bouleverser, je pensais, quelle chance j'ai d'avoir rencontré cet homme.

Marguerite nous attendait dans l'entrée. On ne voyait qu'elle parmi la foule des patients, des soignants, des visiteurs, avec cette phénoménale robe rouge et blanche à damiers, ses cheveux épais et ses bras aussi fins que les miens étaient ronds, postée au milieu de la salle telle une splendide libellule égarée, elle s'est précipitée vers moi, Je suis désolée, a-t-elle murmuré entre deux sanglots, tellement désolée, Céleste, puis les mots se sont entrechoqués, vélo, chute, pompiers, transporté, choc, tête, inconscient, bloc. Bloc ! Alors ce n'était pas une fausse alerte, pas une arcade sourcilière, ni un genou écorché !

Mon corps s'est fissuré, j'ai voulu crier, hurler pour me soulager, me réveiller, mais ma gorge demeurait serrée, l'air et les sons compressés, tout s'est tendu en moi, puis à nouveau brouillé, ma mère submergée crachotait des mots, *stupide, folle, dangereuse*, la main de Lino écrasait la mienne, maintenant nous courions, souffle coupé, les couloirs se succédaient, l'ascenseur A, la passerelle, l'ascenseur B, monter, descendre, remonter, les tempes qui cognent, les indications confuses, le grincement des chariots, les chaises en plastique décoloré, les plantes jaunies, les regards gênés, puis enfin, au seuil d'une large porte vitrée, une femme s'est approchée, blouse immense tombant sur ses mollets, bloc-notes vissé contre sa poitrine comme pour la protéger du malheur qu'elle s'apprêtait à répandre, elle a pris sa voix la plus douce, mais la douceur ne changeait rien à l'affaire, rien à la conclusion, mon fils était étendu là, à quelques mètres derrière elle dans un de ces box verts, la boîte crânienne fraîchement ouverte puis refermée, plongé dans le coma – Mais rassurez-vous, madame, monsieur, Milo ne souffre pas, l'hôpital sait gérer ça, il y a des outils d'appréciation, des réponses adaptées à l'enfant.

Je n'ai pas relevé l'absurdité de ses mots, *Rassurez-vous, Milo ne souffre pas*. J'avais trop peur, trop froid, je voulais seulement savoir s'il allait m'être enlevé, arraché, qu'on ne me laisse pas encore une fois espérer, construire, développer, rêver pour tout détruire à la fin, ça je n'en étais plus capable, le terrain était miné, les ressources épuisées, vous comprenez docteur ?

Bien sûr que non, comment pourriez-vous.

Alors j'ai posé la question, simplement.

— Est-ce qu'il va mourir ?

— Nous sommes confiants, madame.

Ce matin, il est descendu torse nu pour prendre son petit déjeuner plus tôt que d'habitude, ses cheveux bruns en épis, son pantalon de pyjama trop court, a-t-il senti l'urgence de vivre, d'exploiter chaque instant avant le crash ? Il m'a embrassée rapidement, depuis qu'il a fêté ses douze ans, il n'est plus certain d'être encore un enfant alors il refuse les câlins bien qu'il en crève d'envie, renonce au chocolat au profit d'un café qu'il avale en réprimant de multiples haut-le-cœur, s'applique en somme à devenir un homme.

Je l'ai contemplé tandis qu'il dévorait ses tartines penché sur son bol, ce grain de beauté enfoui sur sa nuque à la lisière de ses cheveux, ses joues légèrement arrondies, son ventre doré, sa peau douce et souple encore épargnée par les assauts de l'adolescence. Il a levé la tête :

— Tu es sûre que je ne peux pas vous accompagner ? Après tout je suis le premier concerné par la piscine, tu ne te baignes jamais, toi, tu n'y vas même pas pour bronzer !

Je trouvais toujours une bonne excuse, la préparation du repas, couper les roses séchées, étendre la lessive, me rendre à la boulangerie du village voisin, j'aurais inventé n'importe quoi pour éviter d'enfiler un maillot de bain, exposer ma peau blanche et rugueuse, mes jambes épaisses, mes seins trop lourds, mais par-dessus tout mon ventre, ce ventre abhorré témoin à charge du passé, ces plis adipeux étranglés par la ceinture de mon pantalon – et ça marchait, j'étais devenue très forte pour masquer, mentir, arborer un air dégagé lorsque Marguerite passait, légère et bondissante, tenant Milo par la main, très forte pour que jamais ils ne sachent qu'en plongeant ensemble dans l'eau, tant de regrets m'éclaboussaient.

— Ce n'est pas une bonne idée, Milo, cela va prendre des heures, il faudra parler technique, devis, et puis on s'est mis d'accord hier, tu réviseras avec ta tante.

Il n'avait pas insisté. Il insistait rarement, de toute façon. Je lui avais transmis mon goût pour l'harmonie, un précieux renfort lorsque le ton montait entre ma mère et Marguerite : il lui suffisait d'un mot, d'une drôlerie, d'un regard tendre pour provoquer une trêve générale. Il était tant aimé.

Qu'adviendrait-il de nous en son absence ?

— Vous pouvez le voir un instant, a ajouté le médecin, mais vous ne pourrez pas rester, nous devons l'emmener pour des examens complémentaires.

Elle a observé notre petit groupe, a précisé :

— Les parents seulement.

— Eh bien, allez-y, a soupiré ma mère, visiblement contrariée. Je reste là, je ne bougerai pas.

Marguerite se tenait à l'écart, adossée au mur près de l'escalier, les yeux baissés. Ses lèvres bougeaient sans que l'on entende le moindre mot. À qui s'adressait-elle ? Un bref instant, la sensation de sa douleur aiguë s'est ajoutée à la mienne.

— Je me sens mal, ai-je prévenu Lino. J'étouffe. Je crois que je ne vais pas supporter de voir Milo dans cet état. Mon bébé. Mon petit garçon. Je ne vais pas y arriver. Je vais tomber. Je vais me dissoudre.

— Tu vas tenir bon, a-t-il rétorqué, parce que tu n'as pas le choix. Tu vas être forte parce qu'il aura besoin de ça, de force, de courage, de confiance. Il est en vie, merde. Ce n'est pas le moment de flancher, Céleste.

Où puisait-il cette énergie ? Cette détermination ? N'avions-nous pas les mêmes fantômes ?

Quinze ans plus tôt, tu n'étais pas si solide, Lino, lorsque le monde s'est écroulé. Quinze ans plus tôt, nous avons glissé tous les deux, l'un entraînant l'autre, dans l'abîme boueux du désespoir.

C'est vrai, tu as émergé le premier.

Dans quel état. À quel prix.

Il a fallu se laver longuement les mains, enfiler une casaque et des chaussons verts, désormais nous étions harnachés, deux extraterrestres projetés en plein cauchemar dans ce couloir traversé par une multitude de sons, ceux des machines, vibrant, grinçant, et ceux des êtres qui gisaient là, à portée d'yeux, râlant et gémissant, abandonnés à leur sort. Soudain je l'ai vu, mon Milo, mon enfant chéri, petit être immobile, le crâne enturbanné et le visage à moitié recouvert d'un pansement, les yeux clos, pris dans les perfusions comme un misérable insecte dans une toile d'araignée. Je me suis précipitée, le cœur rempli d'une rage violente contre la perversité du destin, j'ai pris ses doigts aimés entre les miens, ses doigts frais et inertes et j'ai hurlé son prénom, Milo !

— Doucement, madame, doucement, a ordonné le médecin dans mon dos, mais c'était inutile, tout en moi lâchait prise, se dérobait, tout s'effondrait sous les lumières crues, un glissement de terrain intérieur.

Milo, mon fils.

Pas ça.

Au secours, Lino.

# Lino

À sa manière de se cramponner à mon bras, à son regard au moment de pénétrer dans le box, j'ai mesuré sa détresse. Elle m'interrogeait en silence : comment fais-tu, Lino, pour tenir ?

C'est la colère qui me porte. Une colère froide, immense, démultipliée.

Contre moi avant tout, qui n'ai pas eu l'intelligence (le courage ? la lucidité ?) de m'écouter. Combien de fois dans une vie l'être humain éprouve-t-il ce sentiment d'absurdité, lorsqu'il sait qu'il s'engage dans une impasse ? Lorsqu'il prend une décision que tout en lui réfute ? Lorsqu'il accepte un cadeau qu'il devine empoisonné ? Lorsqu'en lui tout s'alarme et lui intime en vain de ne pas décrocher ce téléphone, monter dans cette voiture, nouer cette amitié, signer ce contrat ?

Combien de fois dans une vie l'être humain renonce-t-il à se faire confiance ?

Si j'avais suivi mon intuition au sujet de cette maudite donation, Milo serait à la maison, occupé à taper dans un ballon ou siroter un verre de menthe en comptant les hirondelles. On entendrait son rire fuser depuis l'autre bout du village, tandis qu'il débusquerait les lézards cachés dans les anfractuosités du mur ou s'entraînerait à l'alphabet sémaphore en agitant des drapeaux, une récente lubie développée avec Marguerite – il fallait les voir, postés chacun à une extrémité du jardin, tournoyant des bras, le torse fièrement bombé.

Mais il a fallu que Jeanne l'emporte une fois de plus dans l'étrange bataille qui nous oppose. Une idée de génie qui lui a permis de prendre un avantage décisif. Désormais, ma femme et sa mère auraient cela de plus en commun : cette maison. Un lien défectible seulement par la mort. Un motif supplémentaire d'accaparer Céleste, de la vampiriser. Jeanne la requerrait à tout propos pour décider d'une peinture ou du choix d'un jardinier. Elle jouerait les philanthropes en réglant des factures incombant en principe à la nue-propriétaire. À la première occasion, elle rappellerait qu'elle n'a plus grand-chose de côté pour sa retraite, mais quoi, fiscalement, c'était une opportunité à saisir pour sa fille, héroïque, elle n'a pas hésité. Un beau doublé qui nourrirait à la fois son image de mère sacrificielle et la culpabilité de sa fille.

J'avais mis en garde Céleste. Elle qui souffre depuis tant d'années d'être la préférée, accepter d'être l'unique propriétaire de cette maison ?

Je n'aime pas cet endroit. Je n'y ai jamais eu ma place. J'aime tout ce qu'il y a autour, la campagne désertée, les sous-bois traversés de soleil, et même la ligne de chemin de fer et le bruit des trains porté par le vent. Mais je n'aime pas cette maison où je passe pourtant chaque été. Depuis vingt ans je la sens comme un piège qui se referme inexorablement, poussant dehors tout ce qui n'est pas Jeanne ou Céleste. Exception faite de Milo, sous conditions toutefois : il lui est demandé d'accepter sans rechigner le *règlement intérieur*, une somme de consignes laissée en évidence sur le buffet de la cuisine.

La plupart du temps, il est irréprochable par égard pour sa mère autant que pour sa grand-mère. Parfois, cependant, il affronte cette dernière dans de naïves rébellions, comme s'il sentait confusément la nécessité de rétablir un équilibre. De me rejoindre sur l'autre bord. Il sait déjà où se situent les forces en puissance. Il a observé ces petites choses qu'un étranger ne remarquerait pas : un journal jeté avant que j'aie pu le lire, un menu composé en « oubliant » mes intolérances alimentaires, un cadeau d'anniversaire inapproprié. Autant de messages parfaitement maîtrisés qui n'ont pas échappé à sa sensibilité aiguë.

Nous le savons tous les deux : je n'ai jamais été le bienvenu.

Cela le soucie, il cherche indéfiniment les raisons, en vain – elles sont invisibles pour un enfant. Il émet une hypothèse : peut-être que grand-mère ne s'entend pas avec les hommes ? S'inquiète soudain vivement en songeant qu'il sera bientôt un homme, lui aussi.

Il a le cœur si tendre. Y penser me glace, tandis que je scrute son corps abandonné aux machines, sa gorge fine, son crâne enturbanné. Les cœurs tendres lâchent-ils plus facilement que les autres ?

Milo emploie le terme de « grand-mère » uniquement avec moi : Jeanne exige qu'on l'appelle par son prénom, et surtout qu'on le prononce « Djine », comme Jean Seberg, sa référence – elle en a d'ailleurs la coupe de cheveux à défaut d'en avoir la classe, et qu'on ne me dise pas que je suis méchant, la méchante, c'est elle.

Sa manière de me tenir à distance, les premiers temps. De m'éviter, espérant que sa fille se lasserait du fils de savetier. Puis de me sourire en soupirant lorsque les mois ont passé. De me serrer la main avec mollesse pour, enfin, m'embrasser du bout des lèvres en regardant par-dessus mon épaule, lorsqu'elle a compris que notre couple serait indestructible. Ultime stade de sa tolérance.

Une seule fois, une seule, elle m'a pris dans ses bras – mais pouvait-elle faire autrement, ce jour noir ? Les grandes douleurs unissent plus sûrement que les joies.

Cela n'a pas duré. Dès le lendemain, elle réservait sa tendresse à Céleste comme si, à la réflexion, je n'étais qu'une victime collatérale, comme si mon préjudice était moins important.

Je fais avec. J'encaisse. Je suis poli. Je joue le jeu. J'ai l'intérieur rongé à force d'avaler les couleuvres, mais qui le sait ? Depuis bientôt vingt ans je me suis appliqué à remplir mon rôle de compagnon, puis d'époux protecteur et compréhensif. Puisque ma femme est incapable de se dissocier de sa mère, j'ai pris le tout – et c'est sans compter Marguerite.

Combien de temps au cours de son existence un homme peut-il cumuler les compromis et supporter les offenses, aussi adroitement déguisées soient-elles ? Combien de temps avant que la digue ne rompe ?

Colère froide, glacée contre l'homme soumis. La voilà, la vérité, je n'ai pas été foutu de tirer les leçons du passé. J'ai pensé que l'amour méritait que l'on s'accommode de tout. Céleste m'a désarmé avec mon consentement, c'était facile, je l'aime tant – et puis elle était elle-même si candide, incapable d'évaluer la capacité de nuisance de sa mère, incapable de discerner ses stratégies, fusionnelle et fusionnée.

J'aurais dû me souvenir qu'on ne gagne rien à baisser la tête, jamais. Fuir ou affronter, mais ne pas se coucher à terre. J'ai laissé Jeanne prendre la main, elle l'a gardée jusqu'au bout, jusqu'à ce jour, maudite maison, maudite donation, maudite chute.

Mon fils est dans le coma.

Ce n'est pas un accident : c'est un meurtre en réunion.

Céleste s'est effondrée d'un seul coup – une lumière qui s'éteint.

— Vous n'allez pas nous faire la même chose, monsieur ? a demandé l'infirmière en se précipitant pour la relever, et bien sûr que non, *je n'allais pas leur faire la même chose*, je resterais debout malgré le redoublement, malgré l'horreur, malgré la peur, puisque je n'avais pas le choix, puisque l'un des deux doit demeurer la tête hors de l'eau, sinon tout le monde coule, pourtant Dieu sait que moi aussi j'aurais aimé fuir dans le néant, me noyer dans mes larmes, mais un homme ne pleure pas malgré l'envie qui le tenaille, un homme n'a pas de malaise, un homme fait taire son esprit affolé et montre son sang-froid, enregistre les données, les paramètres, un homme prend les décisions adéquates en accord avec le corps médical.

Elle est restée inconsciente quelques secondes, déjà deux brancardiers l'installaient sur une chaise roulante. J'ai essuyé les traces de mascara qui dévalaient ses joues, embrassé son front, caressé ses cheveux.

— Si vous vous sentez mieux, madame, nous allons faire le point dans mon bureau avec votre mari.

Ce matin, j'ai forcé le ton avec Milo. Il est descendu torse nu en bâillant, je lui ai fait remarquer, Tu te crois où, pour te balader dans cette tenue ?

J'anticipais la remarque de Jeanne, qui ne manquerait pas de souligner la mauvaise éducation de mon fils. J'entrais dans son jeu, de plain-pied.

— On est en vacances, papa.

— Ce n'est pas une raison pour se laisser aller.

Il s'est mordu la lèvre et m'a lancé un regard explicite qui signifiait, OK, vas-y papa, fais ton gendre idéal avec grand-mère, je veux bien te servir de fusible si c'est nécessaire.

Et ça m'a rendu fou, ce sentiment d'être pris en flagrant délit de lâcheté par mon propre fils, qu'il puisse constater que son père en était toujours là, à quêter l'assentiment du despote comme si, après vingt ans de tentatives infructueuses et malgré tout mon ressentiment, j'espérais encore qu'elle m'accorde une place dans sa vie, qu'elle m'accorde une once de reconnaissance, cela m'a empli de rage contre moi-même et puisqu'il m'était impossible de la déverser sur Jeanne, c'est encore à lui que je me suis attaqué, utilisant l'objet récurrent de conflit entre nous – son travail scolaire.

— Où en es-tu de tes révisions ?

— Papa ! Je prends le petit déjeuner ! On ne pourrait pas parler de ça plus tard ?

Il prétend que je suis un père sévère, trop exigeant. Il ignore la valeur de la liberté acquise grâce à l'instruction. J'ai essayé de lui expliquer, lui transmettre d'où il vient, d'où je viens : le fils de savetier – et encore, comme l'a aimablement souligné Jeanne, pas un artisan, non, un manœuvre, un simple ouvrier d'usine. Je viens des sueurs versées, des doigts troués, enflés, usés, je viens des puanteurs du cuir, des poumons exténués, je viens de la servitude, du contremaître cinglant, de l'effort à peine récompensé par la survie. Comment m'en suis-je tiré, Milo ? Dans ton monde, celui que je t'ai bâti, tu peux boire une orange pressée le matin, choisir parmi une pile de vêtements celui dans lequel tu te sentiras à l'aise, acheter le livre dont tu as besoin en classe, programmer ton réveil au dernier moment pour t'épargner une fatigue inutile. Tu ne dois pas te contenter d'une écœurante boisson à la chicorée, d'un pantalon dont tu détestes la couleur et la coupe, mais que ta mère a sélectionné et acheté en deux exemplaires parce qu'il est chaud, solide et bon marché, tu ne dois pas te lever à l'aube pour attraper un car qui t'amènera au train pour rejoindre la ville où tu prendras un autobus jusqu'à l'école ou la bibliothèque, par tous les temps, en toutes saisons, seul, en ayant peur de ton ombre, peur du bruit de ton ventre ou du crissement de tes semelles, parce que tu n'es qu'un gosse et que tu as déjà croisé des hommes ivres et perdus, parce que dans ton monde on meurt plus souvent et plus jeune – la preuve, ton propre père, à même pas cinquante ans.

J'ai travaillé dur parce que je devais m'en sortir, Milo, mais voilà, toi, tu n'as à te sortir de rien, du moins pas pour le moment et peut-être, sans doute même, jamais, alors tu ne connais pas ce sentiment d'urgence qui permet de gravir la face nord des montagnes. Tu fais ton travail sérieusement, mais sans véritable engagement. Tu es moyen et cela, Milo, je le refuse. La moyenne est de mon ressort, comme la vie souterraine était du ressort de mes aïeux et la vie au ras du sol, de celui de mes parents. Je te destine au sommet. Je veux te voir voler. Tu es la finalité, l'aboutissement, l'éblouissement. Là-dessus, d'ailleurs, ta mère partage mon point de vue, peu importe si le moteur est différent. Pour elle, bien sûr, c'est autre chose, une autre équation, comme si franchir les échelons pouvait te protéger du pire, peu importe, elle parvient à la même conclusion : tu dois viser le dessus du panier, le dessus de la mêlée.

Je lui ai répondu sèchement.

— Non, Milo, on ne peut pas parler de ça plus tard. Plus tard, ta mère et moi serons occupés à acheter le carrelage de la piscine, au fait, sais-tu combien coûte une piscine ? C'est agréable une piscine, n'est-ce pas ? Eh bien figure-toi, tout le monde ne peut pas s'offrir ce luxe. Ça représente beaucoup d'efforts. D'investissement personnel. Je veux le détail de ton plan de travail d'ici au déjeuner.

Milo a soupiré, sans insolence. C'était plutôt une sorte de résignation éclairée.

— Je l'ai vu avec maman hier. Je ferai de l'anglais avec Marguerite.

— Et de l'histoire. Revoyez donc l'Antiquité, ta tante vient de participer à un chantier sur une villa romaine. C'était ton programme cette année, non ?

— Justement, c'est du passé, papa. On a terminé.

— Cela s'appelle de l'approfondissement, Milo. Tu as la chance d'avoir une spécialiste avec toi, alors profites-en. Fin de la discussion.

Pourquoi n'ai-je pas abandonné un instant ce rôle surjoué de père autoritaire pour te serrer contre moi ce matin, au moment de partir ? Pourquoi ne t'ai-je pas redit combien je suis fier de toi, de ta vivacité, de ton humour, de ta générosité, de ton courage ?

Pourquoi n'ai-je jamais su baisser la garde, ôter cette armure fabriquée malgré moi, t'avouer que tu m'as épaté – souvent. Ce jour, par exemple, où j'ai appris par un de tes camarades de classe comment, à l'école, un plus grand et plus costaud que toi t'avait roué de coups, t'intimant de te mettre à ses ordres. Comment tu avais refusé et t'étais relevé dix fois, encaissant encore et encore, couvert de bleus et de bosses, le fixant droit dans les yeux, jusqu'à ce que l'autre finisse par s'arrêter, déconcerté par ton attitude.

Au lieu de te féliciter d'avoir été si valeureux, je me suis contenté de fustiger la responsabilité des surveillants.

Par un phénomène étrange, les compliments restent coincés quelque part entre mon cœur et mes lèvres. Comme si t'applaudir trop fort ou afficher mes sentiments risquait de t'affaiblir.

En rentrant le soir tard, après une longue journée de travail, je crève d'envie de t'embrasser, mais je te houspille parce que tu n'as pas rangé ton sac de sport.

En lisant ton bulletin, dissimulant ma joie, je survole tes excellents résultats scolaires et je pointe le seul commentaire vaguement critique d'un professeur réputé pour son intransigeance.

Ta mère râle : quand même, Lino, tu exagères.

Je lis la déception dans tes yeux, ton attente, je m'en veux terriblement, mais je me tais.

Une pensée subite me traverse. Se pourrait-il que tu meures sans savoir combien je t'aime ?

Le médecin a dit : *Nous sommes confiants*.

Le bureau m'a semblé vide, deux ou trois dictionnaires échoués sur les étagères, quelques stylos dans un gobelet en plastique, il n'y avait ni photo de famille, ni diplôme encadré, ni plante grasse sur le rebord de la fenêtre, tous ces détails qui normalisent, rassurent, nous laissent penser que l'on se trouve entre les mains d'un être humain aux préoccupations identiques aux nôtres, aussitôt je me suis inquiété, des rumeurs avaient fait état récemment d'une possible fermeture de cet hôpital, si ça se trouve les démarches étaient entamées, les meilleurs avaient déjà fui vers d'autres horizons, qui allait s'occuper de mon fils ?

Pour ajouter à mon malaise, la femme était blonde, jeune, trente-cinq ans à vue d'œil, le front constellé de traces d'acné mal soignée et parlait avec un accent prononcé. Par réflexe, je l'ai interrogée sur son origine. Elle a répondu dans un sourire, en tendant la main : Docteur Natalia Netchev, je viens de Bulgarie, est-ce que cela fait une différence pour vous, monsieur ?

— Bien sûr que non, voyons, ai-je rétorqué, conscient que je mentais, qu'au fond j'étais en train de douter parce que c'était une femme, parce qu'elle était jeune, parce qu'elle était étrangère et peut-être même parce qu'elle était blonde, et puis aussi à cause de ce bureau désert, angoissant, j'étais conscient que la panique m'entraînait sur des chemins nauséabonds, affligeants, mais je n'ai pas eu le temps d'éprouver de la honte – malgré les yeux écarquillés et réprobateurs de Céleste –, le Dr Netchev, stoïque, venait de reprendre la parole et détaillait la situation de Milo : traumatisme crânien *a priori* modéré, lésion de la voûte, hématome sous-dural, ablation d'une partie de l'ossétie du crâne, pose d'un capteur, surveillance de la pression, sédation.

Mon fils était endormi pour une durée encore indéterminée, mais il *devrait se réveiller*. En outre, relative bonne nouvelle, les multiples examens ne révélaient rien d'autre, le crâne avait souffert certes, mais le reste du corps, thorax, abdomen, membres, était intact, excepté une côte fêlée, quelques contusions et puis bien sûr cette joue arrachée.

— Et pour les séquelles, docteur ?

Tout le temps qu'elle avait parlé, je n'avais pensé qu'à cela, la possibilité d'un handicap, redoutant d'entendre des termes effrayants, atteinte de la moelle épinière, lésions cérébrales, paralysie, hémiplégie, tétraplégie, et puisqu'elle n'en avait prononcé aucun, je concluais à une affaire bientôt réglée, certes il s'agissait d'une épreuve de taille, mais tout de même : nous avions échappé au *presque pire* !

Hélas, le Dr Netchev possédait d'autres mots en réserve. Elle a écarté la mèche blonde qui s'échappait de son front, s'est penchée vers nous et a posé délicatement ses mains sur les nôtres, comme pour établir un lien et fluidifier la circulation de l'information, sans réaliser ce que son geste avait de terrifiant.

— Il est beaucoup trop tôt pour faire un pronostic, monsieur. Nous devons attendre le réveil et l'évaluation neurologique, pas avant vingt-quatre ou quarante-huit heures. Milo a subi un choc et une intervention très importants. Vous comprenez ?

Si je comprenais. En l'espace de deux heures, mon fils unique, mon garçon plein de vie, de gaieté, de projets, d'avenir, mon petit homme aux yeux verts avait été perforé de cathéters, intubé, drogué, scanné, le crâne découpé, opéré, refermé. Des gens – de parfaits inconnus – l'avaient tenu dans leurs bras, s'étaient battus pour le ranimer, le maintenir en vie, soulager sa souffrance, soigner ses blessures.

Et quoi ? À quelques kilomètres de là, au même moment, sa mère et moi, confortablement enfoncés dans de larges fauteuils imitation Louis-XV, écoutions benoîtement un notaire énumérer les obligations liées à la donation, puis l'interminable liste des qualités de la donatrice.

Non, à vrai dire, je n'étais pas certain de bien comprendre. Toutes ces informations formaient un magma incohérent, insupportable, irrecevable.

— Il va falloir vous préparer, a repris le Dr Netchev après un silence. Il va y avoir beaucoup de changement. Pour lui, pour vous. Pour toute la famille, en fait.

J'ai regardé Céleste et cela m'a broyé le cœur. Elle avait encore pâli. Son regard traversait la pièce, fuyait vers l'horizon. Dehors, on apercevait le balancement métronomique des peupliers plantés sur le bord du parking. Nous étions trois dans ce bureau, mais soudain je me suis senti seul, terriblement seul, et cette saleté de voix intérieure a envahi l'espace, pris le pouvoir, m'a susurré ses arguments, *soutien, aide, court terme,* tu seras plus fort Lino, il le faut bien, tu entends le docteur ? *Il va y avoir du changement,* une *évaluation neurologique*, il faut *te préparer,* ça ne durera pas, tu en as besoin, ce sera temporaire, sans excès, une béquille que l'on sort le temps de guérir la fracture et qu'on remise ensuite à la cave, rien d'autre, il ne s'agit pas de craquer, de replonger, juste de passer un cap, de surmonter la panique !

Je me suis levé et j'ai quitté la pièce sans m'excuser. J'ai couru jusqu'aux toilettes sous le regard effaré de Jeanne postée en embuscade dans le couloir, j'ai fermé la porte derrière moi et je me suis jeté à terre.

J'ai fait vingt-cinq pompes d'affilée. Il était arrivé autrefois que cela marche, que cela suffise à tuer l'envie qui fouaille le ventre et tourne la tête, à nettoyer mon cerveau de ces pensées toxiques, la terreur, l'impuissance à trouver une autre issue, mais les jeux étaient déjà faits depuis longtemps, j'étais bien trop usé cette fois pour m'en sortir à la seule force de ma volonté.

À la vingt-sixième pompe, je me suis effondré sur le sol et j'ai pleuré comme un gosse en répétant le prénom de mon fils.

# Jeanne

Il est sorti en trombe du bureau et a filé vers les toilettes blanc comme un linge, cela m'a serré le cœur, Céleste affrontait seule l'épreuve, parce qu'il y avait de mauvaises nouvelles, ça c'était acquis, il suffisait de l'apercevoir assise face au médecin dans l'entrebâillement de la porte, dos rond, tête inclinée, mains crispées sur l'accoudoir – ma fille chérie, mon adorée, rompue de douleur et d'interrogations.

Je n'ai réfléchi qu'une seconde. Je me suis engouffrée dans la pièce, je l'ai prise par les épaules, embrassée, caressée, Je suis là mon ange, je suis avec toi, tout ira bien, notre Milo s'en sortira, ce n'est pas n'importe quel garçon, c'est un vaillant, un combattant, c'est ton fils, un Polge, une lignée de peaux dures, mais elle s'est retournée comme si elle ne me voyait pas, comme si elle ne sentait pas mes baisers, comme si elle ne sentait pas mon amour, un robot, et elle a appelé : Lino, Lino !

Comment pouvait-elle ignorer ce qui arrivait ?

— Madame, a interrogé le médecin, vous êtes ?

— Sa mère. Enfin, la grand-mère de Milo.

— Bien. Je vais vous demander d'attendre dehors. Nous n'avons pas terminé.

Tu n'en fais qu'à ta tête, ma fille. Et voilà où tu en es aujourd'hui : seule dans ce bureau, lui enfermé au fond de ce couloir et moi, impuissante à t'aider, puisque je ne suis *que* ta mère. Stupide hiérarchie.

Pourtant je suis la plus robuste, je peux te porter, je l'ai déjà prouvé, n'est-ce pas ? Je n'aurai pas besoin de dérivatif ni d'armature, la perspective de ton bonheur et *a minima* le désir de vous protéger, Milo et toi, me suffisent comme carburant. Tu es mon absolue priorité. Peux-tu en dire autant de ton mari ? Enfin, ma fille, combien de blessures avant d'ouvrir les yeux ? Lino sème le malheur dans ses pas. Je me fais horreur de tenir ce genre de propos, mais il faudrait beaucoup d'hypocrisie pour le nier. C'est édifiant d'ailleurs, la manière que vous avez tous les deux de mentir au monde entier, à commencer par vous-même. De faire comme si tout avait été digéré. Comme s'il ne restait plus trace de vos luttes, plus trace de votre tragédie.

Moi, je n'ai rien oublié. Combien de fois t'ai-je récupérée désespérée, amaigrie par les nuits blanches employées à naviguer sur ton ordinateur à la recherche d'un produit, d'une technique, d'un spécialiste des miracles lorsque vous peiniez à concevoir un bébé ? Spermatozoïdes de mauvaise qualité, ça ne s'invente pas.

Bien plus tard, qui t'a sauvé la vie, ce jour abominable, alors qu'étrangère à toi-même, tu réclamais à ton tour d'en finir devant le cadavre de ton enfant mort avant d'être né ?

Je n'en tire aucune gloire, je suis ta mère, ce que j'ai fait était normal, plus encore, c'était doublement indispensable car je l'avoue bien volontiers, en te sauvant, je me sauvais moi-même.

J'aimerais qu'on me dise où se trouvait Lino durant ces temps obscurs. Qui t'a prise dans ses bras chaque jour, qui t'a écoutée gémir et sangloter, des mois durant, le cœur fracassé devant l'étendue de ton chagrin, mais l'épaule toujours solide ?

Il s'en est tenu à deux jours de congés, respectant la loi en vigueur. Il s'est présenté au bureau le jeudi matin, rasé et impassible, et a repris son travail. Je connais ton explication : il fallait bien continuer à payer le loyer et les factures, et puis, à chacun sa manière de vivre son deuil.

Nous savons toutes les deux de quelle manière il anesthésiait sa douleur – même si vous avez cru pouvoir me le cacher. Là-dessus aussi, tu l'as défendu. Tu lui tendais des bonbons à la menthe lorsqu'il rentrait, avant même qu'il ait le temps de me saluer. Tu lui coupais la parole s'il bafouillait un peu. Tu complétais les bouteilles vides. Tu évoquais des compensations nécessaires.

Je ne suis pas née de la dernière pluie, Céleste. Ton mari et ta sœur, tu cours de l'un à l'autre, tu anticipes, tu rattrapes, tu déploies les boucliers, mais eux, quand pensent-ils vraiment à toi ?

Pas aujourd'hui, alors que l'enfer s'abat à nouveau sur vos têtes, alors que mon petit-fils ferraille contre la mort. Lino est enfermé dans les toilettes, Marguerite rase le mur, évitant mon regard. À propos, personne ne lui a demandé ce qu'elle faisait avec Milo à vélo ? Est-ce qu'il n'était pas prévu qu'elle l'aide à faire ses devoirs ?

— Marguerite !

Elle a traversé le couloir, hésitant puis choisissant le plus mauvais moment, gênant les brancardiers. Comment peut-on posséder des jambes aussi fines et se déplacer avec tant de maladresse ?

— Tu peux me dire ce que vous faisiez à vélo, tous les deux ?

— Milo voulait cueillir des fleurs pour Céleste. Des tournesols.

Elle a pris une toute petite voix, elle a vingt-huit ans mais aimerait sans doute laisser croire qu'elle n'en a que dix, qu'elle n'est pas responsable de ses actes, c'est son éternelle défense, elle n'est jamais responsable de rien, ce n'est jamais de sa faute, elle n'a tout simplement *pas de chance*.

À sa décharge, elle a de qui tenir en matière de lâcheté.

— Je n'ai pas su lui refuser, c'était tellement gentil…

Mais enfin, pourquoi a-t-il fallu qu'elle s'invite une fois de plus pour les vacances ? Pourquoi n'a-t-elle pas rejoint ses amis archéologues ? Elle relate à longueur d'année ses aventures passionnantes en Égypte, en Italie, en Espagne, ses rencontres avec des scientifiques originaux et spirituels, ses découvertes, ses conférences ; elle décrit une bande joyeuse et cultivée qui la réclame à cor et à cri aux quatre coins du pays, alors pourquoi avoir accouru dès les premiers jours de l'été ?

Tu ne vois donc pas que tu en fais trop, Marguerite ?

Si, bien sûr. Tu as certains défauts, mais tu n'es pas idiote.

Tu fais semblant. Tu t'abrites derrière l'innocente et fougueuse affection que te porte Milo. Tu sais combien ta sœur y est sensible, et peu importe si par ailleurs elle souffre de te voir déambuler devant elle en lui opposant ton corps souple, tes yeux de faon, tes traits réguliers – et cette maudite croix sur ta joue mordorée. La nature s'est montrée injuste avec elle. Tandis que toi, toi, toi ! Tu as raflé la mise.

Je ne peux pas te le reprocher. Tu répliquerais qu'en cela aussi, tu n'es pour rien, et tu aurais raison.

Il n'empêche. Je peine à te voir dans cette maison. Elle est le témoin du temps où nos existences étaient encore paisibles. J'y ai vécu les dix plus belles années de ma vie – si seulement j'en avais eu conscience, mais voilà, on ne mesure correctement que ce que l'on perd. Je les ai gâchées, laissées filer, j'imaginais que les suivantes seraient encore meilleures. Je les ai à peine goûtées, comme une entrée que l'on avale à la va-vite dans l'attente du plat principal. Hélas, le plat s'est révélé affreusement indigeste et désormais il me faut le manger seule jusqu'à la dernière miette.

Ce matin, chez le notaire, je nous ai revus, Jacques et moi, voici un peu plus de quarante ans, exultant en signant notre achat. Ce n'était qu'un vieux corps de ferme étroit, sombre et mal isolé, affublé d'une porcherie dans un état épouvantable. Nous nous étions bouché le nez tout le temps de la visite en riant comme des gamins – les sols et les murs étaient maculés de boue et d'excréments laissés par les quelques volailles de l'ancienne propriétaire, décédée trois semaines plus tôt. La merde ne nous rebutait pas ! Nous possédions une résidence secondaire, je n'avais que vingt ans, lui dix-huit de plus, mais nous étions tout autant pleins de joie et de rêves. Nous avons nettoyé, décapé, terrassé, peint chaque pièce en chantant jusqu'à tomber de fatigue. Nous avons sélectionné ensemble chaque plante, chaque arbre pour composer un jardin extraordinaire qui fleurirait en toutes saisons.

Ce matin, j'ai revu Céleste courir dans l'herbe en quête d'un papillon qu'elle relâchait systématiquement après quelques secondes de captivité, puis se balancer sur le portique en me suppliant de la pousser plus haut, toujours plus haut, se mettre à pleurer de peur et d'excitation mêlées, « Maman, je vais tomber, attrape-moi ! ».

Je serrais les cordes rugueuses entre mes doigts à m'en arracher la peau pour ralentir son mouvement en douceur, elle se jetait dans mes bras, petit corps potelé, plein d'amour, me couvrait de câlins enivrants, puis repartait à l'aventure – je sens encore dans mon cou le velouté de ses baisers d'enfant.

J'ai enlevé le portique avant ta naissance, Marguerite : Céleste n'y jouait plus depuis déjà deux ou trois ans. Elle était devenue une petite fille appliquée, consciencieuse, préoccupée de faire plaisir aux autres – son père et moi, surtout. J'avais cessé d'être amoureuse de Jacques assez vite – avec du recul, je crois d'ailleurs que je ne l'ai jamais aimé, du moins passionnément : j'ai aimé l'idée de l'amour, celle du mariage et du confort social, et cela m'a donné l'illusion suffisante et sincère de l'aimer lui, le fils de médecin, déjà à la tête de son propre cabinet d'assurances, gendre idéal malgré un physique moyen.

C'était sans importance : nous formions un triangle parfait. Jacques était plein d'attentions, n'exigeait pas l'impossible, après tout lui aussi avait épousé un concept, celle d'une fille un peu moins bien née (quoique d'un père chef de subdivision de l'Équipement, tout de même), mais bien plus jeune et plus belle qu'il ne l'avait espéré après des années de célibat forcé. Céleste comblait tous les manques et je m'épanouissais dans mon rôle de mère de famille, organisant le quotidien, veillant aux besoins de chacun, structurant, préparant, anticipant. J'étais douée, Jacques le soulignait sans cesse, me glorifiait auprès de nos amis, que deviendrait-on sans Jeanne, c'est le pilier, la charpente de cette maison, elle a du goût, de la maestria dans tout ce qu'elle fait, et vous savez quoi ? Sans elle, tout s'écroulerait, je ne serais plus rien.

Tout s'est écroulé, oui. Pourtant, il s'en est fichtrement bien tiré. On me rétorquera qu'il est mort, que son cœur a cédé, certes, mais cela s'est produit des années plus tard, nous étions séparés depuis longtemps, alors qu'on ne me colle pas ça sur le dos. Il s'est enfui, le beau parleur, et il a trouvé nouvelle chaussure à son pied moins de six mois plus tard – une architecte d'intérieur à chignon de danseuse et nom à particule. Il s'est enfui, l'hypocrite, le lâche : il ne supportait pas de te voir.

Mais moi, aurais-je dû t'aimer simplement parce que tu sortais de mon ventre ? Aurais-je dû t'aimer envers et contre tout, contre la trahison, l'abandon, le mensonge ? Contre le désespoir ? Est-ce que je ne méritais pas moi aussi qu'on me protège, qu'on me défende, qu'on me soutienne ? Qui peut fabriquer des sentiments à partir du néant ?

On m'a montrée du doigt. On a murmuré dans mon dos. La mauvaise mère. La mauvaise épouse. La mauvaise femme, en somme. *Pauvre garçon. Elle ne le méritait pas.* Même mes parents ont pris le parti de Jacques ! Personne n'a su la peine immense que j'éprouvais à te voir grandir, déployer ta beauté, tes sourires, tendre tes bras sans pouvoir ressentir autre chose qu'une rage brûlante. Personne n'a su les heures passées à t'observer, à espérer, prier en vain que jaillisse l'émotion salvatrice. Comme s'il était facile et sans conséquence d'enfanter sans amour. Comme si je n'étais pas en train de crever à petit feu.

Il n'y a eu que Céleste pour me consoler – pourtant amputée de son père. Elle n'avait que douze ans mais déjà elle devinait que les coupables ne sont pas toujours ceux qui tiennent l'arme du crime.

Douze ans : ce chiffre-là est notre malédiction. Première fracture pour l'anniversaire de Céleste, seconde fracture pour celui de Milo – et toi, Marguerite, terrible dénominateur commun.

Ce matin, nous allions quitter la maison, la quitter doublement en ce qui me concernait puisque je m'apprêtais à m'en déposséder, je me suis retournée et j'ai vu mon petit-fils penché sur ses cahiers, le crayon à la bouche. Ou plutôt j'ai vu Céleste au même âge, sur cette même table, cahiers ouverts sur cette même toile cirée aux dessins de colchiques et de crocus d'automne.

Lorsque nous lui avions annoncé notre séparation, Jacques avait tenté de la récupérer. Il lui avait fait miroiter une vie facile, riche et sans contraintes.

— Avec moi tu seras libre, avait-il plaidé, je te ferai confiance, tu seras bientôt une adolescente, tu as besoin de souplesse pour t'épanouir, le bébé va tout compliquer, tu devras t'adapter à son rythme, ses priorités !

Il se souciait bien moins de la rendre heureuse que de me punir. Puisque l'avenir qu'il avait projeté n'était plus possible, il ruinerait le mien. Il était là, son véritable plan. Il me laisserait en tête à tête avec Marguerite, d'un côté les bons et de l'autre les méchantes, d'un côté le confort et de l'autre l'effort.

Mais Céleste avait déjoué tous ses pronostics. Elle avait résisté – même lorsqu'il avait promis par avance de lui offrir un scooter pour ses quatorze ans. Elle refusait de s'éloigner de sa petite sœur et avait rétorqué à son père : tu nous prends toutes les deux ou tu pars seul.

Amère jubilation.

Si elle avait su de quelle manière nous en étions arrivés là, aurait-elle fait un autre choix ?

Quelque temps après la naissance, j'avais proposé à Jacques de lui dire la vérité : après tout elle avait douze ans et faisait preuve d'une remarquable maturité. Et puis je craignais le bourbier promis par nos mensonges. Il avait refusé au prétexte qu'il était trop tard pour reculer et avait exigé que l'on maintienne la version officielle de notre divorce.

Il a ouvert un deuxième cabinet en province, acheté un immense appartement dans un ancien hôtel particulier. Il a pris Céleste la moitié des vacances scolaires, renoncé à l'idée du scooter (je l'avais menacé d'une requête en révision de son droit d'hébergement s'il envisageait sérieusement de mettre la vie de ma fille en danger), mais acheté un labrador couleur miel nommé Jessie, ce qui lui avait valu un élan d'amour et de gratitude immédiat de sa fille et m'avait contrainte à adopter un chaton dans la foulée pour équilibrer les forces.

Trois semaines plus tard, Marguerite déclarait une importante allergie aux chats. J'avais dû rapporter l'animal au refuge accompagnée d'une Céleste en larmes. Et Jacques, qui refusait déjà de prendre le bébé chez lui au prétexte que les hommes étaient incapables de s'occuper des tout-petits, avait trouvé là un argument supplémentaire : il ne fallait pas courir le risque de découvrir une nouvelle allergie, qu'aurait-on fait de Jessie.

Lino est repassé devant nous en trombe, sans dire un mot. Il a ouvert en grand la porte du bureau, Céleste se tenait maintenant debout, face au médecin, elle s'est jetée dans les bras de son mari et y est demeurée collée pendant un long moment. Il s'est dégagé lentement, comme s'il s'extirpait d'une seconde peau, et s'est dirigé vers nous d'un pas sûr.

— Vous allez prendre un taxi et rentrer. Céleste et moi attendrons auprès de Milo.

Mon gendre me chassait, purement et simplement.

— Je préfère rester, ai-je protesté. Je pourrais vous être utile.

Et tu le sais, Lino. Je pourrais réchauffer Céleste, calmer ses angoisses, essuyer ses larmes. Je pourrais souffrir, veiller, prier avec elle, je pourrais alléger sa peine, comme je l'ai fait autrefois. Elle a besoin de sa mère dans un moment pareil, est-ce si difficile à comprendre, bougre d'animal ?

— Non, Jeanne. Milo ne se réveillera pas avant longtemps. Il n'y a rien d'autre à faire, on vous tiendra au courant s'il se passe quoi que ce soit.

— Allons-y, a glissé Marguerite. C'est mieux de les laisser tous les trois.

— C'est ça, a fait Lino. Exactement.

— Je peux tout de même embrasser ma fille et voir mon petit-fils avant de partir, non ? Je m'inquiète pour lui !

— Les médecins sont très confiants.

Parfois, je me demande si Lino a conscience que j'aime *aussi* Milo. Pas seulement parce qu'il est la prolongation de sa mère et ce qu'elle possède de plus précieux, mais parce qu'il ne peut en être autrement. Parce qu'il est la joie, l'espoir, une justification du passé, un gage de l'avenir. Parce qu'il est drôle et tendre, un peu filou, assez futé pour me tendre par surprise un joli bouquet de pissenlits et de salicaires alors que je m'apprête à le sermonner pour avoir laissé traîner ses affaires. Parce qu'il est le soleil qui réchauffe nos vies, parce qu'il est notre consolation.

Je l'aime et j'ai peur pour Milo. J'ai peur qu'il ait mal, j'ai peur qu'il nous abandonne, j'ai peur qu'il choisisse de ne pas revenir.

J'ai peur des jours noirs. Du froid. De la fin.

J'ai peur de la mort, Lino.

J'entends d'ici les clics des machines, les ronflements, j'entends des coups de hache, j'entends la guillotine, j'entends la possibilité d'un monde qui s'écroule.

J'ai peur pour nous tous, peux-tu entendre ça ?

Mais puisque *les médecins sont très confiants*.

— Ce n'est pas le bon moment, Jeanne, vraiment.

Il s'entête. Il savoure l'occasion d'exercer un pouvoir, de remporter une bataille, peu importe si le combat se situe dans un hôpital.

Partout, toujours, il agit comme si j'étais une ennemie et tente d'enrôler Milo dans son camp. À la maison, il prend systématiquement et ostensiblement son parti lorsque je le critique. Dieu sait pourtant que mes remarques sont dictées par le seul souci de son éducation et l'amour que je lui porte. Dieu sait que ce serait bien plus confortable de me taire, de laisser faire ! Mais ça, aucune chance que Lino l'admette, son animosité l'aveugle. Il glousse et pousse du coude son fils lors des repas, me singeant dès que je suis occupée devant la cuisinière. Dans ces moments-là, le père sévère, celui qui peut faire copier dix fois un exercice à son fils pour une simple faute d'inattention, disparaît comme par enchantement.

Je me tais pour épargner ma fille, mais je vois tout.

Qu'est-ce que tu imagines, Lino ? Crois-tu manipuler mon petit-fils aussi facilement ? Crois-tu qu'il a oublié les heures passées à lui lire des histoires, à cultiver ensemble notre potager ? Il rit avec toi par allégeance, parce qu'il ne veut pas te décevoir ou te faire de la peine. Mais le soir, lorsque tu poses ton casque sur tes oreilles pour consulter tes journaux en t'isolant du monde, il monte dans ma chambre sur la pointe des pieds et nous regardons ensemble les photos de sa mère enfant, posées sur mon chevet. Il pointe les ressemblances entre nous trois, une fossette, une joue ronde, il s'en amuse, m'embrasse en me souhaitant bonne nuit.

De Céleste, il a hérité l'inaltérable bonté. De toi, Lino, la ténacité – seulement voilà, dans ton cas, elle vire à l'obstination.

Parfois, je me demande si tu ne règles pas d'autres comptes en t'interposant entre ton fils et moi. Des comptes dont ni lui ni moi ne sommes responsables.

— Je n'ai qu'un seul petit-fils, Lino, tu t'en souviens peut-être ?

Tiens, prends donc cet uppercut, histoire de te rappeler que les douleurs familiales ne te sont pas réservées.

Il a frissonné de la tête aux pieds : cible atteinte.

— Bon. Faites vite, alors.

— Je t'attendrai dans le hall, a murmuré Marguerite. Je m'occupe du taxi.

Elle a disparu aussitôt dans une envolée rouge et blanche.

Alors que je me dirigeais vers le box où se trouvait Milo, le cœur battant, j'ai réalisé subitement que nous nous retrouverions bientôt en tête à tête, elle et moi.

Cela ne nous était pas arrivé depuis des années.

# Marguerite

Qu'on me laisse prendre ta place. Je veux être allongée dans ce box aveugle, sur ce lit aux barreaux métalliques et aux draps blancs – ou bleus, ou gris, je n'en sais rien, je n'ai pas eu le droit de me rendre à ton chevet, personne n'a songé à me le proposer, peut-être que ce lit n'a pas de barreaux, peut-être qu'il y a une fenêtre face à toi et que tes yeux s'évaderont vers le ciel lorsqu'ils s'ouvriront à nouveau ?

Je veux avoir le crâne troué, le visage arraché, je veux souffrir à ta place parce que je sais que tu souffres, forcément, les médecins disent toujours aux familles que leurs proches ne souffrent pas, est-ce qu'ils nous prennent pour des idiots ? Ils ont taillé, découpé, ils ont planté des aiguilles et des tuyaux dans ta peau douce, ils t'ont injecté des produits de toute sorte : et tu ne souffrirais pas ?

Je veux prendre ta place. C'est à moi qu'elle revient.

Mais enfin pourquoi, Milo, pourquoi as-tu voulu absolument parler des villas romaines ce matin ? Pourquoi as-tu demandé tant de détails sur le chantier ? Tu voyais bien que je trébuchais. Tu es si sensible d'ordinaire. Lorsque tu sens qu'un sujet me gêne, tu l'évites. Tu voles à mon secours pour m'aider à esquiver les questions embarrassantes de ton père, ta mère, ta grand-mère. Tu fais diversion. Tu repères les attaques, les obstacles avant moi. Tu me protèges. C'est ainsi depuis ta naissance, depuis que ta mère t'a posé dans mes bras – ah, la tête de Jeanne, ce jour-là.

Un fil invisible s'est tissé entre nos deux cœurs. Un fil d'amour simple, pur, sans motif.

Personne d'autre que toi, Milo, jamais, ne m'a regardée sans filtre. Ta mère est dans la compassion, la mienne dans la contrainte et le devoir. Ton père me juge, guette mes faux pas, le mien est mort et avant cela, c'est moi qui semblais morte à ses yeux sans que j'aie jamais su pourquoi.

Pour eux, je suis une préoccupation, une tache disgracieuse, une erreur de parcours, un encombrement. Pas pour toi.

Pourquoi as-tu été insistant ce matin ? Était-ce si urgent de travailler sur l'Antiquité ?

Depuis tes douze ans, quelque chose a changé. Tu fronces les sourcils, tu bombes le torse, on dirait que tu en as assez d'être un gosse. Je crois que tu veux impressionner ton père. Ou peut-être rassurer ta mère, qui a toujours peur de tout te concernant. Tu veux montrer que tu n'es pas si fragile, que tu es devenu grand, responsable.

Mais c'est une illusion – et je sais de quoi je parle. Il suffit d'observer tes joues roses lorsque tu pédales à côté de moi, de t'entendre rire en sautant dans la piscine ou chantonner en mangeant ton goûter, ça, tu vois, c'est la preuve ultime que tu es encore un enfant, seuls les enfants prennent un goûter, quand on grandit on n'y pense même plus, on s'accorde éventuellement un verre en fin de journée, on ne surveille pas sa montre comme tu le fais avec fébrilité lorsque approchent les 16 heures 30.

Je donnerais tout pour être à ta place, Milo. Que ce soit toi qui rentres en taxi, assis à côté de Jeanne.

Elle s'est collée à la portière, c'est inconscient mais permanent chez elle, elle crée une distance de sécurité entre nous. À croire que je suis porteuse d'une maladie honteuse et contagieuse.

— Tu éplucheras les haricots en arrivant.

Elle s'adresse à moi du bout des lèvres, sur un ton monocorde, le regard ostensiblement détourné. Lorsque j'étais plus jeune, c'était autre chose, elle criait, s'agaçait, multipliait les soupirs, les yeux levés au ciel, les tapotements nerveux du doigt sur la table ou du pied sur le sol. Elle est passée de l'exaspération à l'indifférence. Avec une constante : en vingt-huit ans, je ne l'ai jamais vue manifester à mon égard le moindre signe de tendresse, quelles que soient les circonstances. À cinq ans, je me suis cassé le bras dans la cour de récréation ; à sept, j'ai été opérée de l'appendicite en urgence ; à neuf, elle m'a renversé du thé chaud sur la cuisse et, quelques mois plus tard, elle m'a administré par erreur un bêtabloquant. J'aurais aussi bien pu faire un arrêt cardiaque ce jour-là, mais tout ce qu'elle a trouvé à faire, c'est pester contre les appellations des médicaments génériques.

Pour le reste, elle a traité les situations, rempli les formulaires, mis à jour les dossiers, changé les pansements avec rigueur et application. Rempli la fonction minimale de mère, si l'on peut dire. Sans embrassade, sans caresse, sans aucun affect apparent. Tu imagines, Milo, un monde sans caresses ? Toi qui en reçois tant, et de tous, depuis toujours !

Pourtant, je ne lui en voulais pas. Je la croyais fragile, je n'avais pas dix ans mais je me sentais responsable de son éternelle fatigue et de ses supposés soucis financiers. Si je me réveillais la nuit en plein cauchemar, ou bien fiévreuse, je restais confinée dans ma chambre pour ne pas la déranger. Si j'avais trop mal ou trop peur, j'allais chercher Céleste sur la pointe des pieds. Ta mère, Milo : mon refuge, mon oasis. Elle était encore à l'université, travaillait tard le soir pour obtenir son diplôme, elle aurait pu m'envoyer promener, mais non, elle me serrait contre elle, me consolait, prenait ma température en chuchotant, passait un mouchoir humide sur mes tempes, replaçait une mèche de cheveux avec délicatesse derrière mon oreille.

Elle faisait rempart, du mieux qu'elle pouvait, trouvant des excuses à Jeanne sans déprécier ma peine, arguant qu'il était difficile d'être une mère seule, assurant que sa dureté n'était qu'apparente, qu'elle était simplement maladroite.

Je m'évertuais à la croire. Avais-je un autre choix ?

J'observe Jeanne du coin de l'œil. Ses lèvres sont pincées, ses genoux serrés, ses doigts refermés sur son sac à main. Cela me saute soudain à la figure : sa tenue. Elle porte un tailleur prince-de-galles un peu démodé mais bien coupé, orné d'une broche en émeraude, un bijou de famille. Toujours en représentation, même pour un carrelage de piscine. Elle lime ses ongles avant d'aller au marché. Elle se maquille dès le saut du lit, au cas où quiconque sonnerait à l'improviste. Elle préfère s'enfermer chez elle quand son coloriste est absent, plutôt crever que de sortir avec des racines grisonnantes.

Parfois cela me déroute, la voir faire tant d'efforts pour être une autre. Céleste dit que ce côté reine d'Angleterre de second choix, c'est la faute du divorce, elle dit que Jeanne voulait être une vraie bourgeoise et une grande dame, mais que sa formation a été interrompue trop tôt, elle est restée en suspension entre deux mondes, frustrée et incomplète.

Parfois, je me demande si elle existe encore, je veux dire la personne qu'elle a forcément été un jour, l'enfant, la jeune fille, celle qui a dû éprouver des sentiments, des espoirs, de vraies joies, de la spontanéité, car, du plus loin que je me souvienne, Jeanne n'est plus désormais qu'une construction, un reflet dans le miroir des autres qu'elle arrange d'un geste ou d'un mot.

Un mot presque toujours sec, lorsque j'en suis destinataire.

— Au fait, qu'as-tu fait des vélos ?
— Ils sont restés là-bas.

Elle a ce regard irrité qui signifie : décidément tu n'en rates pas une, ma pauvre fille.

— Tu as laissé le vélo de Milo sur le bord de la route ? Pince-moi, je t'en supplie. Mais qu'est-ce que tu as dans la tête ? Tu ne sais pas combien il y tient, à ce vélo ? Et son père, qui l'a peint de ses propres mains ?

La maison était restée fraîche malgré la chaleur étouffante. Sur la table de la cuisine, ton bol, ton livre d'anglais, ton cahier, ta trousse ouverte et tes feutres éparpillés. Tu n'as pas pris la peine de ranger, nous étions censés faire un tour rapide, vingt minutes au plus, puis reprendre le travail sur l'Antiquité. En fait je comptais bien ne jamais le reprendre, du moins pas avant quelques heures, le temps que je puisse m'armer sur le sujet. Je comptais traîner, j'espérais qu'en rentrant nous trouverions tes parents et ta grand-mère dans la cuisine, que l'on enchaînerait sur le déjeuner.

Tu n'es pas revenu. J'ai pris la mauvaise décision et je t'ai envoyé à la catastrophe, tout ça pour m'éviter des ennuis. Il faut dire aussi : Lino ! En plein mois d'août, t'imposer de revoir le programme de l'année passée ! Ça ne lui suffisait pas que tu aies déjà refait tous tes contrôles de maths et rempli deux cahiers de révisions en français ? Ce type est tordu. Il veut tellement que tu deviennes « quelqu'un ». S'il pouvait, il te ferait dormir avec des électrodes sur le crâne pour absorber l'*Encyclopaedia Universalis*.

À moins, bien sûr, que tout cela ne soit qu'un prétexte. C'est l'hypothèse alternative, la plus sérieuse à vrai dire : il a des doutes, alors il essaie de me prendre en flagrant délit. Ça lui plairait de me coincer. De me sortir du jeu, si possible définitivement.

Ton père a un problème avec moi, Milo. Il est jaloux de l'affection que me porte Céleste et jaloux de la tienne. Mais surtout : il ne m'aime pas, ou pas comme il faudrait, ce qui revient au même – en fait, c'est encore pire. Il y a ce fragment d'interdit vieux de presque quinze ans qui s'est enraciné entre nous, invisible, indicible, ce fantôme poisseux et pourrissant.

Est-ce que j'y pouvais quelque chose ? Est-ce que j'aurais dû crier ce soir-là, lorsqu'il s'est glissé, ivre, dans mon lit ? J'ai pensé à Céleste, assommée par les somnifères, Céleste au bord du gouffre, près de s'y précipiter. J'ai eu peur, j'ai eu envie de vomir, parce que cet homme n'était pas un homme mais un frère, c'est bien ainsi que Céleste me l'avait présenté lorsque j'avais neuf ans, « Lino n'est pas seulement mon amoureux, il sera ton grand frère, ma chérie, il te protégera avec moi ! ».

Six ans plus tard, mon *frère* se tortillait sous mes draps, empestant le whisky, il n'y a pas de mal à se faire du bien, bégayait-il en me tripotant, Tout cela n'a aucune importance puisqu'on va tous mourir, pas vrai ?

Il était trop saoul pour me pénétrer. Un morceau de chair molle, flottante, fétide.

Je n'étais plus vierge. D'autres avant lui m'avaient déjà appris qu'à quinze ans, on n'est plus un enfant – avec mon consentement, mais c'est une autre histoire.

Voilà pourquoi, sans doute, je l'ai laissé faire. Parce que je ne valais pas le coup, parce que Céleste souffrait trop, parce que Lino aussi d'ailleurs, parce qu'il ne bandait pas, et parce qu'il y avait déjà un mort dans cette affaire.

Je n'ai pas dormi, je suis restée recroquevillée au bord du lit, ignorant que désormais je passerais chacune de mes nuits dans cette même position, repliée, refermée, verrouillée – ce n'est qu'avec le temps qu'on mesure la profondeur de nos blessures. Lui s'est écroulé deux ou trois heures puis s'est réveillé subitement, Qu'est-ce qu'on a fait, a-t-il sangloté, qu'est-ce que je fous là ?

Il s'est arraché les cheveux, s'est cogné la tête contre les murs, je crois qu'il aurait aimé qu'elle éclate à ce moment précis, il aurait aimé en finir, rejoindre l'enfant mort dans le néant, mais il fallait bien qu'il tienne pour Céleste, et moi aussi il fallait que je tienne pour Céleste, alors je lui ai simplement fait signe de quitter la pièce.

Nous n'en avons jamais reparlé. Il faut croire que le silence était une évidence pour chacun de nous, pourtant aujourd'hui je sais que c'était une erreur, c'était laisser l'infection se développer en toute discrétion, c'était nous condamner à perpétuité, parce qu'il y a des secrets dont il faut parler tout de suite ou plus jamais, et voilà où nous en sommes aujourd'hui, il ne me supporte plus, à travers moi il éprouve le souvenir de sa faiblesse, de ses désirs de vie et de mort mêlés, alors il tente autant que possible de m'effacer, de m'éloigner, peine perdue, je m'accroche, je résiste, je refuse de me laisser évincer, sinon, à quoi bon.

Peut-être avait-il un plan ce matin. Peut-être a-t-il entrevu la possibilité de se débarrasser de moi.

Quoi qu'il en soit, la déflagration fut la même.

Je suis celle qui l'a provoquée.

Oh, Milo, comment revenir en arrière, modifier l'un des paramètres de cette journée, l'idée folle de Lino, ma peur de tout perdre, ton envie de bien faire, les morceaux de terre séchée abandonnés par les roues des tracteurs, le soleil aveuglant, ta main crispée sur le frein, ton front incliné, ta joie et ta rage, ma vitesse et la tienne, le chrono !

Il suffit de si peu de choses pour que nos vies bifurquent.

J'ai rangé tes affaires avec soin et je les ai portées dans ta chambre, sur le petit bureau qui jouxtait ton lit. Tu y as posé une photo de nous deux dans la piscine, assis sur une énorme bouée. On y voit un très petit garçon d'un an, dix-huit mois au plus, blotti entre mes jambes. Ton visage relevé, tu me regardes et tu ris aux éclats, ce rire franc et joyeux qui te caractérise encore aujourd'hui. On y voit aussi un sourire d'enfant sur mon visage, peu importe si j'ai déjà dix-sept ans, avec toi et seulement avec toi je peux être insouciante, enfin baisser la garde, oublier les mensonges et les déceptions, vivre tout simplement, revivre même, je n'ai rien à faire, aucune réflexion à mener, ta présence suffit, sur cette photo, vois-tu, je souris avec bonheur et ce sourire-là, ce bonheur-là sont entiers, absolus, transparents.

Tes draps formaient une boule en chiffon au fond du lit. Tu as dû les repousser de la pointe des pieds pendant la nuit – tu as toujours trop chaud, même en plein hiver.

Je les ai remontés, j'ai ramassé et plié un T-shirt qui traînait sur le sol, puis je me suis allongée à ta place, crucifiée par ton absence et la crainte des temps à venir, écrasée par la colère et autant d'injustice.

Il faut que tu te réveilles, Milo. Il faut que tu vives.

Il faut que tu sortes de ce box, de cet hôpital, de ce cul-de-sac imprévisible. Nous sommes tous en danger.

J'ai fermé les yeux, peut-être pourrais-je communiquer avec toi, t'envoyer des forces fraîches, me jeter dans la bataille à tes côtés ?

Dehors, les tourterelles déchiraient le silence de leur roucoulement.

Le temps s'est arrêté.

Brièvement.

— Marguerite ! a crié Jeanne. Et ces vélos ? Tu comptes t'en occuper à Noël ou bien à Pâques ?

# LE TEMPS DE LA HAINE

# Céleste

Mon corps pèse si lourd. L'air est si lourd. Les mots sont si lourds.

Je refuse de me lever, de parler, je peine à respirer. Je conserve ma main posée sur la tienne, je la caresse parfois, j'attends, j'espère.

Tu ne bouges pas. Rien. Pas un tressaillement.

Le médecin a dit, C'est normal, il est sous sédation.

Normal ?

Voici quinze ans aussi : tout est normal, madame.

Le noir me monte à la gorge, un plomb liquide, brûlant, incontrôlable.

Voici quinze ans, rien ne bougeait non plus. Pas un tressaillement.

Le corps est resté à la morgue de l'hôpital, deux mois. Au courrier, nous recevions des lettres de félicitations de la Caisse d'allocations familiales, des échantillons des fabricants de couches et de petits pots.

Quinze ans, et me voici renvoyée à la nuit.

De nouveau je suis la mère de l'enfant mort. De nouveau je suis la femme de l'homme détruit.

Faire silence.

Qui comprendrait ?

À l'époque déjà, les bons conseils.

Il faut relever la tête, Céleste.

Vous êtes encore jeunes, vous aurez d'autres enfants.

Sortez, bougez, vivez, c'est mal de rester enfermée.

Pleurer ne résout rien.

Je serre ta main en silence, Milo, je me mords les lèvres pour ne pas hurler ma révolte. Pour ne pas hurler ma douleur.

Tu es parti, tu as pris ton vélo pour me cueillir des fleurs : ta grand-mère me l'a soufflé lorsqu'elle est venue t'embrasser hier après-midi. Elle croyait sans doute bien faire – elle croit toujours bien faire, malgré quelques dégâts.

Donc, tu luttes pour ta vie à cause d'un bouquet de fleurs qui m'était destiné.

Voici quinze ans : l'enfant mort par ma faute, déjà.

Oh, pas selon les médecins, bien sûr. Selon les médecins : le hasard, l'inexplicable, les statistiques. En résumé, pas de chance. Rien à voir avec moi, *puisque tout était normal, madame.*

La vie nous a trompés jusqu'aux dernières minutes, aux dernières contractions. Avec cruauté, elle nous a laissés nous réjouir. Lino tenait la caméra dans une main, l'appareil photo dans l'autre, surexcité de joie. Le cœur a cessé de battre juste avant l'expulsion.

Plus de son.

Plus d'enfant.

La caméra et l'appareil photo par terre, brisés.

Lino à genoux.

Mon ventre, un cercueil.

Voilà pourquoi, deux ans plus tard, Milo, nous n'avons pris aucune image de ta naissance. Même lorsque tu as poussé un cri vigoureux, il nous a fallu du temps pour y croire. Tu fus une telle surprise.

— Céleste !

Durant deux ans, nous avions sombré lentement vers les grands fonds. Lino, devenu presque muet, avait repris le travail. Dans sa sacoche, une flasque de whisky qu'il vidait avant de pousser la porte de son bureau – sa manière de mourir au monde, mais aussi de boucler la boucle en mémoire de son père.

Ses performances n'ont pas baissé. Lors de son évaluation annuelle, le directeur général a souligné son courage et annoncé une prime, Avec ce que vous avez traversé, nous sommes heureux de pouvoir faire un geste. Lino a refusé : Tu peux te la foutre au cul ta prime.

Le directeur a hoché la tête, Je comprends, a-t-il répondu en bafouillant, je comprends Lino, comme vous voudrez, nous pourrons en reparler plus tard.

Il ne comprenait rien, RIEN ! Comment aurait-il pu, hein ?

À mon tour, je suis retournée à l'entreprise, j'ai repris mon poste de comptable. La psychologue de l'hôpital, les médecins, les amis m'y ont poussée avec insistance.

— Ça te changera les idées, Céleste, et puis sinon, qu'est-ce que tu pourrais bien faire, tourner en rond dans ton appartement ?

J'ai dit : d'accord. Il y a un certain confort à aller dans le sens de la doxa, à s'épargner les débats vains, à gagner du temps. Je pensais : ça ou autre chose, ça ne fait aucune différence, je peux être au bureau, à la maison, sur la planète Mars, j'aurai toujours le cœur arraché et sanguinolent, alors pourquoi pas.

Ils étaient gentils, embarrassés, ils faisaient de leur mieux. Je ne leur en voulais pas.

J'ai préparé mes affaires comme pour une rentrée des classes. J'ai taillé mon crayon à papier, acheté un nouveau carnet de notes, vérifié ma réserve de cartouches d'encre sans réaliser un seul instant que je n'étais pas là, du moins pas vraiment, tous ces gestes étaient accomplis par un corps parfaitement dissocié d'une conscience en orbite.

Le jour de la reprise, j'ai fait en sorte d'arriver en avance afin d'éviter les conversations de couloirs. Je me suis installée à mon poste et j'ai ouvert mes dossiers, résolue à remplir ma mission de mon mieux, mais les chiffres formaient une sorte d'obscure mosaïque allégorique, impossible à décoder, et tout ce que j'ai réussi à faire, c'est modifier les données de la paie, attribuer des augmentations à certains, supprimer des cotisations à d'autres et envoyer des relances pour des factures déjà réglées.

Le midi, j'ai traversé la cantine enveloppée d'une multitude de regards emplis d'une commisération sincère, mais qui se détournaient à mon approche : personne n'a envie de partager son déjeuner avec celle qui a porté un enfant mort.

Je me suis assise seule au bout d'une table.

À l'extrémité opposée de la salle, une jeune femme très enceinte posait la main d'une collègue sur son ventre, riant aux éclats. Une émotion intense m'a brusquement privée d'air. Je me suis levée et je me suis dirigée dans sa direction, après tout, peut-être pourrait-elle m'éclairer ? Peut-être saurait-elle pourquoi la foudre avait choisi de me frapper, moi plutôt qu'elle ou n'importe qui d'autre ?

Mais j'ai été interrompue par Annie, la directrice financière. Elle avait surgi sans un bruit et m'a arrêtée avec mille précautions, craignant sans doute le geste de folie, l'entreprise éclaboussée.

J'étais si loin de tout cela.

— Nous devons parler, Céleste.

Dans son bureau, imprimée et punaisée sur le mur de liège, chacune de mes erreurs était cerclée de ronds rouges rageurs ou surlignée de couleurs fluorescentes.

— Vous n'auriez jamais dû reprendre votre poste aussi tôt. Vous n'êtes pas prête, c'est bien naturel après tout. Vous savez, personne aux ressources humaines ne m'a demandé mon avis, alors que je suis tout de même la première concernée ! Deux mois de repos semblent un minimum après un tel drame. Ne vous faites pas de souci, rien ne sera retenu contre vous, même si, je ne vous le cache pas, quelques clients ont profité de la situation pour obtenir des gestes commerciaux – mais passons, ce sont des détails. Je vous demanderai seulement de consulter dès aujourd'hui afin de vous faire prescrire un arrêt de travail. C'est la meilleure solution pour tout le monde.

J'ai dit : d'accord.

Au passage, j'ai compris que j'avais été observée depuis le début de la matinée, ou plutôt surveillée, mais cela m'était autant égal que le reste, je n'en voulais pas le moins du monde à Annie, pas plus qu'à mes autres collègues, j'ai repris mon carnet, mes crayons, et je suis rentrée à la maison.

En me saluant, alors que je franchissais le seuil, elle a ajouté, pleine d'empathie : Vous avez bien le temps pour la suite, Céleste, hein ? Restez positive, c'est ça le secret !

D'accord, Annie, d'accord.

On m'a fourni un arrêt de travail initial de deux semaines, qui s'est vu par la suite prolongé indéfiniment. À la maison, cependant, je continuais à compter. Neuf virgule deux mort-nés pour mille naissances, de quoi on retranchera cinquante pour cent d'interruptions médicales de grossesse, huit cent mille naissances par an, à rapporter au nombre de femmes en âge de procréer dans mon immeuble, dans ma rue, dans mon quartier, dans ma ville, dans mon pays. Nombre de passantes, de poussettes, d'enfants, durée moyenne entre deux passages sous mes fenêtres, couleurs dominantes des vêtements, fréquence des cris et des rires, heure des biberons, probabilité du décès *in utero* avant deux, quatre, dix, vingt-deux, trente-sept, trente-huit semaines, trente-huit semaines et six jours.

Je prenais en note, j'opérais des tris complexes en fonction de l'âge probable de la mère, de celui des enfants, du stade estimé de la grossesse.

Presque tous les après-midis, ma mère me rendait visite. Elle s'installait sur le lit et je m'allongeais à côté d'elle, la tête sur ses genoux. Je pleurais en lui tendant mes tableaux.

— Tu sais bien, Céleste, murmurait-elle, je n'ai jamais été forte en maths. Ces calculs, pour moi, c'est du chinois.

Comme si je ne voyais pas qu'elle jouait la comédie pour me protéger. Comme si j'ignorais que tout ceci n'avait aucun sens.

— D'accord, maman.

Sitôt sortie du cabinet d'orthophonie, où elle travaillait en tant qu'assistante à mi-temps, elle se hâtait de faire les courses avant de me rejoindre. En fin de journée, elle préparait le dîner, puis attendait avec moi le retour de Lino.

Elle ne me disait pas comme les autres : Sors, bouge, vis.

Elle ne disait pas : Tu devrais t'habiller, te coiffer un peu mieux, faire un effort en somme.

Elle se contentait de me supporter, à tous les sens du terme.

Le week-end, elle venait accompagnée de Marguerite, de retour de l'internat. Elles prenaient place avec moi sur le canapé, chacune d'un côté, tandis que Lino occupait le grand fauteuil de cuir.

Lorsqu'il s'éclipsait, à intervalles réguliers, Maman levait les yeux au ciel et soupirait ostensiblement, pour souligner qu'elle savait ce que nous savions tous à son sujet. Je ne relevais pas. J'écoutais Marguerite raconter des histoires qui me paraissaient extraordinaires – mais peut-être l'étaient-elles seulement en regard de ma morne existence.

Ma sœur réclamait systématiquement de passer la nuit chez nous, ce qui irritait ma mère au plus haut point.

— S'il te plaît, Céleste.

— Marguerite, tu vas les encombrer ! Tu es déjà restée le week-end dernier ! Et celui d'avant ! Quel âge as-tu, enfin ?

— Maman, c'est à Céleste que je m'adresse. S'il te plaît, Céleste.

Je la revoyais petite, ses cheveux noués en tresses courtes, lorsqu'elle se faufilait dans mon lit en pleine nuit, se blottissait contre moi. L'espace d'un instant, mon cœur se réchauffait.

— D'accord.

Sais-tu où dormait Marguerite, Milo ?

Dans ta chambre. La chambre de l'enfant. Lino avait arraché la moquette aux motifs stellaires et le papier peint bleu pâle la semaine suivant le jour noir. Il avait démonté le lit à barreaux et l'avait descendu dans la rue. La pièce avait repris son aspect d'origine, parquet ancien vitrifié, murs blancs, miroir posé au-dessus de la cheminée, clic-clac premier prix collé dans un coin.

Parfois, tu sais, il m'arrive encore de trembler en poussant la porte – au cas où ces treize dernières années n'auraient été qu'un rêve. Au cas où tu n'existerais pas et qu'il ne me resterait plus qu'à prolonger la glissade. Mais c'est bien ta chambre, Milo. Désordonnée et joyeuse. Ce sont tes photos lumineuses accrochées au mur, c'est ton sourire qui m'accueille, l'écho de ta gaieté.

Je ne glisse plus depuis longtemps, depuis que tu es apparu : contre toute attente, un matin, l'étincelle avait surgi du désespoir et d'une étreinte désenchantée.

J'avais d'abord pensé à une maladie ou à une ménopause précoce, mais le médecin avait confirmé : quatre mois de grossesse, madame, mes félicitations et mes respects au papa.

Nous aurions pu déménager, construire un nouveau décor autour de toi, t'épargner la mémoire des lieux, seulement nous avions tellement peur, surtout moi. L'autopsie n'avait rien donné après la mort de l'enfant. Tout avait été envisagé, analysé, décortiqué, en vain. Ce n'était pas un problème de placenta, de cordon, de malformation, ni même de génétique.

C'était donc bien un problème de mère.

Allais-je réitérer la catastrophe ?

Ne plus prendre aucun risque, demeurer calfeutrée, se faire oublier du destin. J'ai refusé de quitter l'appartement, la chambre, le lit.

L'obstétricien s'est montré compréhensif.

— Si cela vous rassure, a-t-il commenté, pourquoi pas ? Sachez cependant qu'il n'y a aucune raison pour qu'un accident se reproduise.

Aucune raison : à d'autres. L'accident vient de se reproduire. Avec un effet retard considérable, certes. Sous une forme différente, certes. Mais encore une fois : un problème de mère.

Tu voulais me cueillir un bouquet de fleurs.

— Céleste ! Tu m'entends ?

Un sursaut.

Marguerite se tient derrière moi. Elle ne porte plus cette robe spectaculaire, aujourd'hui elle est en jean avec une chemise à carreaux dans les tons bleus – peu importe, elle est toujours aussi jolie.

— Maman m'a dit que je pouvais venir en fin de matinée. Il y a longtemps qu'elle est partie ? On a dû se croiser sur la route.

Elles se relaient. Les infirmières pensent qu'elles font en sorte de ne jamais nous laisser seuls, Lino, Milo et moi. Elles sont épatées : quelle famille solidaire. La vérité est ailleurs, au moins partiellement. Maman s'est organisée comme toujours pour éviter sa cadette. Le prétexte est en or massif : chacune son tour au chevet de l'opéré.

Comment peut-on être à ce point distant de son propre enfant ? J'ai essayé à plusieurs reprises d'aborder le sujet lorsque Marguerite était petite : je me sentais si coupable de recevoir tant d'amour de notre mère quand ma sœur ne recevait qu'une attention mesurée.

Maman niait, minimisait, prétendait qu'il y avait plusieurs manières d'aimer. Si je la poussais dans ses retranchements, elle finissait par répondre que tout ça, c'était la faute de mon père, du divorce, qu'on ne peut pas construire sur des ruines, que ce n'était pas si simple, que personne ne pourrait comprendre, alors à quoi bon s'expliquer, *On n'est pas au tribunal, merde !*

Sa voix se tordait, s'étouffait, son regard fuyait, ses yeux s'embuaient, Je t'en prie, Céleste, parlons d'autre chose.

Je finissais par lâcher prise, désemparée par tant de confusion. Je me réfugiais dans l'idée que, peut-être, ma mère s'en voulait d'avoir mis au monde une petite fille aussi jolie douze ans après une autre bien plus ordinaire, que sa froideur était une façon de masquer son émerveillement et de rétablir une sorte d'équilibre – une stratégie parfaitement inutile, je n'étais pas jalouse de ma sœur, j'en étais fière, je l'ai été dès le premier jour, et puis notre différence d'âge excluait d'office toute forme de compétition.

Marguerite s'est approchée du lit.

— Comment va-t-il ce matin ?

Je croyais Lino endormi dans le fauteuil, mais la question lui a arraché un grognement.

— Il n'y a rien de nouveau.

Ma sœur a les traits tirés. Cette nuit, elle non plus n'a pas fermé l'œil. Est-elle restée comme moi debout près de la fenêtre, volets ouverts, scrutant le ciel opaque en adressant des suppliques muettes ?

A-t-elle fait les cent pas dans sa chambre en prononçant les formules magiques apprises lors de son dernier voyage en Amazonie ?

Ma mère ne s'est pas couchée. Je l'ai trouvée assise dans la cuisine au petit matin, devant un bol de tisane cent fois rempli, le menton affaissé, ronflant légèrement.

Lino, lui, est descendu dans le salon vers minuit. Je l'ai aperçu une heure plus tard, il traversait le jardin en titubant jusqu'à l'abri à vélos.

Quinze ans après le jour noir, il emploie le même remède pour combattre la douleur et cela me terrifie, comme si son ivresse préparait le terrain à une issue fatale.

— Allons boire un café, propose Marguerite. Je t'emmène.

Lino lève une paupière gonflée, m'encourage :

— Vas-y, ça te fera du bien.

— Tu ne veux pas nous accompagner ?

— Je préfère rester. On ne sait jamais.

— D'accord.

Il se force à sourire. Y croit-il vraiment ? Pense-t-il que cette fois les événements pourraient tourner différemment ?

Ou bien est-il comme moi, pétrifié par l'attente – puisque jusqu'au dernier moment, à la dernière seconde, donc, le gouffre peut toujours s'ouvrir sous nos pieds ?

Marguerite me précède dans les couloirs. D'ordinaire, lorsqu'elle marche, on la croirait en apesanteur, son corps délié touche à peine le sol. Pas aujourd'hui. Elle se traîne, fixe le carrelage les bras ballants, les épaules voûtées. Accablée.

Il faut descendre deux étages, puis changer de bâtiment pour nous rendre à la cafétéria, une salle grise ornée de plantes aux feuilles jaunissantes.

J'observe les gens assis autour de nous. Quelques blouses blanches, des visiteurs concentrés sur leur boisson, presque tous silencieux, isolés dans leurs pensées.

— Céleste, débute Marguerite, il faut que je te dise…

Mais je suis incapable d'entretenir une conversation, elle s'en rend compte et s'interrompt.

Nous buvons notre café sous une immense horloge rectangulaire qui égrène les secondes dans une succession de clics sonores. Le temps, comme une glu puissante et acide, se répand inexorablement.

— Céleste ! fait à nouveau Marguerite.

Mais cette fois, elle a changé de ton. Elle crie. Dans la salle, chacun se retourne.

— Céleste, ton téléphone !

Il est posé sur la table, à côté de mon porte-monnaie. La photo de Lino s'est affichée, il vibre. Mon cœur sort subitement de ma poitrine. Je décroche, la voix de Lino tremble, peine à se contenir, il bredouille :

— Milo se réveille, Céleste, il se réveille ! Le Dr Netchev est avec lui, ils relèvent des données, ils font l'évaluation, dépêche-toi !

J'ai couru si vite, si vite, je ne touchais plus le sol. Tiens bon Milo, tiens bon mon bébé, maman est là, maman arrive pour t'embrasser, t'aimer, t'aider. Au passage, j'ai bousculé un chariot poussé par un aide-soignant, Oh, désolée monsieur, mais non, pas désolée le moins du monde, mon fils se réveille, est-ce que vous entendez ça ? Mon fils est sorti du coma !

Lino se tenait devant l'accès au service de réanimation : l'équipe soignante l'avait prié de sortir le temps de l'intervention.

Nous nous sommes jetés l'un contre l'autre, puiser des forces, se préparer à la suite, il a passé sa main sur ma joue et m'a tendrement mise en garde, Il ne faudra pas pleurer, hein, Céleste, je te connais, tu es émotive, on ne sait pas dans quelle forme on va le trouver, quoi qu'il arrive, il faudra le rassurer, ne pas se montrer effrayés ou déstabilisés, mais ça va aller, on est ensemble et il se réveille, c'est la seule chose qui compte, on est d'accord ?

Marguerite nous avait rejoints, portant avec précaution la tasse de café que j'avais abandonnée encore à moitié pleine.

— Je suis d'accord.

Il a fallu patienter longtemps, plus d'une heure. Lino commençait à tourner en rond, soupirait, moi je pensais, quelle importance puisque notre fils revenait à lui, à nous, notre fils revenait à la vie ! Enfin le Dr Netchev a surgi, nous invitant à la suivre dans le box.

Milo était assis sur son lit, étonnamment droit, les yeux ouverts.

Qui aurait pu mesurer ce que cela signifiait pour nous ?

C'était une toute petite flamme, épuisée, vacillante, un regard flottant et j'ai lutté pour ne pas me ruer sur lui, couvrir son corps de baisers, de peur de l'étouffer, lui faire mal, interrompre le processus de guérison. Je me suis contentée de prendre sa main, cette main qui refusait de me répondre jusqu'à ce matin, or, miracle, ses doigts se refermaient désormais sur les miens, dans une légère mais si vivante pression ! J'ai cherché les mots pour exprimer ma joie, mais je n'ai réussi qu'à balbutier, bégayer, Je t'aime, Milo, mon Milo, je t'aime tant, alors son menton s'est légèrement incliné, ses lèvres desséchées se sont arrondies, et il a souri, de ce sourire unique et lumineux, malgré la douleur.

Un sentiment violent et merveilleux m'a traversée. Un mélange de gratitude et de soulagement, un sentiment d'allégresse et de victoire aussi, de revanche, cet enfant-là, on ne me le prendrait pas comme l'autre, il était peut-être faible et abîmé, mais il vivait, il vivait et il avait souri !

J'avais soudain envie de danser, chanter, répandre la bonne nouvelle dans les couloirs, que le monde entier l'apprenne, mais j'ai pensé aux occupants des box voisins, aux familles tourmentées, il fallait demeurer discret, ne pas étaler sa joie, le feu d'artifice intérieur, cette chance folle que nous avions : il n'y aurait pas de second jour noir, pas pour nous, pas cette fois. Je me suis contenue.

— Alors, a chuchoté Lino à l'adresse du médecin, ça y est, docteur ? Il est tiré d'affaire ? Tout va bien ?

— Le mieux serait de faire le point dans mon bureau.

Grimper très haut, toucher le ciel, l'embrasser, puis mordre la poussière la minute suivante.

Le Dr Netchev a détaillé le bilan avec sa douceur et sa précision habituelles : l'extubation s'était bien déroulée, Milo respirait correctement, ne s'exprimait pas encore, c'était normal, la trachée avait souffert des manipulations. Il avait compris où il se trouvait : à l'hôpital, après une opération. On avait ôté les cathéters et posé une perfusion, opéré une première mise en fauteuil pour évaluer la motricité.

— Ce sont des points positifs. Votre enfant réagit bien, c'est tout à fait encourageant.

Grimper très haut, toucher le ciel, l'embrasser.

— Cependant, il va falloir être réaliste et surtout très patient. Il reste un long chemin à parcourir, de nombreux progrès à accomplir, le travail sera complexe et fastidieux.

Mordre la poussière la minute suivante.

— Milo est encore très désorienté. Il ne devrait pas parler avant vingt-quatre à quarante-huit heures, sans doute avec peu de mots, et il faudra compter une dizaine de jours avant d'espérer le voir marcher, tout au moins s'y essayer. Il aura besoin d'une rééducation physique et neurologique, disons trois à quatre mois, dans une structure spécialisée. Certaines capacités, compétences seront à reprendre pratiquement de zéro, il est probable que vous ayez le sentiment d'être face à un enfant de cinq ans les premiers temps. Cependant, et j'insiste là-dessus, il y a de très fortes chances pour qu'il récupère à terme l'essentiel.

*De très fortes chances pour qu'il récupère l'essentiel.*

Et l'accessoire, le contingent le superflu, l'occasionnel, le complémentaire, que deviendront-ils ?

Sa vie, ses projets, ses copains, son club de foot, sa rentrée scolaire prévue dans trois semaines ? Nos tête-à-tête lorsque je venais le chercher par surprise à l'école pour déjeuner d'une pizza, ses manières de me laisser un petit mot d'amour en déplaçant les touches de mon clavier ou en m'expédiant depuis la poste voisine une longue lettre manuscrite à l'occasion de la fête des mères, ses facéties, ses inventions loufoques, ses réflexions souvent existentielles lorsqu'il souffrait d'insomnie après des informations dérangeantes vues au journal télévisé et venait s'asseoir entre son père et moi, tard dans la nuit, pour questionner le sens de l'histoire ?

Un enfant de cinq ans – *il va falloir être réaliste.*

Merci docteur, me voilà rassurée, vraiment.

Cette fois, donc, la vie ne m'avait pas repris mon fils.

Elle me le rendait. Abîmé, diminué.

Amputé de sept années.

Tout ça pourquoi au fait ?

Problème de mère : il voulait me cueillir un bouquet de fleurs.

# Lino

Le premier jour suivant son réveil, Milo est resté muet, alors c'est moi qui ai parlé. Je lui ai dit, Tu es un guerrier, mon fils, un brave, tu n'abandonnes jamais, tu n'es pas du genre à descendre de vélo dans une montée un peu raide ou à geindre avant un vaccin comme la plupart des gosses, et puis tu as fait le plus dur, l'opération, l'intubation, l'extubation, tout ça c'est derrière toi, alors maintenant concentre-toi, parce qu'il faut aller chercher tout ce que tu as laissé dans cet accident, les mots, les gestes, les souvenirs, les poussières, les fragments, les gros morceaux, tout.

« Concentre-toi » était bien la consigne la plus insensée, la plus idiote qu'on puisse lui donner, mais à ce stade je l'ignorais encore.

La veille, le Dr Netchev avait mis son discours au conditionnel, l'avait ponctué de « en général », « la plupart du temps », « couramment ». J'avais donc décidé que nous serions la marge d'erreur positive. L'exception qui confirme la règle. On diviserait par deux, par trois le temps prévu de récupération. On serait les plus forts.

Usé par mes questions, le médecin avait fini par admettre l'hypothèse.

— Certains cas rares défient les pronostics, c'est indéniable. On a pu voir des traumatisés crâniens recouvrer l'ensemble de leurs facultés en quelques jours, quitter l'hôpital et reprendre leur activité comme s'ils l'avaient abandonnée la veille. Tout dépend des lésions, de l'âge, de la forme du patient, sans compter cette part inexplicable dont certains disent qu'elle est liée au mental, d'autres au hasard.

Cette part-là serait pour toi, Milo. Le mental, je l'avais pour deux. Peut-être pas à cent pour cent, d'accord. Il pouvait m'arriver de flancher, mais tu ne le verrais pas, tu ne le saurais même pas. J'avais cette botte secrète dont je n'étais pas fier, mais qui m'aiderait à tenir debout, à te porter sur mes épaules le temps nécessaire.

Ce n'était pas simple, pourtant. En plus de toi, de ton avenir encore flou, il fallait porter les autres.

Céleste était plongée dans un état second, mélange d'effroi et d'égarement. Depuis la joie brève du réveil, son visage ne s'éclairait plus que par intermittence. Elle avait retrouvé ce teint blafard, ce regard vide des temps noirs. C'était sa manière de souffrir, s'effacer, disparaître en soi, accepter d'être à moitié morte. J'avais essayé de la convaincre, je l'avais suppliée d'être optimiste, mais c'était au-delà de ses forces, elle se laissait une fois de plus ronger par la culpabilité.

Cela me rendait fou de la voir renoncer, opérer des comparaisons sans fondement, me fixer par moments de cet air affligé comme si c'était moi qui faisais erreur, comme si j'avais tort de me préparer au meilleur car le pire allait forcément se produire.

Jeanne et Marguerite n'étaient pas d'un meilleur soutien. Jeanne faisait les cent pas devant la chambre où l'on avait transféré Milo et s'emportait contre l'injustice qui frappait *sa fille*, allant jusqu'à me prendre à témoin (« Enfin Lino, pourquoi elle, pourquoi, tu peux me le dire ? ») sans entrevoir l'incongruité, la grossièreté même de son propos.

À défaut de compassion, ma belle-mère manifestait cependant à mon égard une sympathie aussi soudaine que peu convaincante. Je n'étais pas dupe : l'hypocrite craignait que l'équilibre se modifie, que je l'éloigne de Céleste à la faveur du drame, alors elle pactisait temporairement avec l'adversaire et reportait son agressivité sur Marguerite, qui sanglotait sans cesse à nous en écorcher les nerfs.

— Fais un effort, Marguerite, prends sur toi ou bien va-t'en ! On dirait que c'est ton fils qui est allongé sur ce lit ! Pense un peu à ta sœur !

Marguerite se mouchait, Je suis désolée, je suis vraiment désolée, puis recommençait à pleurnicher.

— C'est indécent. Retourne à la maison, tu reviendras quand tu seras calmée. Et puis tu seras plus utile là-bas : fais un peu de rangement, arrose le jardin, il en a bien besoin.

Sur ce point au moins, je partageais le sentiment de Jeanne : Marguerite m'exaspérait. Dès son arrivée à l'hôpital ce matin-là, elle avait annoncé abandonner les rotations prévues initialement avec sa mère. Une décision aussi subite qu'unilatérale, mais hélas peu surprenante. C'était la marque de fabrique de ma belle-sœur : elle s'imposait, s'incrustait, ici ou ailleurs, à la ville ou à la campagne, partout, en toutes circonstances.

Par moments, je m'interrogeais : était-ce une manière de me rendre la monnaie de ma pièce ?

Pénétration contre pénétration.

Viol contre viol.

Puis je me raisonnais : c'était de l'histoire ancienne, cette fille avait simplement besoin que le monde tourne autour d'elle. Comment Céleste était-elle demeurée aussi patiente et équilibrée entre une mère surpossessive et une sœur égocentrique, là résidait le mystère.

Quoi qu'il en soit, il n'était plus question aujourd'hui d'une manière cavalière de s'inviter à dîner ou de partager nos vacances, ni même d'une colonisation de notre appartement : cette fois, nous nous trouvions à l'hôpital, nous veillions mon fils gravement blessé et je me sentais en droit d'exiger un peu d'intimité.

J'avais d'abord toléré la présence de Marguerite en voyant l'œil de Milo s'allumer lorsqu'elle avait pénétré dans la pièce. Mais au fil de la journée, ses sorties brusques et répétées – elle se précipitait à tout bout de champ au bout du couloir pour éclater en sanglots – étaient devenues insupportables à tous, parents comme soignants.

— Marguerite, ta mère a raison : tu devrais rentrer.

Du regard, elle avait cherché de l'aide auprès de Céleste, mais celle-ci, les yeux rivés sur Milo, n'avait pas bronché.

Elle avait séché ses larmes.

— Très bien, je m'en vais. Appelez-moi s'il se produit quelque chose de nouveau, d'accord ?

— C'est ça, à ce soir.

Dans l'après-midi, les kinésithérapeutes ont passé un long moment avec Milo, l'ont massé, mobilisé, sollicité, tout s'est bien déroulé – tout au moins selon eux. Il ne parlait toujours pas. Le temps s'étirait.

Profitant d'une pause de Céleste et Jeanne, occupées à prendre l'air dans le petit jardin de l'hôpital, je n'ai pu m'empêcher de questionner l'infirmière principale.

— C'est sûrement une conséquence de l'intubation, a-t-elle répondu. Enfin, pas seulement : l'hématome se situe dans la zone du langage et de la compréhension, elle a été malmenée. Tout cela est parfaitement normal, il faut attendre, monsieur.

Parfaitement normal ? *La zone de la compréhension ?*

J'ai failli m'étrangler, réclamé des explications, où se situait cette zone que personne n'avait jamais mentionnée jusqu'ici ? Pour quelles raisons d'ailleurs ? Comment pouvions-nous déterminer l'atteinte, les dégâts risquaient-ils d'être plus importants qu'on nous l'avait laissé supposer ? La vérité était-elle si effrayante qu'il fallait la dissimuler ?

Mais l'infirmière, soudain terriblement mal à l'aise, me renvoyait maintenant vers le

Dr Netchev, or le Dr Netchev ne repasserait pas avant le lendemain, à cette heure-ci elle se trouvait dans un autre hôpital pour d'autres consultations, à l'autre bout du département, maudite désertification médicale, et tant pis pour moi si j'étais soudain proche de crever d'inquiétude.

— Je ne peux rien vous dire de plus, je regrette, monsieur Russo.

J'avais envie de l'attraper par les épaules, la secouer, la contraindre à me cracher le morceau, parce qu'elle en savait bien plus long qu'elle ne le laissait penser, c'était évident, mais je n'ai rien fait du tout. C'était l'infirmière principale, elle avait un certain pouvoir sur le quotidien de mon fils, le mien et celui de sa mère, je ne pouvais pas risquer qu'elle nous prenne en grippe. Je me suis donc contenté de ravaler ma rage comme je l'avais si souvent fait dans mon existence, que ce soit devant un professeur injuste, un supérieur hiérarchique trop exigeant – ou encore et surtout devant ma belle-mère, me répétant inlassablement le même mantra, *rien ne compte, Lino, en dehors de l'objectif* – or l'objectif aujourd'hui, c'était Milo, son bien-être et sa guérison.

— Très bien, nous verrons cela demain.

J'ai attrapé mon manteau, embrassé mon fils, tenté une sorte d'accolade, poitrine contre poitrine comme on le fait entre hommes. Je lui ai répété que je l'aimais plus que tout au monde, ce qui était vrai, que nous étions les plus forts lui et moi, puis j'ai ajouté qu'il était beau, qu'il ressemblait à un héros, et ça c'était faux bien entendu, il avait un aspect fantomatique avec ses bandages sur le crâne, son sourire légèrement tordu, son pansement taché sur la joue, sa peau autrefois douce et dorée désormais blanchâtre et granuleuse, ses membres décharnés, comme dévorés, mon petit homme de douze ans devenu une marionnette amochée, désarticulée, dont il fallait soutenir, accompagner chaque mouvement, et à vrai dire cette vision-là me fracassait, me trouait les poumons, le cœur, l'estomac et tout le reste, cette vision-là me rendait fou, mais pour rien au monde je ne l'aurais laissé paraître, car, dans le cas contraire, où mon fils aurait-il trouvé le courage de lutter ?

Céleste et Jeanne étaient de retour dans la chambre. J'ai prétexté un dossier urgent à envoyer à la compagnie d'assurances et je me suis rué à la maison pour consulter mon ordinateur.

Le docteur nous avait mis en garde dès notre premier rendez-vous : ne vous fiez pas à Internet, évitez d'y chercher des diagnostics, vous y trouverez tout et n'importe quoi sans pouvoir interpréter, chaque cas est unique, vous vous ferez peur inutilement, faites-nous plutôt confiance.

Jusqu'à présent, j'avais suivi sa recommandation avec cette superstition idiote – être bon élève, respecter le médecin et ses injonctions, ainsi rien ne se produirait de mauvais –, mais la phrase alarmante de l'infirmière venait de faire sauter un verrou. Navré, Dr Netchev : j'obtiendrais des réponses dès ce soir. Il vous incombait d'être exhaustive, l'opacité fertilise le doute et le rend insoutenable, or il s'agit de mon fils, pas d'une personne lambda, d'un patient, d'un cas, d'un dossier ! Il m'était devenu impossible de temporiser, d'occulter la menace quand en moi tout grondait, se consumait en silence. Il me fallait la vérité sans cosmétique et sans délai, quitte à en assumer seul la brutalité.

Quelques clics sur mon clavier ont suffi.

*Suite à une lésion aiguë, nous allons observer une perte de capacités acquises mais surtout, beaucoup plus à distance, certaines fonctions que l'enfant devrait acquérir ne vont pas se mettre en place au moment attendu, et parfois pas du tout[...] Une des particularités du traumatisme crânien chez l'enfant est que les troubles cognitifs et comportementaux liés à la lésion peuvent n'apparaître ou ne devenir pleinement évidents qu'après un long délai, lorsque la charge cognitive et les attentes de l'environnement augmentent[...] Plus l'enfant est jeune, plus les séquelles sont graves. Or, comme ils récupèrent souvent mieux que les adultes sur le plan moteur, ils ont d'autant plus souvent ce fameux handicap invisible qui va poser beaucoup de problèmes, notamment à l'école.*

Elle était là, la vérité.

En résumé, il fallait se garder de se réjouir quels que soient les discours réconfortants.

Ne pas se fier aux apparences.

Les ennuis, les vrais, apparaîtraient plus tard. L'incendie était déclaré.

Douze ans de bonheur, Milo, ont défilé dans ma tête. Depuis cette seconde où tu nous as arrachés, ta mère et moi, à nos sables mouvants. Après le jour noir, l'existence était devenue une fonction, nous étions des machines. Nous survivions l'un et l'autre par devoir, Céleste pour protéger sa mère et sa sœur, moi pour protéger Céleste puisque je n'avais qu'elle. Sans cette chaîne, nous nous serions sans doute supprimés.

La vie est fascinante. Elle s'était autrefois refusée alors que nous la suppliions – combien de tests, de médicaments, de piqûres, de manipulations avant la première grossesse de ta mère. Deux ans plus tard, elle a surgi quand nous ne l'attendions plus. Nous avions fait l'amour une fois, une seule fois en deux ans. Cette nuit de honte et de colère, impuissant que j'étais à approcher le corps de ma femme devenu un tombeau, puis impuissant à pénétrer celui de sa sœur inerte, ivre de honte et de colère bien plus encore que d'alcool, au petit matin j'étais revenu par un absurde désir de revanche dans le lit de Céleste et, cette fois, vaguement victorieux, j'avais semé sans le savoir la graine glorieuse de notre avenir.

Tu as effacé nos douleurs et nos dettes, Milo. Le monde a inversé sa course à l'instant où tu es né, bien vivant. Je t'ai pris dans mes bras, je t'ai donné ton bain, je t'ai langé, je t'ai bercé, je t'ai parlé, j'ai embrassé ton ventre souple en pleurant, en riant, puis je suis allé m'allonger avec toi près de ta mère. Nous nous sommes endormis pour la première fois depuis si longtemps d'un sommeil pacifié.

Je n'ai de toi que des souvenirs heureux. Tu t'es montré gai, conciliant malgré les contraintes que je t'imposais. D'autres enfants se seraient rebellés, avec moi il en fallait toujours plus, je doublais les devoirs donnés par l'école, je t'organisais un agenda de ministre qui te laissait peu de temps libre, ajoutant des cours d'anglais quand tu avais à peine six ans, t'abonnant à un quotidien très sérieux dès l'entrée au collège. Toi, tu te bornais à râler de temps en temps – cela a pourtant suffi, parfois, à me mettre en colère, si tu savais comme je le regrette, comme je regrette surtout notre dispute juste avant l'accident.

Combien de discussions tendues ai-je eues avec Céleste à ce sujet ?

Nous n'avons pas la même vision, sans doute parce que nous n'avons pas la même enfance. Elle a grandi dans l'aisance matérielle, la facilité, fille unique durant les douze premières années de sa vie. Ceux qui sont nés dans le confort s'imaginent toujours que ce n'est pas si compliqué pour les autres, que la majorité des pauvres devraient s'en prendre en priorité à eux-mêmes. Puisqu'on a la chance d'être dans une république égalitaire, d'avoir accès à l'école : ne pas réussir, c'est être suspecté de fainéantise.

Je vais te dire, Milo, comment cela se passe vraiment lorsque l'on naît dans une famille comme la mienne, cinq enfants, une mère qui s'épuise à les élever sans un coup de main de qui que ce soit, sans une minute de répit, briquer, ranger, laver, repasser, cuisiner, habiller, négocier, poster, écouter, sermonner, aller, venir, courir, punir, et un père qui s'échine à gagner de quoi les nourrir, écrasé par des objectifs inhumains de production, humilié du matin au soir, tout ça pour fabriquer de satanées godasses qu'il ne portera jamais – elles lui coûteraient la moitié de son salaire.

Alors voilà : on apprend à travailler sur un coin de table dans le bruit incessant, les pleurs, les repas, les jeux des plus petits, les conflits des plus vieux, les crises maternelles. On apprend à rester le nez collé à un problème de maths la nuit entière si nécessaire, parce qu'aucun de ses parents n'a dépassé la troisième, que les aînés se débattent avec leurs propres difficultés et qu'il est évidemment hors de question de payer un professeur particulier – sans compter qu'à cette époque, Internet n'existe pas, et quand bien même, on n'aurait pas les moyens d'avoir un ordinateur chez soi.

À ce compte-là, personne ne s'en sort naturellement, Milo. Il faut un produit dopant, et tu sais quoi ? Le mien, ce fut la mort de mon père. Je n'avais que dix ans, officiellement l'alcool l'avait tué, en vérité c'était le mépris, l'absence de considération, il était intelligent, courageux et consciencieux, il produisait plus de chaussures que n'importe quel ouvrier de la chaîne, malgré cela on lui coupait l'eau, l'électricité ou son compte bancaire s'il avait trois sous de dépassement, on s'adressait à lui comme à un simple d'esprit parce qu'il ne savait pas lire et, toute sa vie, il a dû plier la tête, plier les genoux, s'excuser sans être responsable, mendier ce qui lui était dû et remercier lorsqu'il l'obtenait, accepter d'être spolié, abusé et exploité.

Il buvait, oui, parce que l'alcool le tenait debout, l'alcool était son armure, il n'en avait pas d'autre à disposition, pas de psy, pas de divan, alors tu vois, Milo, le legs est double le concernant, l'alcool et la rage, j'ai bu comme lui quand je n'ai plus su où trouver les armes pour me battre ni les défenses pour me protéger, ni les issues pour m'enfuir, peut-être aussi ai-je bu pour m'en approcher par-delà la mort, approcher ce qu'il avait dans le cœur – quant à la rage, elle s'est muée en fixation, en détermination, j'ai décidé que je serais différent, que je serais un homme libre grâce à l'éducation.

Cela, au moins, je l'ai réussi. J'en ai bavé, j'ai grandi isolé dans une fratrie que l'école et les livres rebutaient, mais j'ai tenu bon, j'ai obtenu un diplôme et décroché un emploi rémunéré au triple de ce que gagnait mon père. J'occupe un appartement bourgeois, j'ai une femme et un fils, on ne me coupe ni l'eau ni l'électricité, on me fait grâce d'un découvert raisonnable. Vu d'assez loin, ma situation semble plutôt enviable, n'est-ce pas ?

Pourtant, cela n'a pas suffi. Ta grand-mère me regarde toujours avec le dédain du contremaître et me renvoie sans cesse à la figure ma condition de cadre à peine supérieur. Et sais-tu ce qui est pire encore ? Ma propre famille ne me pardonne pas mon ascension sociale, en dépit des efforts qu'elle a nécessités. La célébration du mariage a été l'occasion d'une première rupture, lorsque Jeanne a refusé de partager la table de ma mère, comme c'est pourtant l'usage. J'aurais dû l'affronter, m'opposer, mais par faiblesse et surtout par amour, j'ai cédé à son caprice. *Rien ne compte en dehors de l'objectif.*

Céleste et moi avons donc dîné avec Jeanne et ses amies enchapeautées, tandis que ma mère, mes sœurs et mes frères s'ennuyaient, relégués à l'autre bout de la salle, au prétexte qu'il valait mieux répartir les familles. La soirée durant, les regards condescendants et les allusions caustiques à leurs tenues baroques et à leurs maquillages extravagants m'ont déchiré. Je n'avais pas honte d'eux mais de moi, qui m'étais montré si lâche, qui n'avais pas su exiger le respect qui leur était dû. Ils ont quitté leur hôtel bon marché tôt le lendemain et ne nous ont pas rejoints comme il était prévu initialement au déjeuner – sans prévenir, une réponse du berger à la bergère.

Le Noël qui a suivi, j'ai cru pouvoir réparer ma faute en les couvrant de cadeaux. J'ai offert des vélos aux enfants, des parfums à mes sœurs, des rasoirs dernier cri à mes frères, des chocolats à tous et j'ai invité ma mère en tête à tête dans un bon restaurant.

Elle a mangé sans prononcer plus de trois ou quatre mots, puis, au moment de l'addition, après s'être longuement essuyé la bouche :

— Lino, je vais être honnête, ce n'est plus la peine de revenir. On n'est plus du même monde et on n'a pas besoin que tu nous en mettes plein la vue, on est peut-être des smicards, mais tes frères et sœurs sont capables d'offrir des vélos à leurs gosses, on a notre dignité quand même.

— Maman, je voulais seulement vous faire plaisir !

— C'est mieux comme ça. Sois heureux dans ta nouvelle vie et laisse-nous à la nôtre. Elle n'est peut-être pas tous les jours brillante, mais tant qu'on ne sait pas que le luxe existe, pourquoi veux-tu qu'il nous manque ?

Deuxième, ultime rupture. J'ai compris qu'en me hissant hors du marécage, je pointais du doigt ceux qui n'en avaient pas eu la force – ma fratrie entière travaillait désormais à l'usine de chaussures.

Pendant longtemps, j'ai tout de même écrit une longue lettre à ma mère à chacun de ses anniversaires pour lui donner de nos nouvelles. Sauf l'année noire et celle qui a suivi, bien sûr : j'étais incapable d'évoquer l'impensable.

J'ai repris lors de ta naissance, Milo. Je lui ai adressé des photos de toi à intervalles réguliers. Elle en accusait réception par quelques mots griffonnés sur de vieilles cartes de visite obtenues autrefois en bonus d'une commande par correspondance. « Bien reçu ton courrier, merci. »

Elle n'était pas illettrée comme mon père. J'espérais toujours qu'elle finirait par s'assouplir, me répondrait plus longuement, montrerait plus d'intérêt, mais cela n'est jamais arrivé. À l'inverse, les courriers entre nous se sont raréfiés jusqu'à s'éteindre. Je ne suis plus désormais qu'une branche morte tombée au pied de l'arbre familial.

Tu comprendras, Milo, pourquoi je me suis tant battu pour ta mère et pour toi, mon noyau dur, mon ADN. Je n'ai que vous.

Tu comprendras aussi, mon fils, pourquoi je t'ai voulu au sommet de la pyramide. Pas entre deux, là où l'on est trop beau, trop riche pour l'un et pas assez pour l'autre.

Assez haut pour être hors d'atteinte du mépris assassin, et hors de vue des envieux. Assez haut pour y trouver sa place. Assez haut pour être libre.

Mais comment s'élever désormais, avec ce *fameux handicap invisible qui va poser beaucoup de problèmes, notamment à l'école*.

Comment ?

Je n'ai rien dit de mes recherches à Céleste lorsqu'elle est rentrée avec Jeanne le soir venu. Je voulais la préserver, elle était si vulnérable. Il valait mieux temporiser, commencer par domestiquer mon propre désordre intérieur, poser des contreforts.

Durant le dîner, personne n'a desserré les lèvres. Le silence de Milo semblait nous avoir tous contaminés, Céleste absente, Jeanne tendue, Marguerite reniflant et moi rassemblant avec difficulté mes idées.

Nous avons regagné nos chambres tôt, mais dormir n'avait plus aucun sens : dormir tandis que mes rêves s'écroulaient ?

J'ai attendu que le calme soit complet dans la maison puis je suis allé vider d'une traite la bouteille de scotch déjà bien entamée. Le médicament a fait effet, j'ai réussi à retrouver brièvement une sorte d'espoir. Après tout, quoi qu'on lise sur Internet, l'hypothèse de la marge d'erreur miraculeuse demeurait toujours valable, le prompt rétablissement, le zéro séquelles ! Quant à ces sombres projections, je ne les devais qu'à mon entêtement à désobéir au Dr Netchev, elle l'avait pourtant bien précisé : vous vous ferez peur.

Il fallait réussir à oublier ce que j'avais lu et se borner à l'écouter. Je n'avais pas d'autre choix.

Le lendemain matin, alors que nous roulions vers l'hôpital, notre voiture a dépassé un groupe de quatre ou cinq enfants qui cueillaient des fleurs, leurs bicyclettes jetées sur le talus. Céleste et Marguerite – qui avait insisté pour débuter la journée avec nous – ont brusquement éclaté en sanglots. J'ai pilé, les ai regardées, elles d'abord, puis les enfants que l'on apercevait encore quelques mètres à l'arrière, je crois qu'elles ont su ce qui me traversait l'esprit à ce moment précis, ce n'était pas beau à voir, l'envie puissante de rétablir une atroce équité, d'envoyer valser d'un coup de volant tous ces gamins qui profitaient peinards de la fin de leurs vacances, qui n'avaient pas perdu le contrôle de leur guidon, pas roulé sur un caillou, ces gosses qui riaient à gorge déployée pendant que mon fils gisait toujours sur son lit de misère.

La douleur pouvait-elle me transformer en monstre ?

— Allons-y, Lino, a soudain imploré Céleste. J'ai un pressentiment.

Ses mots m'ont ramené à la réalité. Dans le rétroviseur, le visage creusé de Marguerite était encadré en arrière-plan par les silhouettes sautillantes des enfants.

J'ai démarré, accéléré en protestant, avec une dureté que j'ai aussitôt regrettée, Alors maintenant tu joues à l'extralucide, Céleste ?

— Les pressentiments, c'est une vue de l'esprit, a ajouté Marguerite, ce sont seulement des angoisses que l'on est incapable de réprimer, tu te fais du mauvais sang pour rien.

— Mais vous ne comprenez pas, c'est un bon pressentiment ! a coupé Céleste. Je sens que Milo va mieux, je ne peux pas vous l'expliquer, je veux seulement le voir le plus vite possible. Dépêche-toi, Lino.

J'ai jeté un œil sur ma droite, son expression avait changé : contre toute attente, l'espoir avait réinvesti ma femme.

Ne pas interpréter, pour une fois. Y croire, au moins le temps d'arriver jusqu'à l'hôpital. Après tout. S'accorder une pause au milieu des affres.

— Nous y serons dans moins de dix minutes.

Le Dr Netchev consultait ses notes dans le couloir. Elle a levé le menton en entendant le claquement des talons de Céleste, arborant un sourire heureux, Eh bien, vous tombez à pic ! J'allais vous téléphoner, il y a une bonne nouvelle, chère madame, une excellente nouvelle, Milo parle !

Bouleversés, nous nous sommes précipités dans sa chambre. Son visage s'est aussitôt éclairé. Mon fils !

— Maman, papa.

— Mon bébé, a murmuré Céleste.

Je me suis approché avec précaution, craignant de rompre un enchantement, Milo parlait, oui, lentement, avec une tonalité inhabituelle, il détachait péniblement les syllabes, mais enfin, il parlait !

J'ai caressé son front.

— Comment te sens-tu ?

— Ça va.

— Tu n'as pas mal ?

— Un peu.

— Mon cœur, sais-tu ce qui s'est passé ? a questionné Céleste. Tu te souviens de l'accident ?

— Non.

— Tu étais à vélo.

— Oui, avec Margue.

— Tu te souviens de ça ? Mais c'est magnifique ! L'accident, on s'en moque. C'est le choc qui t'a fait oublier. L'important, c'est que tu te souviennes du reste.

Je balançais entre la joie de l'entendre et la peine de le voir buter sur chaque mot avec cet air penaud d'un enfant de cinq ans qui a brisé un vase – conformément aux prévisions du Dr Netchev.

Soudain, il a plissé son front.

— Pardon, papa.

— Pardon ? Mais de quoi ?

— Tu vas me gronder. J'ai pas fini mes devoirs.

Il peinait à terminer sa phrase.

— Margue, dis à papa, pour la course.

— La course ? Quelle course ? Vous étiez partis cueillir des fleurs pour maman, non ?

Je me suis tourné vers Marguerite. Elle était collée à la cloison, plâtreuse, les mains derrière le dos.

— Tu peux m'expliquer ? C'est quoi, cette histoire de course ?

Elle s'est mise à trembler, ses lèvres d'abord, ses épaules puis son corps en entier. Elle est sortie de la pièce, alors je l'ai suivie, agrippée par l'épaule, Réponds, Marguerite, tu nous as raconté que Milo t'avait demandé d'aller cueillir des fleurs pour sa mère, alors pourquoi parle-t-il d'une course ?

— Jamais je n'aurais imaginé que cela puisse arriver, a-t-elle répondu en fondant – une fois de plus – en larmes, je l'aime tellement, tu sais bien que j'adore Milo, plus que tout, et puis c'est toi, aussi, pourquoi a-t-il fallu que tu nous colles cette question sur l'Antiquité, tu l'as fait exprès, c'était moi que tu visais, n'est-ce pas ?

Elle m'accusait. Une folle.

— Toi que je *visais* ? Et pourquoi je t'aurais *visée*, Marguerite ? Tu peux être plus claire ? Quel rapport avec une course ?

— Milo dit la vérité, il voulait faire ses devoirs. Mais tu as eu cette brillante idée, l'Antiquité, *Marguerite va t'aider, c'est son domaine* ! Ça ne te suffisait pas, l'anglais ?

Plus son énervement croissait plus je sentais une fureur glacée se répandre dans mes veines.

— Je ne comprends rien, Marguerite, fais un effort, je ne vise personne, je ne vois pas le problème avec l'Antiquité, en revanche je veux savoir précisément ce qui s'est passé, alors parle.

— J'ai proposé qu'on fasse une course, j'ai promis de lui prêter mon chronomètre. Il a foncé dans la descente, il roulait vite, enfin pas vraiment plus que d'habitude, je crois, peut-être qu'il y a eu un caillou, une motte de terre, peut-être qu'il a été ébloui ? Voilà.

Ah.

Voilà.

Je résume, Marguerite : mon fils étudiait sous ta surveillance. Pour une raison opaque, et aussi saugrenu que cela paraisse, l'aider à réviser son cours d'histoire t'a posé un problème insurmontable, tu as voulu faire diversion, donc tu l'as convaincu de sortir faire une course à vélo.

Je résume, Marguerite : par ta faute, mon fils a frôlé la mort, il se trouve aujourd'hui dans un lit d'hôpital, incapable de marcher et peut-être même affublé, nous l'ignorons encore, de ce *fameux handicap invisible qui va poser beaucoup de problèmes, notamment à l'école.*

Pour couronner le tout, tu as menti en prétendant que c'était son initiative, qu'il voulait cueillir des fleurs pour Céleste, une demande évidemment impossible à refuser. Tu as fui ta responsabilité en chargeant un gosse de douze ans – et, indirectement, sa mère.

Je résume, Marguerite : tu étais déjà envahissante, fantasque, héliocentrique, tu te révèles, égoïste, paranoïaque, lâche et dangereuse.

À cet instant, sais-tu ce que je ressens ? Une haine absolue, profonde, dévorante, qui m'emplit d'une violence brute, alors va-t'en Marguerite, sors vite de cet hôpital avant qu'elle ne m'entraîne vers l'irréparable, sors vite, disparais – avant que je perde le contrôle.

# Marguerite

Je suis un champ de bataille. Les pensées s'affrontent, s'agressent, se contournent, où est la vérité ?

C'est ma faute, j'ai insisté pour que Milo prenne ce vélo, j'ai proposé de faire la course, je lui ai promis de lui prêter ma montre chronomètre qu'il aime tant.

C'est la faute de Lino, sans cette idée de dernière minute, nous serions restés à la maison, je n'aurais pas eu à inventer un prétexte pour interrompre notre travail. Il prétend que cela n'a rien à voir avec moi : tu parles ! Reconnaître, ce serait admettre sa culpabilité avec circonstances aggravantes. Il se protège, il se défend.

C'est la faute de ma mère. Il faut toujours que Jeanne me mette de côté, qu'elle me traite comme une gamine. Si nous étions partis tous ensemble pour choisir ce fichu carrelage de piscine, rien de cela ne se serait produit.

Peu importe. Au bout du compte, je suis seule responsable. Je suis le dernier maillon de la chaîne, le dernier aiguillage avant l'accident.

Mais en toute chose, malheur est bon, n'est-ce pas ? Tu as pu laisser exploser ta haine, Lino. Tu me l'as crachée à la figure en m'indiquant la sortie.

Eh bien, c'est aussi l'occasion de laisser éclater la mienne. Retenue dans la douleur par amour pour ma sœur, par amour pour Milo. Crois-tu qu'il fut toujours aisé de donner le change ? Crois-tu qu'il fut facile de museler les souvenirs ?

Cette nuit-là, cette affreuse nuit, en te comportant comme les autres, tu as été mon fossoyeur.

Je n'avais que quinze ans !

J'offrais mon corps à qui voulait, cherchant seulement à vérifier si je méritais d'être aimée ou plutôt d'être piétinée, une conduite absurde et délétère. Après chaque assaut négocié, la corrosion du désespoir creusait le trou déjà béant de mon cœur.

Tu aurais dû être le rempart masculin, en l'absence d'un père mort avant mes quatre ans. Tu aurais dû me regarder, me protéger comme le frère que tu prétendais être.

Tu as agi à l'inverse : effondré, le rempart.

Et moi, condamnée à supporter cette idée puisque condamnée à te supporter.

Il a fallu mentir à Céleste. Apprendre la vérité l'aurait achevée. Sais-tu ce qu'il coûte de mentir à la seule personne qui compte pour soi, la seule personne pour qui l'on compte ?

J'ai pensé, Je lui dirai plus tard, lorsqu'elle ira mieux, lorsqu'elle sera plus forte. Mais plus tard, j'ai appris qu'elle était enceinte, alors j'ai décidé de me taire. C'était il y a environ treize ans. T'es-tu parfois demandé comment j'allais ? Quelles traces tu avais laissées ?

Céleste, elle, s'est inquiétée. Un jour, alors que nous étions seules, elle m'a questionnée :

— Comment une aussi jolie fille peut-elle être toujours célibataire ?

J'ai enchaîné les rencontres. J'ai organisé ma souillure. Voilà le prix à payer : je suis incapable d'associer le sexe et l'amour. Je ne dis pas, Lino, que tu es le seul responsable : j'avais engagé mon autodestruction avant ton intrusion. Je dis que tu es celui qui a annulé toute forme d'espoir.

Partageons donc notre haine désormais, comme nous partageons déjà ce secret. Ouvrons ensemble les vannes, puisque désormais nous pourrons nous détester officiellement. Peut-être y trouverons-nous un soulagement ?

Je n'avais pas assez d'argent pour régler un taxi, alors j'ai pris l'autocar jusqu'à un bourg important, à cinq kilomètres du village, et j'ai parcouru le reste à pied. La chaleur n'avait pas diminué depuis le début du mois. La canicule menaçait de s'installer et, au coin des rues, le maire avait fait poser des affichettes réglementant l'arrosage des jardins et le remplissage des piscines. Je n'ai pu m'empêcher de penser à Milo jouant avec les jets d'eau, dessinant des schémas puis construisant des circuits compliqués dont il me détaillait ensuite la conception. Il comptait devenir ingénieur et inventer des systèmes qui régleraient la question des sécheresses, de la pollution des eaux ou de la fonte des glaces. Il voulait sauver le monde, et j'aurais été son assistante.

Me pardonneras-tu, Milo, de t'avoir entraîné si loin de tes projets ?

Tu parlais avec tant de difficulté, tout à l'heure. Tu as à peine cillé lorsque j'ai embrassé ta joue. Ce n'était plus mon neveu chéri de douze ans allongé sur ce lit, ce n'était plus mon partenaire, mon acolyte, mon meilleur ami, mon vif-argent, c'était un garçonnet tremblant, redoutant d'être puni.

J'avais déjà si peu, pourquoi me le reprenait-on, pourquoi de cette façon ?

Je suis entrée dans la maison vide et je suis montée m'allonger dans ma chambre, assommée de tristesse et de solitude. Dehors, le ciel s'était assombri brusquement, prédisant l'arrivée de l'orage. Même les plantes semblaient se rétracter de frayeur. J'ai prié pour que le temps se précipite, que le torrent de boue se déverse, que tout soit enfin fini.

— Marguerite.

Je me suis retournée, Céleste se tenait sur le seuil. Une statue.

— Tu es déjà là ?

— Je suis rentrée pour te voir. Maman est ici également, elle est restée dans la cuisine.

— Et Lino ?

— Il est avec Milo. Je le rejoindrai plus tard à l'hôpital.

Elle s'est avancée vers le lit, où je demeurais recroquevillée.

— Comment as-tu pu faire une chose pareille… Toi…

Par pitié, Céleste, ne m'interroge pas, ne me pousse pas car je ne pourrai pas te répondre, je ne pourrai pas t'expliquer, j'ai atteint un point de non-retour et laissé derrière moi un mur infranchissable, je t'en prie, ne me contrains pas à parler, ne tire pas sur le fil, ce que tu dénuderais n'est pas joli à voir.

— Changer les plans, au dernier moment, au mépris de mes consignes...

— On avait terminé l'anglais, j'ai pensé qu'il ferait trop chaud l'après-midi pour sortir, qu'on pourrait en profiter et réviser l'histoire plus tard...

— Entraîner mon fils dans une course à vélo sur cette route sans aucune visibilité...

— J'étais descendue la première pour m'assurer qu'il n'y aurait aucune voiture.

— Et puis me mentir, fabriquer ce prétexte d'un bouquet de fleurs, comme si j'avais quelque chose à voir avec cette décision, quelque chose à voir avec cet accident, comment as-tu pu me faire porter ce poids, Marguerite, comment ? Et si Milo n'avait pas parlé, combien de temps cela aurait-il duré ?

— Je n'ai pas pensé que cela pourrait être un poids, Céleste, à vrai dire je n'ai pas réfléchi, j'ai seulement eu peur de la réaction de maman si je t'avouais la vérité, tu sais combien elle peut être dure avec moi, n'est-ce pas ? C'est allé si vite, elle m'a interrogée, c'est sorti comme ça, sur l'instant... Ensuite... je n'ai plus su comment te le dire.

Si seulement tu savais, ma chère Céleste, à quel point cette phrase résume mon existence.

Je n'ai jamais su dire les choses au bon moment. Que ce soit avec toi, avec Jeanne, avec Lino. Je vis en perpétuel décalage. Je parle trop tôt ou trop tard, et surtout trop vite. J'agis par instinct de conservation, je pare au plus pressé, j'échafaude une justification dès que je me sens en difficulté, je pique dès qu'on me touche pour constater ensuite les blessures que j'inflige : je suis un misérable scorpion.

Elle a secoué la tête en soupirant, ce n'était pas de la commisération, plutôt un mélange d'abattement et de déception.

— *C'est sorti comme ça*, a-t-elle repris, en prenant soin de copier mon intonation. Mais qu'est-ce que tu as dans le ventre, ma pauvre Marguerite ? Dans le cœur ?

Et elle s'est dirigée vers la porte.

Mes mains sont devenues horriblement moites, j'ai compris que j'étais en train de la perdre, elle s'éloignait et pas seulement physiquement, elle qui avait toujours été de mon côté, à mes côtés, résistant à la pression de Jeanne et à celle de Lino, elle qui m'avait maintenu sa confiance à chaque incident !

Je la perdais car cette fois, il s'agissait de Milo, or atteindre Milo abolissait tous les privilèges, toutes les formes de protections, tous les accords implicites passés entre nous.

Comment pourrais-je survivre sans l'amour de ma sœur ?

Je devais interrompre le processus, l'empêcher coûte que coûte de quitter la pièce : si elle partait maintenant, ce serait fichu pour toujours, l'abandon serait entériné.

Alors, l'idée a surgi.

— C'est vrai, Céleste, j'ai agi n'importe comment. C'est parce que ces jours-ci, je n'ai plus toute ma tête. Je suis très perturbée.

Elle s'est retournée, la mâchoire légèrement desserrée. J'ai pensé, Vas-y Marguerite, elle est ferrée, tu la tiens au bout de tes lèvres, elle n'a pas plus que toi envie de te perdre, allons, fournis-lui une explication qui vaille le coup et elle s'en emparera.

— Perturbée ?

— Je n'ai pas voulu t'en parler, je voulais t'épargner.

— M'épargner, a-t-elle rétorqué amèrement, quelle ironie.

— Je suis enceinte, Céleste.

Elle s'est figée un instant, puis s'est approchée avec lenteur.

— Enceinte, toi ? Enceinte de qui, enceinte depuis quand, enceinte, Marguerite ?

J'ignorais si j'avais envie de pleurer ou de sauter de joie.

Sauter de joie parce que j'avais gagné. Je venais de prononcer le seul mot susceptible de la retenir. La grossesse et la maternité : le grand sujet de sa vie, celui qu'elle avait étudié durant des années, cherchant à comprendre pourquoi cela lui avait été refusé, donné ou repris.

Pleurer parce que j'avais le sentiment de m'enfoncer sous terre, de descendre l'échelle du pire, je la manipulais et lui mentais une fois de plus, la sacrifiant à mes pulsions, à mes faiblesses, à la nécessité de la garder.

Elle s'est assise à côté de moi, a observé mon ventre que je gonflais de toutes mes forces.

— Environ trois mois...

Elle calculait.

— C'est la villa gallo-romaine. C'est bien ça ? Je me souviens, tu m'as parlé du directeur du chantier. Tu disais qu'il vous avait mené la vie dure, que c'était un sale type, que tu avais abrégé le contrat. J'aurais dû me douter. J'ai pensé, à l'époque, elle en parle un peu trop, ça cache quelque chose.

Puisqu'elle avait toutes les réponses, pourquoi la contrarier.

— C'est ça, c'est lui.

— Il est au courant ? Tu le vois toujours ?

— Non, et je n'en ai pas l'intention. C'est un homme marié, un père de famille. De toute façon, je n'éprouve absolument rien pour ce type, Céleste, c'est arrivé un soir, je ne sais même plus comment. J'ai su que j'étais enceinte le matin de l'accident de Milo, j'avais du retard, alors la veille, j'étais passée acheter un test à la pharmacie.

— Tu as pris une décision ?

— Évidemment, je vais avorter. Il faut que je fasse vite. Je suis sans doute à la limite du délai légal, je devrai peut-être me rendre à l'étranger.

Remplacer un accident de la vie par un autre : une stratégie efficace. Soudain, Céleste ne cherchait plus à me condamner, bien au contraire, elle cherchait à m'aider, réfléchissant à voix haute. Elle replongeait dans ses obsessions. Qui est mort, qui est vivant. Qui a le droit de vivre.

— Ne te précipite pas, Marguerite, il faut en parler, ce n'est pas une petite décision, il s'agit d'un enfant, un enfant qui t'est offert dans des conditions inattendues, certes... mais tu pourrais le regretter...

— Un enfant sans père, non merci. Et puis tu sais quelle sorte de vie je mène, toujours pas monts et par vaux, enfin quoi, tu sais qui je suis ? Une enfant moi-même, maman ne cesse de le répéter, alors comment veux-tu. Non, définitivement, la question ne se pose pas. Par ailleurs, ce n'est pas un enfant, c'est un embryon. Maintenant que Milo s'est réveillé, je dois repartir en ville, prendre un rendez-vous avec un médecin et programmer une intervention.

— Discutons-en en famille, s'il te plaît.

— Avec maman ? Tu plaisantes ? Pour qu'elle me traite d'irresponsable, qu'elle me jette à la figure mon inconscience !

— Eh bien, elle n'aurait pas complètement tort, tu ne t'es pas protégée...

— Bien sûr que si. Mais il paraît que ça se produit parfois, rarement. C'est tombé sur moi, c'est tout.

Elle s'est levée, le regard triste. Je me détestais.

— Quel étrange traitement du destin. Toi enceinte, mon fils grièvement blessé. Sais-tu ce que Milo a demandé au moment où je quittais sa chambre ? Il voulait regarder les dessins animés. Il y avait un tas de programmes qui auraient dû l'intéresser, de la musique, du sport, des reportages, des films, mais non :

il voulait les dessins animés, une chaîne programmée pour les tout-petits.

— Je m'en veux tellement, Céleste.

— Je ne sais pas comment tout cela va tourner, a-t-elle lâché, le visage soudain cadenassé. Je sens Lino devenir fou. Moi-même, Marguerite, je lutte pour me souvenir que tu n'as rien voulu de tout ça, je lutte pour ne pas te haïr. Milo doit redevenir Milo, ou bien nous perdrons tous beaucoup.

La menace réapparaissait. Je ne tenais plus qu'à un fil, le reste de la corde était déjà sectionné.

Oh, Céleste, la vérité c'est que si Milo ne redevient pas Milo, s'il ne guérit pas, alors je n'aurai plus aucune raison de continuer à vivre. C'est déjà si compliqué, si épuisant. Tu n'en as aucune idée.

Bien sûr, tu sais pertinemment combien j'ai manqué d'amour – même si tu t'échines à le minimiser, tu en as été le témoin –, mais tu considères que la vie m'a suffisamment gâtée par ailleurs pour que l'ensemble soit acceptable. La beauté, d'abord. J'ai remarqué ton regard récurrent sur mes jambes, sur mon ventre. Je sais que tu n'es pas jalouse, tu m'aimes trop pour cela. Mais tu t'interroges. Tu te demandes comment s'est opérée la distribution de nos gènes. Pourquoi tu es plus petite, plus ronde, pourquoi tes yeux sont moins clairs, tes cheveux moins épais, ton nez plus large et moins joliment dessiné. Comme beaucoup d'autres, tu penses que c'est la chance ultime, le rêve que poursuivent presque toutes les femmes :

être désirable. Tu ignores que cette beauté-là ne m'a jamais apporté que du malheur. Des jalousies et de la convoitise, à commencer par celle de ton mari. Des mains sales et des pensées putrides.

Et puis mon métier. Je me souviens d'un soir, je t'ai emprunté un peu d'argent, je t'avais raconté comment on m'avait détroussée deux jours plus tôt au retour d'un voyage sur un site péruvien. Tu m'avais demandé des détails et je t'en avais fourni à la pelle, depuis mon malaise dans les toilettes de l'aéroport, victime d'une intoxication alimentaire, jusqu'au vol de mon sac à main, alors que j'attendais mes bagages. Tu avais caressé mes joues creusées par la fatigue et tu avais murmuré, Ce n'est rien Marguerite, on va t'aider, et puis tu as une telle chance de vivre ta passion, tandis que tu creuses au pied des pyramides ou que tu dépoussières des fragments de vase ancien, je suis enfermée du matin au soir devant des documents comptables. Crois-moi, cela vaut la peine de subir quelques inconvénients.

Tu n'es pas jalouse, non, ce n'est pas ton genre, mais tu me trouves plutôt bien lotie.

Je n'ai qu'à m'en prendre à moi-même, j'en fais des tonnes, comme le souligne souvent maman.

Ainsi ce soir où nous étions tous réunis et où j'ai annoncé que le doyen de l'université m'avait choisie pour l'assister sur un projet confidentiel, une découverte qui allait révolutionner l'étude des civilisations gréco-romaines. Tu étais épatée. Lino n'a pas relevé, quant à Jeanne, ce fut pire :

— Un projet secret sur une découverte dont tu ne peux rien dire, eh bien, quelle information, cela mérite au moins les titres du 20 heures !

Quel record devrais-je battre pour qu'elle soit fière de moi ?

Toi, au contraire, tu observes ma vie au travers d'un prisme invariablement bienveillant. Tu me trouves des qualités que je n'ai pas, tu m'attribues des victoires usurpées sans te poser la moindre question, tu ne vois ni les ombres ni les illusions, et moi qui t'aime tant, j'échoue à être honnête, je cultive le mirage, je te sacrifie à ma quête insensée : obtenir le même regard de notre mère.

Tu sais quoi, Céleste ? Tout ce que j'ai à perdre, c'est Milo et toi. Je n'ai rien d'autre. Ma vie est à l'image de cette chambre que m'a réservée maman dans cette maison, dès mon premier été : étroite, sombre, avec une minuscule lucarne placée si haut que la lumière semble appartenir à un autre monde. Et surtout, située à l'opposé des vôtres.

Maman avait justifié sa décision : pour un bébé, c'était mieux d'être au calme. Vingt-huit ans plus tard, elle ne m'a toujours pas proposé de changer. Lorsque Milo est né, elle aurait pu suggérer qu'on l'y installe. Au contraire, elle a fait aménager le grenier en *suite parentale*, vous l'a offerte, et a donné ta chambre à son petit-fils.

— Il est temps que je retourne à l'hôpital, ils doivent m'attendre. Je te verrai au dîner.

L'émotion liée à l'annonce de ma grossesse semblait s'être entièrement dissoute. Son ton était à nouveau froid et sec, comme si elle avait refermé un livre pour en ouvrir un autre.

— Je vais partir avec vous, si tu peux me déposer à la gare.

— Tu en es sûre ?

— Il faut que je rentre, tu sais bien. Tu diras à Milo que je l'aime, que je ne pense qu'à lui. Que je vous demande pardon.

Elle n'a pas répondu. J'ai fourré à la va-vite mes vêtements et ma trousse de toilette dans mon sac de voyage, je n'avais pas envie de partir, oh non, de toutes mes forces je désirais être près de Milo, être près de toi, Céleste, mais je n'avais plus d'autre choix.

Au pied de l'escalier, maman nous attendait. Elle a désigné mon sac du menton.

— Eh bien, tu nous quittes, Marguerite ?

— Il y a un train dans une heure.

Elle a hoché la tête, je savais ce qu'elle pensait – bon débarras –, elle aurait bientôt Céleste pour elle seule, ou presque.

À la gare, après un trajet effectué dans un silence complet, elles m'ont embrassée furtivement, détournant le regard l'une comme l'autre afin de me rappeler sans doute une dernière fois ma responsabilité et leur réprobation. C'était superflu : de nous tous, Lino inclus, j'étais le juge le plus sévère et prête à m'appliquer les sanctions les plus dures.

Les roues de la voiture ont crissé avec rage dans mon dos alors que j'allais pénétrer dans le bâtiment pour acheter mon billet.

Bientôt ils seraient réunis, le noyau dur, l'écosystème, le cercle parfait, vomissant mon corps étranger.

Je retournais à la ville et à ma solitude, prise dans mes propres filets.

# Jeanne

Parfois, le barrage saute lorsqu'on s'y attend le moins. Nous roulions vers l'hôpital après avoir laissé Marguerite à la gare, Céleste ne desserrait pas les dents, j'ai voulu la réconforter.

— Tu es sous l'effet de la trahison, c'est bien naturel. Elle a enfreint tes consignes. Même si elle ne l'a pas souhaité, elle est responsable de cet accident. C'est terrible, mais on ne peut rien y changer. Concentre-toi sur la suite : elle est repartie. Pour une fois, elle a pris la bonne décision. Elle ne nous imposera plus ce numéro de pleureuse – quelle honte quand on y pense ! C'est toujours pareil, si tu veux trouver le coupable, cherche celui qui crie le plus fort. Bon, elle est rentrée, c'est le principal, sa présence t'aurait pesé. Tu sais que je ne voulais pas qu'elle vienne pour les vacances, ce n'était pas prévu ! J'aurais dû rester sur ma position, j'ai cédé à cause de Milo, il y tenait absolument ! C'était idiot de ma part, mais reconnais que tu ne m'as pas aidée, tu as insisté toi aussi, tu m'as reproché d'être trop dure avec elle. Je ne suis pas dure, tu veux que je te dise ? Je suis lucide. J'ai essayé de faire mon boulot de mère, de poser des tuteurs, de la remettre d'aplomb, mais elle ne m'a jamais écoutée, jamais...

— Maman, stop !

Céleste avait crié et freiné en même temps. Elle a avancé la voiture jusqu'à un chemin qui s'enfonçait dans les champs de luzerne, s'est garée, a coupé le moteur.

— Marguerite avait une autre raison de partir. Ce n'est pas seulement Milo.

— Une autre raison ?

— Elle est enceinte, maman.

J'ai accusé le coup. J'ai pensé, Alors là, tu fais fort, Marguerite. On peut dire que tu choisis ton moment.

— Marguerite a un homme dans sa vie ? Première nouvelle !

— Pas exactement. C'était un accident. Un homme marié, sur le chantier.

Parfois, quand on s'y attend le moins, le coup de hache frappe en plein ventre.

Un accident.

Un homme marié, sur le chantier.

Mon corps irradié subitement, la douleur brute, intacte, qui se réveille presque trente ans plus tard.

Ainsi le temps ne guérit rien : il se contente d'enfouir.

— Elle veut avorter, maman. C'est pour ça qu'elle a décidé de rentrer. Mais moi, je pense qu'elle se trompe. Je veux que tu m'aides à la convaincre, que tu lui parles. Toi comme moi, nous avons eu tant de mal à tomber enceintes. C'est comme ça, dans certaines familles les enfants naissent par wagonnets, chez nous c'est au compte-gouttes. Avorter, c'est peut-être se priver pour toujours d'être mère, qui sait ce que l'avenir lui réserve ?

Ce que l'avenir lui réserve ?

Eh bien je vais te le dire, Céleste. Ou plus exactement, je vais te dire ce qui l'attend si elle n'avorte pas : toutes les nuances du noir. De l'amertume, de la rancœur, un indicible chagrin, l'isolement. Un poids qui s'alourdira chaque jour un peu plus. Une haine sourde qui grandira avec l'enfant jusqu'à les dévorer tous les deux. Ceux qui prétendent que les années referment la blessure, que l'amour finit toujours par l'emporter, ne les crois pas, jamais. Certaines condamnations sont irrévocables.

— Maman, mais enfin, de quoi parles-tu ?

— Elle doit avorter. Il le faut ! Tu m'as assez reproché de ne pas suffisamment l'aider. De ne pas suffisamment l'aimer.

Presque trente ans plus tard, l'histoire se répète comme un disque rayé. Le même fantôme se présente à la porte. Cette fois, je t'en supplie, ne l'ouvrons pas, Céleste. Je peine à contenir mes larmes, l'attaque est venue par surprise, je n'étais pas préparée.

— Le même fantôme ? Maman !

Combien de fois, Céleste, m'as-tu demandé pourquoi je ne m'étais jamais remariée ? Tu m'as présenté les pères célibataires de tes amies d'école, quelques professeurs, tu m'as inscrite à mon insu sur un site de rencontres. C'était peine perdue, ma fille : mon cœur s'est rétracté depuis bien trop longtemps. Il n'y a plus de place que pour toi et pour Milo. Les hommes m'ont piétinée, ils m'ont pissé dessus.

Je sais, ça ne se voit pas. Pour tous ceux que je croise, pour ma propre famille, je suis forte, cuirassée, invincible.

Mais la vérité : je ne suis rien de tout cela, Céleste. Je ne suis qu'une mise en scène, chaque jour retravaillée. Je déguise mes plaies comme un artiste masque ses cicatrices. Je maquille ma réalité et mon chagrin et parfois, je l'avoue, je me prends à mon propre jeu. L'espace de quelques heures, de quelques mois, j'oublie qui je suis : une femme à moitié morte. Ne me regarde pas avec ces yeux effarés, mon ange, depuis tes douze ans tu t'es employée à recoudre les déchirures, à rassembler les morceaux épars. Ne sais-tu pas, au fond, que je suis brisée ? Ne sais-tu pas depuis toujours que ta sœur n'est pas tout à fait ta sœur ?

Un homme marié, sur un chantier : la belle histoire.

Ton père et moi avions décidé d'aménager l'ancienne écurie. À cette époque déjà, il ne fréquentait plus guère mon lit. Nous faisions chambre à part à sa demande. Il ne s'intéressait qu'à ses collections, ses affaires, me traitait au mieux comme sa meilleure amie, son copilote. J'avais trente-trois ans, le corps vivant et affamé, l'homme s'appelait Rodolphe, te souviens-tu de lui ? Forcément oui ! Des yeux vert d'eau, taillé comme un athlète, une voix à te retourner la cervelle et cette tache de naissance, en forme de croix, dans le creux de la joue... Tu en étais amoureuse presque autant que moi. Pour toi un amour de fillette, pour moi une implosion.

— Rodolphe...

Tu étais si jeune, mais souviens-toi, Céleste ! Car tu es le seul témoin – les autres, désormais, sont morts ou disparus. Souviens-toi de son sourire, de ses mains larges et rassurantes, nous le suivions ensemble sur le chantier de l'écurie, deux casques jaunes vissés sur le crâne, éperdues et fiévreuses. À trente-trois ans, avais-je encore le droit d'être une femme et non seulement une épouse et une mère ?

Je t'envoyais faire les courses avec Jacques, prétextant la maison à ranger, la lessive à étendre. Dès le lourd portail refermé, il se jetait sur moi – et pardon ma fille de te l'avouer, il me ramenait à la vie.

— Maintenant je me souviens, oui... La marque sur la joue... Comment ai-je pu oublier ça ? Comment n'ai-je pas fait le lien aussitôt ?

— Tu avais douze ans... Tu n'as pas voulu le faire, tu sentais le danger, alors tu as effacé les données encombrantes. Tu as préféré te conformer à la version officielle et c'était bien normal. À vrai dire, j'ai pensé à l'époque que tu te taisais par délicatesse ou par crainte.

Je suis tombée enceinte un week-end de printemps, les travaux avaient bien avancé à l'écurie. Un accident, évidemment. Cela arrive parfois, rarement, c'est tombé sur moi. Mon ventre s'est arrondi, il était trop tard pour songer à interrompre la grossesse. J'ai attendu que ton père m'interroge, qu'il m'accuse, nous avions désormais si peu de rapports. Mais surtout, après des années passées à tenter de concevoir en vain un deuxième enfant, les examens avaient conclu à son hypofécondité. Autrement dit, ce bébé n'avait quasiment aucune chance d'être le sien. Eh bien, le croiras-tu ? Il n'a fait aucun commentaire, n'a exigé aucune explication. De toutes parts, on le félicitait : un deuxième enfant, c'est merveilleux, Jacques, espérons que ce sera un garçon ! Ses parents vieillissants, les miens, nos amis : à l'unisson. Jusqu'à toi, Céleste, si heureuse à l'idée de bercer un frère ou une sœur. C'est peut-être ce qui fut le plus dur : l'indifférence de ton père. Si cela convenait à tout le monde, si l'honneur était sauf et que personne ne doutait de sa paternité, alors il pouvait se mentir et s'accommoder de l'adultère jusqu'à en accueillir le fruit. J'aurais voulu qu'il se rebelle, qu'il hurle, qu'il m'en veuille, qu'il souffre – cela aurait signifié qu'il m'aimait encore un peu !

Mais il est resté muet jusqu'à l'accouchement. Moi, j'avais envie de vomir et cela n'avait rien à voir avec les hormones.

— Et Rodolphe ?

Il s'est inquiété aussitôt qu'il a su. Je lui ai juré que l'enfant était de Jacques, que je n'avais aucun doute, que les dates concordaient. Et puis on se protégeait, presque toujours. Et quand ce n'était pas possible, je veux dire – pardon, Céleste –, quand tout allait trop vite, eh bien on faisait attention, très. Cela n'a pas suffi à le convaincre. Il a pris ses distances, s'est arrangé pour qu'un ouvrier l'accompagne lors des visites sur le chantier. Plus je m'alourdissais, plus il s'éloignait, cherchant toute occasion de rappeler son statut d'homme marié et heureux en ménage, me poignardant de *ma femme* par-ci, *ma femme* par-là. Peux-tu seulement imaginer l'étendue de ma solitude et de ma détresse ?

Marguerite n'était pas née, mais je détestais déjà cet enfant venu m'ôter l'amour, le plaisir, le devenir.

Peut-être aurais-je pu l'aimer si notre famille avait tenu ? Peut-être serais-je parvenue à oublier l'odeur et le cou de Rodolphe, ses doigts sur ma nuque, ses lèvres sur les miennes, peut-être aurais-je pu me contenter de ton immense joie ? Contrairement à nous tous, tu adorais ta sœur avant même de l'avoir vue.

Satanée tache de naissance, parfaite réplique, dessinée sur sa joue comme la marque de mon infamie.

À la minute où la sage-femme l'a posée sur ma poitrine et que Marguerite a tourné sa tête, à la minute où ton père s'est penché sur elle, bouche arrondie de stupeur, j'ai su que je perdrais tout.

Il a quitté la salle sans un mot, si tu savais comme c'était dur, Quelque chose ne va pas ? a interrogé le médecin.

J'ai répondu à sa place en ravalant mes larmes, Mon mari a des affaires urgentes à régler. Tous ces gens en blouse bleue autour de moi ignoraient que ma vie s'effondrait, dans certaines familles, vois-tu, Céleste, les enfants naissent au compte-gouttes et c'est très bien ainsi, car avec eux naissent la haine et la désolation.

Céleste a déverrouillé sa ceinture, s'est approchée, le souffle coupé, Comment faire, comment faire, maman, a-t-elle murmuré, comme si elle pouvait encore changer les choses, revenir vingt-huit ans plus tôt, rétablir un ordre, corriger la trajectoire.

Elle avait sa tête appuyée contre mon épaule, j'ai caressé ses cheveux, respiré son parfum, tenté de m'étourdir, Ma fille chérie, il n'y a rien à faire, tu as déjà tant fait, sans toi je serais morte, j'aurais pris l'enfant et je me serais allongée sur les rails, mais tu étais là, avec toutes tes raisons de vivre, ta gaieté et ta candeur, ton amour inconditionnel, alors j'ai décidé de tenir bon. C'est toi qui as choisi ce prénom, Marguerite, moi je me fichais bien qu'elle s'appelle Nadège, Coralie ou n'importe quoi d'autre, mais tu as choisi Marguerite et j'ai pensé : je t'aime un peu, beaucoup, passionnément, à la folie, PAS DU TOUT.

Plonger dans l'abîme, et survivre. Je me cachais pour qu'à douze ans, tu ne voies pas ta mère ensevelie de larmes.

Jacques a reconnu Marguerite. Il aurait reconnu des octuplés plutôt que d'admettre qu'il avait été trompé. Seuls nos parents respectifs ont été mis dans la confidence. Avec eux il a joué la comédie du panache, Cette petite fille reste la sœur de ma fille, elle ne paiera pas pour la trahison de sa mère et le délit de fuite de son père, je veillerai à ce qu'elle ne manque de rien. Tu parles.

Aux autres, ses amis, ses collègues, ses camarades de promotion, il annoncé notre rupture en prétextant que nous ne nous entendions plus depuis longtemps, que cet enfant était celui de la dernière chance, mais avait échoué à nous réconcilier.

À la ville, où se trouvaient tous ceux qui comptaient pour lui, personne ne pourrait connaître la vérité. Ici, en revanche, tout le monde saurait à cause de cette croix sur la joue de Marguerite, sur la joue de Rodolphe. Mais de cela, il se moquait bien désormais. Il ne reviendrait plus ici : le marché était clair, une séparation à l'amiable, cette maison et de l'argent en conséquence contre ma discrétion.

— Mais Rodolphe, maman ? Qu'a dit Rodolphe de tout ça ? Où était-il pendant tout ce temps ?

Disparu du jour au lendemain, un peu avant le huitième mois – un autre est venu terminer le chantier. J'ai entendu dire qu'il avait déménagé dans un département voisin par le boucher, qui au passage, avait eu un sourire vicieux lourd de sous-entendus en demandant des nouvelles de ta sœur.

Cela fait si longtemps, le boucher a fermé boutique, beaucoup dans le village sont morts ou partis, qui se souvient encore de la tache sur la joue du maçon ? La vision de Marguerite ne blesse plus que moi. Elle est la croix que je traîne, elle est le combustible de ma haine. Pardon, Céleste : c'est injuste et je le sais, mais c'est ainsi.

Elle était maintenant parfaitement immobile, comme clouée à son siège par mes aveux. Dehors, les champs frissonnaient, à moins que ce soit moi.

Rodolphe, toile brute, voix grave, Je t'appellerai *Jean,* soufflait-il, c'est tellement plus joli.

Je suis tombée enceinte et les hommes que j'aimais sont devenus des lâches. On dit que les enfants sont des âmes qui nous choisissent : pourquoi diable Marguerite m'avait-elle désignée ?

Elle est venue au monde et le monde s'est dissous.

Et tu voudrais, Céleste, que j'encourage ta sœur à garder ce bébé ? Elle n'a engendré que du chagrin. Ne laissons pas le cycle se perpétuer. Si tu l'aimes, aide-la à avorter et s'il te plaît, n'en parlons plus, puisque désormais tu sais tout.

— Je regrette, maman, ça ne va pas être possible.

— Ma chérie…

Céleste avait relevé la tête, brusquement agressive.

— Qu'est-ce que tu imagines ? *N'en parlons plus* ? Mais de quoi au fait ? Du possible avortement de Marguerite ou de cet énorme secret que tu viens de me lancer à la figure ? Ah, mais suis-je bête, il n'y avait pas de secret puisque j'étais supposée avoir compris *depuis toujours*. Et Marguerite, est-elle supposée avoir compris la vérité, elle aussi ? *N'en parlons plus*, ça, c'est fort. As-tu songé quelquefois à moi en te vautrant dans tes mensonges ? As-tu songé que tu ne serais pas la seule à souffrir ? Sais-tu combien il est difficile d'être la préférée, non, disons plutôt, l'unique aimée ? Ma jeunesse disloquée entre culpabilité et responsabilité, *n'en parlons plus* ? L'abandon de ma sœur confinée en pension, *n'en parlons plus* ? Si j'ai bien compris, le temps imparti aux explications est échu, tu as livré ta petite confession, tu t'es soulagée tout en plaidant pour l'avortement, coup double, maintenant le livre se referme, le combiné est raccroché, il ne reste plus qu'à reprendre nos vies là où nous les avions laissées ? Comme si cette révélation ne devait rien changer ? Mais dis-moi, maman, sans cette grossesse inopinée de Marguerite, m'aurais-tu dit un jour la vérité ou comptais-tu te taire jusqu'à crever, comme l'a fait mon père au passage ?

Son téléphone a sonné, interrompant sa diatribe.

Je la regardais avec sidération, jamais elle ne s'était adressée à moi de cette manière – ou à quiconque, d'ailleurs, pour autant que je le sache. J'ai soudain compris qu'elle n'éprouvait aucune compassion. Une bourrasque mélangée de haine et de douleur m'a saisie, maudite

Marguerite, encore une fois tu étais le détonateur de la bombe, et avec quelle puissance !

À cause de toi, j'avais ouvert mon cœur tenu fermement bâillonné depuis presque trente ans et pour prix de mon aveu, je ne récoltais que foudre et désolation. À cause de toi, un mur s'érigeait entre Céleste et moi – qui eût pensé que cela fût possible ? C'est de toi qu'elle se préoccupait, c'est toi qu'elle plaignait, comme si tu étais la seule victime, comme si ta part de responsabilité ne comptait pas.

Sans doute ai-je le tort d'avoir mon âge. De la même manière que la bave du bébé émeut quand celle de la vieille personne dégoûte, les souffrances ne sont pas mesurées à la même aune chez la femme de trente ans que chez celle de soixante. J'ai cru bien faire en camouflant mes peines. J'ai cru protéger ma fille de mes nuits sans sommeil, du vide asphyxiant, du désespoir. Aurais-je dû insister auprès de Jacques pour l'informer de la situation et la convier à partager mon malheur ? Serais-je jugée moins durement aujourd'hui ? Où se situe l'égoïsme ? La responsabilité ? La vérité est-elle un devoir ? Où est la justice ? Peut-on me fournir le règlement ?

Quelqu'un peut-il comprendre que je deviens folle ? Que je deviens seule ?

Ce qui n'est pas encore dit n'existe pas. Il était prévu que jamais je ne parle, mais voilà, Marguerite, tu es tombée enceinte d'un homme sur un chantier et tu as tout foutu par terre. Toi et ton salopard de père. Toi et ce saligaud de Rodolphe.

Qu'on vienne me dire le contraire.

Céleste s'était redressée, le visage fermé. Elle a rangé le téléphone dans son sac, a bouclé sa ceinture et s'est tournée vers moi.

— C'était un message de Lino : il y a du nouveau avec Milo. Il faut y aller.

# LE TEMPS
# DE LA VENGEANCE

# Lino

Ma nuit est faite de sang, de chairs éclatées. De morts sales, répandues, dégoulinantes. Le téléphone sonne, j'apprends que Marguerite s'est fait renverser par un camion sur un de ses chantiers, « c'était pas beau à voir », précise mon interlocuteur. Le téléphone sonne, j'apprends que Marguerite s'est suicidée, elle s'est jetée sous les roues du camion ou dans les courants du fleuve du haut d'un pont gallo-romain. J'éprouve un soulagement inouï. Elle est punie. Il y a une justice.

Je me réveille, vaguement déçu. Suis-je un monstre pour autant ? Je serais curieux de savoir, parmi tous ceux que j'ai croisés au long de ma vie, qui n'a jamais souhaité le malheur d'autrui. Qui n'a pas souhaité que cet énergumène excité, qui vient tout juste de lui faire une queue-de-poisson, ne finisse sa course dans un platane. Qui n'a pas souhaité que cette femme ou cet homme pour qui l'on a été quitté soit quitté à son tour pour une plus jeune ou un plus riche. Qui n'a pas souhaité que son collègue aux dents longues soit viré pour abus de bien social ou harcèlement moral. Vous, peut-être ?

Souhaiter n'est pas tuer.

Lorsque ma mère m'a communiqué sa fin de non-recevoir, j'ai souhaité qu'elle ou n'importe lequel de mes frères et sœurs tombe gravement malade. Je les aurais sortis du pétrin. Couverture médicale, consultation privée. Ils se seraient souvenus que nous formions une famille. J'y pense encore, parfois. Je m'imagine rassurant ma mère appelant au secours, ma mère effrayée et reconnaissante. Suis-je un être amoral ?

Marguerite est enceinte, m'a annoncé Céleste. La vie s'épanouit dans son ventre tandis que celle de Milo se recroqueville. Est-ce moral ?

Céleste voudrait qu'elle garde l'enfant, lorsqu'elle m'a lancé ça, je venais d'apprendre que Milo serait transféré à la fin de la semaine dans un centre spécialisé, un hôpital proche de chez nous, pour entamer sa rééducation.

— C'est magnifique ! s'est réjouie Céleste. Il sera tout près, nous allons pouvoir rentrer et nous organiser pour l'aider.

Magnifique : mon fils incapable d'aligner dix mots d'affilée, incapable de marcher plus de deux mètres sans tomber, incapable d'éviter le moindre obstacle. Ses lèvres tremblantes, son pauvre sourire. Mon petit homme de douze ans, mon champion, mon as des as, changé en triste mollusque, abracadabra.

— C'est une question de temps, Lino, il va récupérer.

Nos visions divergent plus que je ne l'aurais imaginé. Il a suffi que Milo ouvre la bouche pour que ma femme retrouve une partie de son énergie et de son optimisme. Elle considère désormais que tout va pour le mieux, puisqu'on a échappé à *l'enfant mort* – ou mort-vivant. Elle nous trouve presque chanceux : le corps médical est optimiste, qu'il s'exprime au conditionnel et floute les durées ne la gêne nullement. *Milo devrait accomplir des progrès significatifs dans les semaines ou les mois qui viennent*.

C'est moi qui bois, mais c'est elle qui perd le sens de la réalité. Je ne la contredis pas – je la préfère aveugle et heureuse plutôt que lucide et abattue. Je garde pour moi mes lectures des statistiques – deux ans après le traumatisme, soixante-dix pour cent des enfants ont retrouvé une indépendance locomotrice et gestuelle.

Après deux ans : magnifique !

Et les trente pour cent restant ?

Céleste se protège, je peux le comprendre et même l'encourager. Mais qu'elle protège Marguerite, là, ça ne me convient plus.

Le lendemain de l'annonce du transfert, alors que je ne pensais qu'aux épreuves qui attendaient Milo, Céleste avait remis cette histoire de grossesse sur le tapis. Elle nous accusait, sa mère et moi, d'être inhumains parce que nous penchions pour l'avortement. Les choses avaient dérapé lorsque j'avais pointé son attitude paradoxale – prétendre aimer Marguerite tout en allant contre ses décisions. Elles s'étaient envenimées lorsque j'avais fini par exploser, merde, nous étions en train de débattre du meilleur choix possible pour la personne responsable de l'état de notre fils, quelqu'un qui nous avait menti, trahis, poignardés, n'avions-nous pas mieux à faire ?

— Ce n'est pas une personne, ce n'est pas quelqu'un, c'est ma sœur, avait rétorqué Céleste, glaciale.

Ça m'avait troué l'estomac et j'avais pensé, Tu serais bien contente d'entendre ça, petite conne, de constater que j'en suis réduit à faire alliance temporaire avec ta mère. Non contente de me priver de mon fils, tu te verrais bien m'enlever Céleste.

Je m'étais réfugié dans l'abri à vélos, bientôt saoul, imbibé d'une vodka bon marché, bercé par le flottement de l'alcool.

Tu es venu m'y rejoindre ce soir-là, Milo. Tu étais aérien, tu n'avais pas ce trou dans le crâne, ce visage lacéré, ces mouvements saccadés, cette voix atone, tu as compté avec moi les étoiles sur le cadre et le guidon tordus, les étoiles que j'avais peintes l'été précédent en signe de protection et de succès – la voûte Céleste.

Quelle ironie.

Tu t'es allongé à mes côtés, au fond je savais bien que tu n'étais pas là, que c'était une hallucination, une émanation de mon cœur de père brisé, peu importe, j'ai senti tout l'amour qu'il y avait entre nous, je t'ai entendu murmurer des mots réconfortants, j'aurais voulu que ce moment-là soit le dernier, j'aurais voulu m'endormir pour toujours contre toi, mon fils.

À deux ans, ton camion rouge et jaune et son Klaxon aigu.

À cinq ans, tes déguisements de super-héros que tu refusais de quitter pour aller en classe et le regard réprobateur de la directrice de l'école.

À sept ans, ta crise mystique lorsque tu t'adressais à Dieu dans ton sommeil, et ce jour où, nous accompagnant à l'enterrement d'une amie de Jeanne, tu avais emprunté des fleurs fraîches sur le caveau pour égayer les tombes abandonnées.

À huit ans, ton premier roman intitulé *Les Trois Maladroits*, dans lequel trois pieds nickelés cherchent des trésors qu'ils finissent immanquablement par égarer lorsqu'ils les trouvent.

À dix ans, l'abandon de ta carrière littéraire au profit de la recherche scientifique et les bases de ta première invention, un combustible à partir de compost de lombric.

À douze ans, ton corps désarticulé sur le sol.

Vomir ma rage.

J'ai dormi les quatre nuits suivantes dans l'abri, des nuits tièdes, accueillantes, bercées du grésillement des grillons, mais l'alcool est une drogue aux effets inconstants et tu n'as plus fait d'autre apparition. J'ai dû me contenter de mon garçon fracassé dans sa chambre d'hôpital, tu étais vaillant, courageux, mon Milo, mais alors que ta mère battait des mains à chaque petit geste effectué à l'aide des soignants, ma détresse s'amplifiait.

Céleste mesurait les avancées, moi la dévastation.

Le matin du départ, elle est venue me réveiller vers 7 heures. Elle avait rangé la maison avec Jeanne et chargé la voiture. Je suis monté à l'arrière, le sac d'école de mon fils à mes pieds. J'ai observé le village s'éloigner, la route sinuer dans la forêt, la nationale s'annoncer. La circulation était dense : malgré l'heure matinale, nous étions déjà nombreux à regagner la ville en cette fin du mois d'août. À l'intérieur des véhicules que nous dépassions, des familles s'agitaient, joyeuses, intactes. J'ai songé aux camarades de classe de Milo. Dans vingt-quatre heures, ils reprendraient les cours. Ils envahiraient les couloirs, excités de se retrouver, pressés d'apprendre le nom de leurs professeurs, de reprendre les rivalités, les bagarres, les histoires d'amour : pressés de vivre. Combien de temps leur faudrait-il pour remarquer son absence ?

Pour autant que je le sache, il était apprécié mais discret. Ni au premier rang ni au dernier, formant un duo inattendu avec Gaspard, un gosse de riches que je peinais à supporter.

— Papa, arrête d'en vouloir à Gaspard d'être le fils de son père.

— C'est difficile quand on est face à un clone. C'est une mauvaise influence, il ne fiche rien, syndrome classique du né-coiffé.

J'argumentais, mais Milo avait raison. C'était au père que j'en voulais. À sa manière d'inviter mon fils dans des endroits chics et chers, club avec bassin olympique et tennis en périphérie de la ville (où la cotisation annuelle aurait couvert l'inscription d'une classe entière à la piscine municipale), week-ends dans son manoir normand pieds dans l'eau, avant-premières au cinéma en présence des acteurs vedettes, concerts en loge vip.

Le père de Gaspard dirigeait une banque privée fondée par son propre père. Parfois, il lui arrivait de passer avec son fils pour prendre Milo et les emmener en sortie. Il était plus grand que moi, toujours vêtu d'un manteau noir parfaitement taillé qui avait dû coûter une fortune. Il apparaissait sur le seuil, tendant la main avec un sourire paternaliste, et aussitôt je redevenais le fils d'ouvrier serrant la main du fils du patron, peu importe si j'avais parcouru tant de chemin, si j'étais diplômé bac + 5, si j'étais propriétaire d'un appartement en centre-ville et d'une berline haut de gamme (payée toutefois à crédit), tout s'évanouissait, je me sentais misérable, inférieur.

Peut-être le regard admiratif de Céleste et celui, envieux, de Jeanne, qui l'avait croisé à l'occasion d'un anniversaire, rendaient-ils les choses plus compliquées encore. Je croyais entendre ma belle-mère susurrer à ma femme, eh bien voilà, c'était un homme de cette trempe qu'il te fallait !

Jeanne nous avait poussés à inscrire Milo dans cette école huppée.

— Dans la vie, tout marche par relations. Et des relations, pardon, Lino, mais ce n'est pas un cadre dans l'informatique, aussi sympathique et compétent soit-il, qui va lui en fournir énormément. Ici, ton fils se fera un réseau. Mais après tout, si tu penses qu'il se débrouillera par lui-même, c'est à toi de voir…

La peste m'avait envoyé dans les cordes. Elle était incroyablement douée pour me rappeler ma position de second choix. Pour employer des phrases à double ou triple sens de lecture. Pour appuyer là où c'était douloureux, au plus intime.

Je voulais que Milo réussisse, oui. Je voulais qu'il porte les mêmes manteaux que le père de Gaspard, qu'il ait ses entrées partout, qu'il ne vive pas à crédit. Qu'il ne se sente jamais inférieur à qui que ce soit, qu'il ne baisse jamais la tête ni les yeux.

Je l'avais inscrit. Résultat, un mouton noir au milieu d'un troupeau plaqué or. Le seul de sa classe à ne posséder ni smartphone, ni compte en banque déjà garni d'une somme à trois zéros. Milo était le fils du concierge dans un immeuble bourgeois : on joue avec, mais les parents ne dînent pas ensemble.

Il n'empêche, il était bien plus brillant que la majorité de ses camarades.

Il était.

J'ai envie de pleurer.

Aujourd'hui, Milo ne s'intéresse plus à la mécanique des fluides. Il n'est plus celui que les autres consultent à l'intercours en quête d'éclaircissements. Aujourd'hui, mon fils demande à regarder les aventures de Garfield et de Woody Woodpecker. Allongé dans une ambulance, il file vers des séances de kinésithérapie, d'orthophonie, d'ergothérapie, de psychothérapie tandis que Gaspard, en possession de tous ses moyens, prépare ses cahiers d'anglais, de mathématiques ou d'histoire et glisse dans sa trousse un stylo plume quatorze carats.

Vomir ma rage.

— Tu comptes retourner au bureau cette semaine, Lino ?

Jeanne me fixait dans le miroir passager. Ce n'était pas une question anodine, elle se fichait bien de la réponse. C'était sa façon de me pointer du doigt, de souligner les stigmates de ma nuit alcoolisée. Ma barbe naissante, ma peau grisâtre, striée, mes yeux cernés de noir.

— J'y retourne ce matin. Je monte les valises, je me rase et j'y vais. C'était prévu comme ça.

— Il n'était pas prévu que Milo ait un accident, a murmuré Céleste. Il n'était pas prévu qu'il partirait en rééducation et qu'on le transférerait aujourd'hui. Il faut aller à l'hôpital pour l'accueillir : on ne va quand même pas le laisser tout seul ! Tes collègues comprendront.

Ça oui, ils comprendront, je n'ai aucun doute là-dessus. Les anciens chuchoteront aux plus récents, Ce pauvre Lino, il y a des années, déjà ce drame atroce, l'enfant mort, et maintenant l'accident de son fils, quelle poisse ! Ils commenteront, échangeront des exemples, émettront des hypothèses, soulagés dans le fond que le destin frappe deux fois au même endroit – comme une garantie qu'eux seront épargnés. Ils se sentiront vernis, élus. Le soir, au dîner, ils diront à leurs conjoints, leurs enfants, Voyez comme il faut profiter de la vie, on ne sait jamais ce qui nous attend ! Tout en songeant qu'à eux, cela n'arrivera pas. Puis ils passeront à autre chose. Ils reprendront leur petite vie confortable et leurs calculs de RTT. Certains même, dans leur for intérieur, ne seront pas fâchés de me voir aux prises avec le malheur. Je n'ai pas d'amis là-bas. Comme autrefois au collège, au lycée, à l'université, je suis trop bon élève, cela agace. Je ne conteste pas, comme eux, la surcharge de travail, le matériel insuffisant, l'organigramme anarchique, je fais avec, je m'accroche, je m'améliore. Ils y voient un zèle coupable, lorsqu'il ne s'agit que de lucidité. Je n'ai pas parcouru tout ce chemin pour le terminer comme tant d'autres par un crash au premier plan social, trop jeune pour la retraite et trop vieux pour être à nouveau recruté. Qui protégerait ma famille ? Aujourd'hui plus que jamais ?

*Rien ne compte en dehors de l'objectif.*

Depuis mon entrée dans l'entreprise, voici vingt-deux ans, je n'ai manqué que deux jours.

— Vas-y, toi. J'irai en sortant. D'ici là, Jeanne peut t'accompagner.

Ma belle-mère a lâché un soupir sonore.

— Maman, a fait Céleste, je t'en prie, épargne-nous tes commentaires. Lino sait ce qu'il a à faire.

— C'est la meilleure, je n'ai pas dit un mot !

Plonger dans les dossiers, me dissoudre dans le travail pour cesser de penser, pour ne pas devenir fou. Fuir l'image massacrée de mon fils l'espace de quelques heures. Contenir le torrent de haine qui me soulève.

— Ce qui serait bien, maman, c'est que tu appelles Marguerite pour savoir si elle a pris ou non son rendez-vous avec le médecin. Je n'ai pas réussi à la joindre depuis avant-hier soir, il devait y avoir un problème avec son téléphone, ou bien c'est l'opérateur ? Ou alors, elle a franchi le pas : si ça se trouve, elle est à la clinique…

Je l'ai interrompue.

— J'ai fait suspendre sa ligne.

Céleste s'est penchée sur le rétroviseur, front plissé, incrédule.

— Tu as fait ça, Lino ? Mais enfin, pourquoi ?

Ma femme me sidérait.

— Pourquoi ? Je lui ai pris ce téléphone et cette ligne après qu'elle s'est fait voler son sac à l'aéroport, à *ta demande*, Céleste. C'était censé durer quelques jours, cela fait quatre mois. Depuis, je suppose qu'elle a eu le temps de refaire ses papiers ? Elle est partie sur ce chantier dans le sud de la France où, en dehors de faire des galipettes, elle a travaillé, gagné sa vie, profité.

— Lino !

— Sérieusement, est-ce qu'elle n'aurait pas dû régler le problème ? Prendre son propre abonnement, sans parler de rembourser mes dépenses ? Et, plutôt que d'insister pour venir passer ses vacances avec nous et foutre au passage la vie de mon fils en l'air, tu ne crois pas qu'elle aurait pu chercher un appartement ? Depuis combien de temps ta sœur vit-elle à nos dépens ? Huit mois que j'ai dû lui céder *ma* place, *mon* studio. Une urgence, tu te souviens ? Un coup de main temporaire ! Huit mois à lui faciliter la vie sous tous les angles, à la nourrir et la blanchir les trois quarts du temps. L'as-tu vue consulter les annonces une seule fois ? A-t-elle proposé de participer aux frais ? Ah mais oui, j'oubliais : elle garde Milo lorsque nous sommes absents, elle l'aide à faire ses devoirs. Avec une certaine efficacité, il faut bien le noter.

Céleste se tassait sur son siège.

— Lino, s'il te plaît.

Tu n'as pas l'air d'y voir clair, ma chérie, alors pardonne-moi si cela doit te blesser mais je vais faire le ménage pour toi, je vais secouer les tapis et nettoyer les vitres, puisqu'enfin, enfin je m'y autorise. Ta sœur est un parasite. Elle nous suce le sang depuis des années. Je l'ai accepté au départ : voilà ma part de responsabilité. Ma part de culpabilité aussi, mais c'est une autre histoire. Ouvre les yeux ! Elle a profité de ta générosité. Abusé, devrais-je dire. Elle connaît ta faiblesse à son égard et la mienne à ton endroit. J'ai laissé faire. J'ai laissé braire. Longtemps. Mais il y a des limites à l'abnégation, Céleste. Ou plutôt, à la folie. Ne me demande plus d'héberger la femme qui a envoyé Milo sur un lit d'hôpital. Ne me demande plus de l'entretenir, ni même de l'aider en aucune manière : cela m'est physiquement, intellectuellement, moralement impossible. D'ailleurs, tu sais quoi ? Lorsque je rentrerai ce soir, je veux qu'elle ait vidé les lieux. Dégagée, l'éternelle sangsue. Je récupère mon bien, je récupère mon espace, je ne veux plus l'entendre ni la voir, et s'il te plaît, Céleste, stop ! Réfléchis bien avant de répondre ! Si toutefois tu t'apprêtes à prendre sa défense, si tu t'apprêtes à négocier un délai de grâce, sache par avance que je serai incapable de l'entendre. Si tu as une hésitation, ne serait-ce qu'une fraction de seconde, pense à notre fils, pense à ce que tu as vu hier encore dans ses yeux. Il est terrifié. Tout est devenu si compliqué. Tout est devenu si douloureux. Presque inaccessible. Incompréhensible. Ton fils, merde. Ton fils de douze ans, handicapé ! Par sa faute à elle !

Céleste pleurait en silence en serrant le volant. Sur quoi, sur qui ? Sur notre vie disloquée ? Sur nos rêves effondrés ?

— Calme-toi, Lino, s'est interposée Jeanne. Est-ce que tu te rends compte au moins que tu hurles ? Je ne dis pas que tu as tort, mais tu peux t'exprimer autrement, on est civilisés.

Ah, ça vous surprend, l'une comme l'autre, hein ? Je ne vous ai pas habituées à étaler mes états d'âme. Jusqu'ici, j'ai gardé pour moi mes douleurs et mes frustrations, il faut dire que ça arrangeait tout le monde, peut-être même moi, un temps. Lino le mutique. Celui qui avale les crapauds sans ciller, supporte les effets secondaires de son mariage et encaisse l'enfant mort sans jamais présenter la facture.

Mais la digue vient de céder. Mon gosse, mon petit gars se débat dans un long tunnel noir dont on ignore encore sur quoi il débouche : je ne peux plus *me calmer*. Je ne suis pas un type bien, je ne suis pas un saint et je tiens désormais à ce qu'on le sache. La vérité, c'est que tout en moi réclame justice. La vérité, c'est que j'aimerais voir Marguerite souffrir autant que Milo. Peut-être même que j'aimerais la voir morte.

Qu'elle ait un accident stupide, tiens, voilà ce qui me calmerait.

— Tu ne penses pas ce que tu dis, c'est terrible. Je te connais, Lino, tu ne le penses pas. De surcroît, elle est enceinte, a fait Céleste. Et tu voudrais la mettre dehors ?

— Qu'elle aille chez sa mère ! À l'hôtel ! Chez ses amis, n'importe où, mais pas chez moi. Ah, et puis autre chose. Je ne veux pas la voir non plus dans la chambre d'hôpital de Milo, que ce soit clair ! Je veux qu'elle foute la paix à mon fils. Je veux qu'elle sorte de notre existence.

Céleste s'est tournée vers Jeanne.

— C'est compliqué chez moi, s'est empressée de répondre ma belle-mère. Je n'ai pas la place, tu le sais bien, Céleste.

Jeanne avait déménagé pour un appartement plus petit, doté d'une seule chambre, lorsque Marguerite avait commencé ses études d'histoire de l'art et intégré une cité universitaire. Puis elle avait repéré ce vaste trois pièces juste en face du sien, comme par hasard, au moment où Céleste et moi cherchions à nous agrandir. Nous n'avions pas l'apport personnel nécessaire, mais elle s'était proposée, Céleste était tellement heureuse, deux grandes chambres, un salon lumineux et surtout, le studio du sixième étage qui y était adjoint.

J'ignorais, à l'époque, qu'il ne faut jamais accepter l'aide financière d'une mère fusionnelle : une fois le capital remboursé, les intérêts restent dus à vie.

Jeanne a baissé la voix.

— Pour être honnête, je comprends ton mari. Qui voudrait cohabiter avec la femme responsable du malheur de son enfant ?

Nous étions arrivés à destination. J'ai empilé nos valises dans notre hall, puis j'ai sorti les bagages de Jeanne et je l'ai accompagnée chez elle, remplissant encore une fois mon devoir de gendre discipliné. La dernière, sans doute. Ma décision de couper les ponts avec Marguerite annonçait le début d'un autre processus. Il était en train de crever, le gentil Lino. Celui qui avait accepté d'être jeté hors de sa famille, puis méprisé, envahi, exploité par sa belle-famille. Celui qui avait tout sacrifié à un idéal désormais moribond. Le temps était venu de remettre les choses et les êtres à leur place.

— Merci Lino, à tout à l'heure ! a fait Jeanne. Tu me diras si tu as besoin de quelque chose.

L'air autour de moi m'a semblé soudain beaucoup plus respirable.

# Marguerite

Pour se rendre au centre de rééducation, il fallait emprunter un premier bus, puis un train de banlieue, puis encore un autobus. Une heure et demie de trajet, mais je n'avais rien d'autre à faire, de toute façon.

Lino peut bien m'interdire l'accès à la chambre de Milo, il ne peut pas m'interdire de venir jusqu'ici. Pas plus qu'il ne peut m'interdire d'aimer Milo.

Il veut se débarrasser de moi. Il considère que j'ai commis l'inexcusable, pourtant ce n'était pas un crime, c'était un accident. On aurait aussi bien pu voir nos rôles inversés, Milo et moi : lui appelant les secours, moi inanimée sur le bord de la route. C'est tombé sur lui. Je suis responsable, mais pas coupable.

Lorsque Lino est entré dans mon lit, cela n'avait rien d'un accident. Il est venu avec un objectif. Il s'est acharné, a échoué pour des raisons purement mécaniques. Il est responsable et coupable, mais les séquelles sont invisibles et personne n'a jamais fait son procès.

Lino ne cherche pas à m'éliminer pour venger Milo, il cherche à m'éliminer pour se protéger – ma première hypothèse se confirme.

La seule inconnue : en est-il conscient ?

Hier matin, Céleste a frappé à ma porte. Elle semblait essoufflée, j'ai demandé, l'ascenseur est en panne ? Mais elle a secoué la tête, ce n'était pas une panne mais une urgence, je dois faire vite, Marguerite, Milo est transféré ce matin en rééducation, il faut que tu partes avant ce soir, que tu quittes le studio, ne me demande pas de détails, Lino t'en veut énormément, moi aussi d'ailleurs je t'en veux, enfin je n'aurais pas fait ça, je veux dire, pas de cette manière, pas maintenant, à propos je suis soulagée de te trouver ici, cela signifie que tu n'as pas encore décidé pour l'avortement, n'est-ce pas ? Mais voilà, grossesse ou pas, le téléphone, l'appartement, ça ne pouvait plus durer, il faut reprendre tes affaires, t'installer ailleurs et me rendre les clés.

Elle me foutait à la porte, sur-le-champ.

Les mots se sont bousculés sans parvenir à s'ordonner. J'ai bredouillé son prénom, Céleste, Céleste, Céleste, s'il te plaît ne fais pas ça, ce n'était pas de me retrouver dehors qui me tuait, c'était de la voir renoncer à me défendre, renoncer à me pardonner, se ranger du côté de l'ennemi pour de bon.

— Tu trouveras bien un ami pour t'héberger ?

Je trouverais, oui. Un *ami*, ça se trouve toujours. Est-ce que j'avais le choix ?

— Donc tu n'as pas encore pris de décision, c'est bien ça ? Tu vas garder le bébé ?

Un court instant, j'ai pensé tout arrêter, m'asseoir avec elle, lui parler, déposer mon fardeau, pas juste une partie, pas juste ce qui pourrait arranger l'une ou l'autre, mais la totalité, le bloc, puis j'ai pensé que ce serait égoïste, ça finirait de la mettre à terre au moment le plus délicat pour Milo, pour elle, je ne pouvais pas faire ça à mon meilleur ami ni à la seule mère que j'aie jamais eue.

Alors je me suis tue.

Du plus loin que je m'en souvienne, pas une fois Jeanne ne m'a fait un câlin. Pas une fois elle ne m'a dit : je t'aime. Je croyais que cela ne me manquait pas. Je croyais que cela ne comptait pas. Je me trompais.

— Fais vite, Marguerite, s'il te plaît.

— D'accord.

C'était facile, je n'avais pas grand-chose, aucune babiole, rien de superflu et, surtout, je savais m'y prendre pour caser dans une valise le contenu d'un placard, le secret c'était de rouler, rouler les T-shirts à s'en écraser les doigts, les pantalons, les pulls, remplir ses chaussures avec ses chaussettes, poser à plat les vêtements les plus épais.

— C'est l'avantage de voyager souvent, tu as le sens pratique, a commenté Céleste, embarrassée. Je t'aurais bien laissé plus de temps, mais je dois être au centre le plus tôt possible.

— On pourrait y aller ensemble ?

— C'est impossible, Lino ne veut pas de toi là-bas. Il ne veut plus te voir, tu comprends ? Plus du tout, ici ou ailleurs. Il ne veut plus que tu approches Milo. Tu sais, ce n'est pas facile. Milo est…

Elle s'est interrompue, sa poitrine s'est soulevée brutalement, elle s'est mordu les joues pour retenir ses larmes : elle avait mal. Moi aussi.

— Laisse-nous du temps, Marguerite, je te donnerai des nouvelles.

— Je ne lui ai même pas dit au revoir. Je veux seulement qu'il sache que je pense à lui sans cesse, que je serai là pour lui, toujours. Laisse-moi le voir, juste une fois. Quelques minutes.

— N'insiste pas, s'il te plaît. Je n'ai pas envie de me battre.

Et moi donc.

J'ai glissé mes dernières affaires dans mon sac. Au moment où je passais le seuil, elle m'a arrêtée.

— Va voir maman, Margue. Il faut que tu lui parles. Vraiment.

J'ai haussé les épaules, pour lui dire quoi ?

— Pour l'écouter. C'est important.

— Écoute, Céleste. Je me fous de ce que maman peut dire. J'en sais assez sur ce qu'elle pense de moi. La seule personne qui m'intéresse dans l'immédiat, c'est Milo.

Je suis tellement triste que tu ne le comprennes pas. Je croyais que tu savais l'abîme qui me sépare de Jeanne. Je croyais que tu savais le lien qui m'unit à ton fils. Sa force, son indéfectibilité.

On avait ce jeu tous les deux, pardonnable, impardonnable.

Tu voles dans mon porte-monnaie : pardonnable.

Un hold-up : pardonnable.

Tu as commis un homicide involontaire : pardonnable. Un meurtre, pardonnable. Un assassinat, je viendrai te voir en prison !

On cherchait pour quel motif on pourrait bien se laisser tomber, lui et moi, on n'en voyait aucun : tout ce qui pourrait arriver de mauvais ou de contrariant, à l'un comme à l'autre, aurait forcément une explication, sinon une justification.

Ce qui est bien, disait Milo en collant son nez dans mon cou, c'est de savoir que quelqu'un sera là pour toi quoi qu'il arrive, qu'au moins une personne au monde ne cessera jamais d'avoir confiance en toi.

Ce qui est bien, répondais-je, c'est de savoir qu'une personne au monde, rien qu'une seule, tient à toi pour toujours. Quoi qu'il arrive.

Connais-tu ce sentiment, Céleste ?

J'en doute. Tu as toujours été tant aimée, par tous.

Après mon départ de l'appartement, je suis allée déposer mon sac dans une consigne, puis j'ai sillonné les quartiers populaires de la ville pour trouver une chambre d'hôtel abordable. Je n'avais plus grand-chose sur mon compte, de quoi tenir quarante-huit heures au plus, la faute à cette robe à damiers achetée juste avant les vacances. Je ne courais pas les boutiques, c'est Milo qui l'avait repérée.

— Elle est drôle, elle est faite pour toi, il faut que tu l'achètes, Margue.

— Drôle ? Une robe peut être drôle ? Bon, si tu le dis. Mais elle doit coûter très cher !

— Ne t'en fais pas, je vais négocier.

Lorsque nous étions ensemble, il adorait faire le pitre, le charmeur, un gentleman dans un corps de gamin, un marchand de tapis volants. Les hommes comme les femmes, tous fondaient, ils murmuraient, l'œil humide, si j'avais un fils, petit, j'aimerais qu'il te ressemble.

La robe avait été achetée à moitié prix.

Si, par magie, Lino et Céleste voyaient le film de nos aventures, changeraient-ils d'opinion à mon égard ? Au tien, Milo ?

Le scénario puisait dans notre histoire commune. Toi, coincé entre un père engoncé dans ses exigences et une mère empêtrée dans sa volonté de bien faire. Moi, garrottée par Jeanne, privée d'éclats de rire, de joie ou d'insouciance. J'étais la poudre, tu étais l'étincelle.

Ce que tu m'as offert, Milo, n'a pas de prix.

J'ai eu trois ans quand tu as eu trois ans, nez à nez dans le bac à sable, on construisait des tours pour les détruire ensemble à coups de pelle en poussant des cris de joie.

J'ai eu cinq ans quand tu as eu cinq ans, on a couru en riant, un, deux, trois, soleil, et tu gagnais toujours !

J'ai eu sept ans quand tu as eu sept ans, on ne se parlait plus qu'en morse et par talkies-walkies.

J'ai eu neuf ans quand tu as eu neuf ans, on a inauguré une ferme à fourmis et fait pousser nos premiers cristaux.

Tu m'as offert une enfance. Tu m'as offert la légèreté et la félicité. Par intermittence, certes, mais c'était déjà prodigieux.

Et il faudrait que je t'abandonne ?

J'ai trouvé une chambre en périphérie de la ville. L'immeuble ressemblait plus à une prison qu'à un hôtel, mais il avait l'avantage d'être proche de l'arrêt de bus. Je suis retournée prendre quelques affaires à la consigne et j'ai laissé le reste, tandis qu'un assaut de souvenirs m'étranglait, partir, revenir, depuis ce temps de l'internat où Jeanne m'avait expédiée lorsque Céleste avait quitté la maison.

J'entrais en CM2, dans le bureau de la directrice une affichette clamait le mot d'ordre de l'école, *Éduquer et épanouir les enfants en difficulté*, j'avais demandé à ma mère si j'étais en difficulté, mais elle m'avait fait signe de me taire, puis, en me laissant avec ma valise, avant de m'embrasser rapidement, elle m'avait dit : tu verras, plus tard tu me remercieras.

Je suis arrivée à l'hôpital peu après 10 heures. Il était situé dans un parc immense. Milo serait content, lui qui adorait les arbres, ceux-là étaient si grands qu'ils dépassaient en hauteur certains bâtiments. À l'accueil, on m'a indiqué où se trouvait sa chambre, au bout d'un chemin de gravillons blancs, Unité B, deuxième étage. À mesure que je m'en approchais, mon cœur battait de peur et de joie à la fois, je savais bien que je ne le verrais pas, c'était prévu et j'avais intégré la sanction, mais j'espérais qu'il sentirait ma présence, et, qui sait, peut-être que Céleste finirait par fléchir et m'accorder quelques minutes près de lui, on ne dirait rien à Lino, ce serait notre secret.

Elle se tenait dans le couloir lorsque je suis sortie de l'ascenseur, patientant sans doute le temps d'un soin à Milo. Elle s'est avancée vers moi dès qu'elle m'a vue pour me barrer le passage, l'air visiblement outré, contenant sa voix pour ne pas risquer d'être entendue.

— Non mais quel égoïsme, je n'en reviens pas, alors tu es quand même venue, enfin, comment peut-on être aussi borné, tu ne vois pas que tu vas tout compliquer ? Ici non plus, tu ne peux pas respecter les consignes ?

Sa dernière phrase était cruelle, mais je n'ai pas discuté, j'ai répondu : ce n'est pas grave, j'attendrai dehors, dis-moi seulement s'il va mieux ?

— Qu'est-ce que tu imagines, il n'est même pas capable de mettre un pied devant l'autre sans trébucher. Il ne sait plus reconnaître sa droite de sa gauche et ne termine pas la moitié de ses phrases ! Il lutte, mais c'est dur, dur, dur ! Alors non, Marguerite, je ne peux vraiment pas te dire qu'il va mieux.

Et elle s'est mise à pleurer.

Je suis redescendue le cœur serré et je me suis assise sur un des bancs de pierre blanche qui jouxtaient la porte d'entrée. Le soleil était déjà haut, j'ai enlevé ma veste en jean pour sentir la chaleur me couvrir les épaules, j'ai demandé pourquoi, pourquoi, pourquoi, les yeux tournés vers le ciel, bien sûr il n'y avait personne pour me répondre – et quand bien même, comment tout ceci aurait-il pu avoir un sens ?

J'ignore combien de temps je suis restée là, immobile. Parfois j'entendais la porte s'ouvrir et se refermer, je distinguais vaguement une silhouette, un infirmier, un visiteur. Je ne tournais pas la tête, je gardais les yeux fixés sur la ligne d'horizon, au-delà des arbres, comme si seule la possibilité d'un infini pouvait apaiser la nausée qui m'avait envahie.

Puis une ombre délicate s'est penchée sur moi.

— Vous n'avez pas bougé de ce banc depuis ce matin, mademoiselle. Tout va bien ?

C'était une voix grave, douce, ronde, inconnue. Un accent léger et caressant.

— Je ne veux surtout pas vous importuner. Mais si je peux vous aider…

L'homme s'est assis à mes côtés.

— C'est l'endroit parfait pour prendre le soleil, a-t-il poursuivi. Se recharger en énergie, en lumière. Je m'installe ici tous les jours pour ma pause. En été, en tout cas.

J'ai fini par me retourner. Il portait une blouse blanche et un badge, G. Socratès, interne. Il m'a tendu la main.

— Gustavo Socratès. Je travaille ici, je suis interne en MPR, médecine physique et réadaptation.

— Bonjour.

— Eh bien, vous n'êtes pas bavarde.

Je l'ai regardé plus attentivement. Il était brun, pas très grand, il souriait.

Aussitôt, j'ai su qu'il me trouvait belle et j'ai pensé à tous les autres qui m'avaient souri avant lui, tous ceux qui avaient traversé mon corps et m'avaient dévorée.

— Il y a quelque chose qui ne va pas, c'est ça ?

— Vous travaillez là-haut ? Vous êtes au deuxième étage ?

— Au premier, au deuxième, partout en fait. Il y a dans ce bâtiment quelqu'un que vous connaissez ? Un proche pour lequel vous vous inquiétez ? On ne reste pas assis ici par hasard.

Je me suis redressée.

— Mon neveu est là-haut. Il a douze ans, il a eu un accident de vélo, il s'appelle Milo, est-ce que vous l'avez vu ?

Le visage de l'homme s'est aussitôt éclairé.

— Si j'ai vu Milo ? Ce petit garçon aux yeux vert mordoré, ce petit gars avec des épis plein les cheveux ? Ça oui, alors, on a fait connaissance hier, tout le monde l'aime déjà, il a un bout de chemin à faire, ça va prendre du temps, mais le travail a commencé et il a de la ressource, je pense qu'il pourra nous surprendre.

— Quel travail précisément ? Qu'est-ce qu'il a perdu ? Qu'est-ce qu'on lui fait faire ? A-t-il conscience de son état ? Est-il inquiet ?

— Ça fait beaucoup de questions à la fois, jeune fille. Pourquoi ne pas aller voir par vous-même ? Il peut recevoir des visites.

J'ai soupiré.

— Pas la mienne.

Pas la mienne, puisque je suis responsable de son accident, puisque ses parents ne me le pardonnent pas, pas plus que moi d'ailleurs, ou que ma propre mère, voulez-vous des détails, Gustavo Socratès ? Eh bien voilà l'histoire, cette idée folle de faire la course plutôt que des devoirs, la route cachée dans les sous-bois, la chute, le sang, le noir, enfin, bien sûr, ce n'est pas tout, il y a aussi les causes et les conséquences, les espoirs et les déceptions, les aveux et les mensonges, ce qui est dit et ce qui est tu, mais ce serait trop long et bien trop difficile, ce qu'il faut retenir c'est que je ne bougerai pas de ce banc, que je viendrai chaque jour, du matin au soir et même la nuit si c'est possible parce que je sais, je sens que Milo, mon Milo a besoin de moi.

— Mademoiselle…

— Je m'appelle Marguerite.

— Joli prénom et jolie robe. Disons plutôt : amusante. Je dois reprendre mon travail… Mais je vous verrai plus tard donc, puisque vous ne bougerez pas de ce banc.

Bien sûr, il ne me croyait pas : une jeune femme ne passe pas neuf heures d'affilée assise au même endroit. Ce genre d'exploit est détenu par les pauvres gens qui n'ont nulle part où aller, or comment une jolie jeune femme en robe à damiers rouge et blanc pourrait-elle faire partie des pauvres gens ?

Du plus loin que je me souvienne, jamais ma mère ne m'a dit que j'étais belle.

Les autres, oui. Souvent. De différentes manières.

Tandis que Gustavo Socratès disparaissait dans le hall, j'ai fait quelques pas dans l'herbe. D'après mes calculs, la chambre de Milo donnait juste au-dessus. Aurait-il la force de marcher jusqu'à la fenêtre ? J'avais choisi à dessein la robe à damiers, espérant attirer son regard au cas où il s'en approcherait. C'était compter sans le soleil qui tapait furieusement dans la vitre.

Après un quart d'heure, le store s'est baissé brusquement sans que je puisse voir qui l'avait actionné.

Je suis retournée m'asseoir. Les heures se sont égrenées lentement, sans altérer ma détermination. Je n'étais pas mal, je n'étais pas impatiente puisque j'étais à ma place – ou presque.

Mais vers 19 heures, la silhouette trapue de Lino est apparue au bout du chemin sans que j'aie le temps de me dissimuler. Il a fondu sur moi, fou de rage.

— Bordel, mais qu'est-ce que tu fais ici ? Ta sœur ne t'a pas dit de dégager ?

Son haleine était chargée d'alcool, pourtant rien dans son attitude ne laissait supposer qu'il était ivre, à peine une raideur inhabituelle et la violence dans ses yeux – dans son ton et ses mots, surtout.

Ne pas répondre, ne pas alimenter la machine.

J'ai baissé la tête, détourné le regard, mais il a attrapé mon menton dans sa main, me forçant à la confrontation.

— Que ce soit bien clair, Marguerite : je refuse que tu lui parles.

C'est alors que j'ai lâché ma bombe.

Froidement, quoique non sans soulagement. Je n'avais rien décidé, rien prémédité, mais il y avait ces six mots, *je refuse que tu lui parles*, ces images, cette confusion qui nous submergeait, après tout, le moment était peut-être venu ?

Je l'ai fixé avec défi.

— Parler de quoi, et à qui exactement ?

Il a pâli, reculé. Son ton est devenu menaçant.

— Ne va pas sur ce terrain-là, Marguerite.

— Ah non ?

Alors, il faudrait accepter d'être rouée de coups et n'en rendre aucun ? Il faudrait être dépouillée, abolie, niée sans jamais crier vengeance ? Tout cela au prétexte de cet accident ? Qu'est-ce que tu espérais, tirer profit de ce malheur en me supprimant de vos vies sans que je réclame mes indemnités ?

Tu aurais dû réfléchir, Lino, avant de me priver de tout. C'est lorsque l'on n'a plus rien à perdre que l'on est le plus dangereux. Tu m'as abandonnée au vide et à la solitude, tu m'as renvoyée à mes cauchemars. Et tu voudrais que j'obtempère, que je m'éclipse sans mot dire ?

Il faudrait me noyer en silence et te laisser berner ma sœur en lui interprétant la comédie du héros ?

Dis-moi, au nom de quoi dois-je être sacrifiée ? Ton costume de père ? Qu'as-tu fait de celui que tu avais promis d'endosser pour moi ?

Je regrette, Lino, le temps n'est plus à la transaction à l'amiable. J'ai cru longtemps que me taire servait les intérêts de Céleste et Milo.

Mais au fond, qu'ont-ils à y gagner ? Une existence de mascarade ?

Ma sœur mérite de savoir quel genre d'homme partage sa vie. Un homme qui a failli trois fois : en la trompant, en lui cachant la vérité, en blessant celle sur qui il avait promis de veiller. Libre à elle ensuite de te conserver son amour.

Il était blême.

— Tu n'oseras pas. Tu ferais beaucoup trop de mal.

Ah oui. Ainsi, tu comptes sur mes bons sentiments – il faudrait accorder tes violons, Lino. Je t'entends déjà rétorquer que Milo doit pouvoir grandir dans une famille unie, qu'une révélation la ferait sans doute exploser.

Problème, Lino : la déflagration a déjà eu lieu.

Il a levé la main, la gifle était imminente, j'y étais préparée, mais la voix tranquille de Gustavo Socratès a suspendu son geste.

— Vous êtes le papa de Milo ? On ne s'est pas encore rencontrés, je pense.

Le jeune homme avait surgi entre nous, un arbitre séparant deux boxeurs, toujours pourvu de ce sourire désarmant.

— Vous devriez voir votre fils, monsieur, il est en très bonne forme aujourd'hui, montez donc, je vous rejoins pour vous donner plus d'éléments.

Il possédait une autorité bienveillante qui rendait ses propos indiscutables.

— Bonjour, docteur... En effet, je suis son père... J'y vais, alors, a bredouillé Lino en me lançant un regard plein de rage.

Il a tourné le dos et s'est engouffré dans le bâtiment.

Ce qui m'a plu à cet instant, c'est que j'ai senti sa panique : la peur, l'insécurité avaient changé de camp, il devait s'en passer sous son crâne tandis qu'il gravissait l'escalier, est-ce qu'elle va parler, quand, ou bien l'a-t-elle même déjà fait, qui sait ? Cette sensation enivrante de tenir le couteau sur sa gorge.

L'interne souriait toujours, imperturbable.

— Ça vous dirait de goûter la cuisine brésilienne, mademoiselle ?

Il chuchotait, sans doute conscient de s'engager dans une danse complexe.

— Je vous emmène. D'ailleurs, en tant que médecin, je ne peux certainement pas vous laisser plantée là, saviez-vous que plus on reste assis, plus on risque de mourir tôt ? Je vous assure, je ne plaisante pas, c'est démontré, une question d'enzyme, de métabolisation du glucose, bref, je vous expliquerai ça autour d'une feijoada, vous verrez, c'est délicieux, une recette de famille. Attendez-moi un moment, le temps de faire le point avec les parents de votre neveu.

L'idée m'a traversée que mourir assise au pied de la chambre de Milo n'était pas une si mauvaise fin, mais je l'ai gardée pour moi.

Après tout, il fallait bien que je trouve un *ami* pour me loger ? Celui-là me paraissait bien plus supportable que la plupart des autres, c'était même un cadeau tombé du ciel : en plus de me faciliter la vie, il serait mon informateur.

Un dîner et plus si affinités.

— C'est d'accord.

— Alors à tout à l'heure, a-t-il conclu, sans doute légèrement déstabilisé par la rapidité de ma réponse.

En partant avec lui, ce soir-là, j'ai pensé que ce serait facile. Facile de lui plaire et même de l'attacher, au moins pour quelques jours : je savais depuis longtemps ce qu'il faut dire et surtout ce qu'il faut toucher chez un homme pour engendrer le désir et obtenir la satisfaction. Mais aussi, facile de m'y appliquer. Pas seulement parce qu'il était beau garçon, mais parce qu'il y avait en lui quelque chose de sincère, de profond et d'heureux à la fois. Parce qu'il avait choisi d'exercer ce métier au milieu des fractures les plus insupportables, et quand bien même les murs suintaient de douleurs, de chagrins et de cris, quand bien même tout ici était limite, contrainte, effort, Gustavo Socratès demeurait attentif, paisible et lumineux – comme étanche au pessimisme.

Dans la voiture, je lui ai demandé de me parler de Milo. Il m'a raconté sa lente réappropriation du monde, mais aussi son bouillonnement : sa joue cicatrisait, ses forces revenaient et avec elles, peu à peu, la conscience de celui qu'il était. Des progrès encore à peine perceptibles pour des étrangers au corps médical – deux jours seulement en rééducation, ce n'était rien –, mais la machine était en marche et l'on pouvait parier que, bientôt, tout s'accélérerait.

— Il veut guérir. Il le veut tellement. Faites-moi confiance, il va y parvenir.

— Merci, merci, merci.

Ses mots me submergeaient d'émotion, j'avais le sentiment soudain de toucher mon petit homme du doigt, d'avoir rétabli le contact, ma voix tremblait. Gustavo a posé sa main sur la mienne, Je voulais vous dire, Marguerite, je vous ai proposé ce dîner, mais sachez que je n'invite pas toutes les visiteuses qui transitent ici, c'est juste que Milo, c'est juste que vous aviez tant de peine, enfin, je dois être parfaitement honnête, vous étiez si jolie aussi sur ce banc dans cette robe à damiers…

Je l'ai coupé.

— Ça n'a pas d'importance, Gustavo.

Bien sûr, sans ma robe à damiers, mes jambes fines et longues comme celles d'un mannequin russe, mes boucles brunes qui semblent sorties d'une publicité pour shampoing alors que je me lave les cheveux avec le savon bon marché de l'hôtel, bien sûr, si j'étais simplement Céleste ou n'importe quelle autre de ces femmes moins dotées par la nature, tu ne m'aurais pas invitée aussi vite à ta table – et sous peu dans ton lit.

Tu te serais assis un moment sur le banc à mes côtés, tu m'aurais prise par les épaules, tu aurais trouvé des mots réconfortants parce que tu sais le faire, parce que tu aimes le faire, parce que tu en as le devoir, puis tu serais rentré seul.

Bien sûr, chacun de nous deux tire profit de cette situation. Moi, sans doute un peu plus que toi. Peu importe. Ce n'est pas la manière dont les choses arrivent qui compte, c'est la raison pour laquelle elles se produisent.

Plus tard, dans la cuisine de son petit appartement, alors que je l'aidais à préparer le dîner, il m'a interrogée sur mon parcours. Alors j'ai raconté mes études d'histoire de l'art, le Pérou, l'Égypte, les fouilles un peu partout en Europe, tout ce qui avait autrefois nourri les repas de famille, dans les mêmes termes, avec les mêmes anecdotes. Il ne m'a pas écoutée avec agacement comme Jeanne ou avec indifférence comme Lino, il s'est gardé d'émettre le moindre jugement comme l'aurait fait Céleste à propos de mes choix, des enjeux ou des résultats de mes recherches. Il s'est intéressé, a posé un millier de questions, si bien d'ailleurs que j'ai dû lui tendre mon verre de caipirinha encore et encore pour le conduire vers d'autres images, il le fallait bien pour atteindre mon objectif, pour le détourner des vrais sujets, mais j'en avais le cœur tout retourné, cela faisait si longtemps que je ne m'étais pas sentie aussi bien, si seulement j'avais pu revenir en arrière ou m'y prendre autrement. Une fois de plus, je n'avais pas le choix, il fallait que j'avance, même si au passage je creusais ma tombe.

J'ai dormi chez lui, évidemment. Durant quelques heures, j'ai réussi à tout oublier, à tirer un trait sur l'angoisse du passé et sur celle de l'avenir, j'ai réussi à aimer être aimée, à embrasser ses lèvres et à marier nos corps. J'ai réussi à oublier que j'étais condamnée, puis l'aube est arrivée.

Je lui avais raconté comment Lino m'avait mise dehors, alors entre deux baisers il m'a proposé de revenir les soirs suivants, jusqu'à ce que j'aie trouvé un nouvel appartement. J'ai fait semblant d'être surprise et j'ai accepté avec joie. J'ai refusé qu'il m'accompagne chercher mes affaires afin d'éviter qu'il constate dans quel hôtel bas de gamme j'étais logée – et puis il aurait sans doute trouvé étrange que mon sac soit entreposé dans la consigne d'une gare.

Je me suis contentée de me jeter dans ses bras avec une fougue sincère et je lui ai donné rendez-vous à l'hôpital, où je comptais bien retrouver mon banc.

— Comme tu voudras, Marguerite.

Tant de patience et de douceur.

Je l'ai regardé monter dans sa voiture. J'ai pensé que la vie n'était pas tendre, elle m'offrait ce dont j'avais toujours eu besoin au moment où je n'avais plus aucune chance de m'en saisir.

Par la fenêtre ouverte, alors qu'il s'éloignait, il a agité son bras dans un signe joyeux.

# Céleste

Lino est sombre, sombre, sombre. Cela paraît impossible, pourtant il l'est plus encore qu'après l'enfant mort.

Là où je vois des améliorations, il n'envisage que des impasses. En moins de dix jours, Milo est parvenu à marcher sans l'aide du kinésithérapeute. Il trébuche encore, certes, mais tout de même. J'ai pleuré de joie, Lino, lui, a pleuré de dépit. Il ne regarde que les vides et les creux. Il ne dit pas, C'est formidable, mon fils marche à nouveau ! Il dit : C'est effrayant, il est incapable de monter un escalier.

Il y a beaucoup à faire, c'est vrai. Cependant, chaque jour Milo me surprend par un nouveau progrès. Il parle d'une voix légèrement saccadée, mais s'exprime avec plus de facilité. Il parvient à tenir correctement sa cuiller, à la porter à sa bouche.

Je passe ma main dans ses cheveux, ils sont à nouveau vivants, brillants, ses joues se remplissent, ses lèvres ne sont plus aussi sèches – il m'embrasse, il s'anime, c'est si doux, c'est si tendre, une réconciliation.

— Maman, maman, maman, chuchote-t-il tandis que mon cœur fond.

Puis il fatigue subitement, son regard s'extrait de la pièce – mais il ne se plaint pas.

— Il ne sera jamais plus comme avant, fait Lino. C'est foutu.

— Tu le vois le soir, il est fatigué. Il a travaillé dur toute la journée.

— Je veux seulement que tu sois réaliste. Je veux seulement qu'on arrête de se raconter des conneries, que tout ira mieux, qu'il suffit d'y croire.

J'essaie de ne pas lui en vouloir. Moi-même, il m'arrive encore de douter – mais rarement très longtemps. Je me répète que chacun fait comme il peut, que peut-être c'est plus difficile d'être optimiste pour un homme, ou bien que cela a quelque chose à voir avec la relation père-fils, qu'il a besoin de désinvestir, qu'il lui faut du temps à lui aussi.

C'est difficile. Il boit de plus en plus, lorsqu'il arrive à l'hôpital ses yeux luisent, il parle fort, il est presque brutal. Ma mère l'a remarqué, évidemment.

— Il va trop loin, Céleste. Il devient agressif avec toi.

— Tu sais bien que c'est sur ceux que l'on aime et qui nous aiment que l'on déverse son désarroi.

Et il m'aime, je le sais, je le sens. Peut-être même plus que jamais. Mais il perd le contrôle.

Ma mère a raison : il va trop loin. Il me poursuit, me harcèle. Il m'épuise.

— Arrête de me regarder comme ça, Céleste, tu as quelque chose à me dire ? Eh bien vas-y, je t'écoute, qu'est-ce que tu veux ?

— Je ne veux rien, Lino, et s'il te plaît, parle plus bas, Milo va t'entendre. Il a besoin de calme.

Il souffle, soupire, fait les cent pas, marmonne un discours inaudible pour les autres. Tape du pied dans le mur.

Au début de la semaine, le Dr Socratès l'a prié de quitter la chambre : il s'était emporté alors que Milo demandait à voir Marguerite.

— Merde, Milo, tu vas nous lâcher avec ça ? C'est elle qui t'a mise dans cet état, tu n'as pas l'air de le réaliser !

— C'est pas sa faute, papa.

— Ben voyons, c'est la faute de qui alors ? Je rêve…

J'ai tenté de le raisonner.

— On ne peut quand même pas coller toutes les responsabilités à Marguerite, tu ne crois pas ?

Son visage s'est violacé.

— Ah oui ? C'est quoi cette allusion ? Vas-y, sois plus claire ! Balance ! Ou bien tu veux jouer longtemps à ce petit jeu ?

Le temps passe et, chaque jour sans exception, Milo réclame sa tante. Parfois de manière déconcertante : avant-hier, il fixait la fenêtre lorsque soudain sa poitrine s'est soulevée. Il a murmuré :

— Nous sommes deux.

— Deux ? s'est étonné Gustavo Socratès, ta mère, toi et moi, il me semble plutôt que nous sommes trois.

Comment aurait-il su.

*Nous sommes deux, nous sommes un, Nos pas s'embrouillent, et nos cœurs. Nous avons même vêtement Quand nous allons chemin faisant Sur la route qui sort de nous La seule que nous puissions suivre.*

J'ai saisi la manche du médecin, je l'ai entraîné hors de la chambre, C'est le début d'un poème, docteur ! Il se souvient d'un poème !

— Des trois premiers mots, a tempéré Socratès, mais c'est déjà inattendu. Je crois que c'est un cadeau qu'il vous fait.

Non docteur, ce n'est pas un cadeau. C'est un message, une requête qu'il m'adresse. Il a récité ces vers de Supervielle[1] pour la fête de sa tante, il y a quelques semaines à peine. Ils possèdent une vaste liste en réserve, qu'ils ont constituée sur l'idée de Marguerite et ne cessent de compléter ensemble. À tout propos, l'un commence une strophe que l'autre termine, les voilà qui me reviennent en tête comme une ritournelle.

*Le cactus délicat / Est un sacré gaillard*

*Est un dépendeur d'andouilles / Est un grand flandrin*

*Est un va-nu-pieds/ Est un pistolet*

*Est un drôle de lascar*[2]

Leurs éclats de rire passés allument le regard de Milo, m'apostrophent en silence.

Je n'ai jamais su rire avec lui, pas plus que son père. Rire à gorge déployée. Rire sans se soucier du regard des autres.

---

1. Tirés du recueil *Le Forçat innocent.*
2. « Le cactus délicat », *Destinée arbitraire,* Robert Desnos.

Quand perd-on la capacité à être joyeux ? À quel âge enterre-t-on l'enfant que nous fûmes ? Pourquoi commet-on cette erreur stupide ?

Il fallait les voir se tordre, Marguerite et lui, en préparant des farces le 1er avril. En regardant une comédie populaire à la télévision.

Leur complicité. La vie impétueuse circulant entre eux.

Que dois-je faire de ce bagage ?

— Eh bien, si c'est une requête, madame Russo, je crois qu'elle mérite d'être considérée.

Marguerite est là.

Personne n'en parle, mais tout le monde le sait – excepté Milo. Elle vient chaque matin et s'installe sur le banc au pied du bâtiment. Parfois, elle marche sur l'herbe, c'est le moment où on peut l'apercevoir depuis la fenêtre – c'est pour cela que j'ai tiré les stores.

J'ai menti à mon fils dès le jour de son arrivée, je lui ai dit qu'elle était partie faire des fouilles en Anatolie : c'est le premier endroit qui m'est passé par la tête. Il a froncé les sourcils, s'est agité, forcément, il n'admettait pas que sa tante adorée ait disparu du jour au lendemain sans lui faire ses adieux, sans écrire un mot, sans téléphoner.

Je n'en ai plus parlé, mais j'ai peur qu'il découvre que je l'ai trompé, alors, à deux reprises, je suis descendue et j'ai demandé à Marguerite de s'en aller. Elle n'a pas répondu. Elle est restée plantée sur son banc, les doigts griffant la pierre, je n'ai pas eu le courage d'insister.

Peut-être est-ce mieux ainsi : ce matin, lorsque Milo est revenu à la charge, la réclamant à nouveau, quelque chose en lui s'était modifié, et cela m'a fait peur. Il tortillait ses mains d'un air buté, hésitait, trébuchait à nouveau sur ses mots, hachait ses phrases comme il le faisait deux semaines plus tôt, comme si certains de ses progrès s'effaçaient, comme s'il était soudain sur le point de renoncer, de se laisser glisser.

— Ma... Man... S'il... Te... plaît... Mar... gue.

— Elle est injoignable, tu le sais bien, Milo.

Gustavo Socratès nous a prises à part, ma mère et moi, avec gravité.

— Milo perd sa motivation. Il semble très affecté par l'absence de sa tante, cela devient obsessionnel. Vous savez, lorsque tout bascule, s'embrouille, s'éparpille, les repères affectifs sont indispensables. Dans sa tête, il y a une sorte de chaos, quelque chose qui doit paraître impossible à ordonner. Ça lui demande beaucoup d'efforts, comprendre d'où il vient et où il doit aller. Il a besoin de présence et de cohésion de la part de ceux qu'il aime.

— Vous voulez dire qu'il a besoin d'elle, c'est ça ?

— Il ne faut pas exagérer, a rétorqué Jeanne. Marguerite lui manque, d'accord, mais enfin, ce n'est pas sa mère ni sa fiancée. Ça finira par lui passer.

— Mets-toi à sa place, maman.

Ils étaient si proches. Sais-tu qu'ils se donnaient rendez-vous dans leurs rêves ? Ils mettaient au point un décor, une clairière, la place d'un village, un wagon de métro, ils décidaient d'une heure à laquelle s'endormir et s'y rejoindre. Combien de fois ai-je trouvé Milo, le matin, heureux comme un pape, racontant qu'ils avaient réussi ! Comment peut-il accepter qu'elle l'abandonne, alors même qu'elle est liée à son accident ? Il doit y voir une impensable trahison qui s'aggrave à mesure que les jours s'enchaînent. Une trahison à laquelle chacun de nous participe, tout en faisant mine de l'ignorer.

— Pensez-y tout de même, a conclu le Dr Socratès avant de s'éloigner.

— Ne te laisse pas influencer, Céleste, a insisté ma mère. Tu sais que Lino refuse que Marguerite mette un pied ici. Si encore il avait digéré les choses, mais c'est l'inverse, tu vois bien qu'il rumine. Ne prends pas ce risque. Milo a plus besoin d'un père détendu que d'une tante, si affectueuse soit-elle. Et puis, de toi à moi, ce médecin n'est pas objectif. Ne me dis pas que tu n'as rien remarqué : tu passes ton temps à la fenêtre. Ta sœur et lui ont fait connaissance.

Ma mère a l'art de la litote. Je les ai observés, en effet. Tout à l'heure encore, lorsque j'ai jeté un œil à l'extérieur pour surveiller les allées et venues de Marguerite, Gustavo Socratès lui tenait la main. Marguerite posait sa tête sur son épaule, il l'a embrassée sur le front. J'ignore comment ils se sont rapprochés, mais leur lien ne fait aucun doute. Je croyais être la seule à l'avoir décelé.

— Crois-moi, Céleste, c'est malsain. Elle s'impose contre l'avis commun et maintenant elle manipule le médecin. Ça non plus, ça ne va pas plaire à ton mari.

Ma mère est persuadée que Marguerite élabore des plans et déguise des intentions depuis qu'elle est enfant. Je l'entends encore fulminer en rentrant de l'hôpital, après que ma sœur s'était cassé le bras au cours d'une acrobatie imprudente.

— Et voilà, mademoiselle a encore voulu faire son intéressante.

Je m'étais insurgée : Maman, elle a cinq ans ! On ne se casse pas le bras par plaisir !

— Je dis simplement que cette petite ferait n'importe quoi pour attirer l'attention. Elle était ravie de me faire courir aux urgences, crois-moi.

À l'époque, j'avais considéré l'hypothèse injuste et infondée. Désormais, je sais qu'elle est recevable. Je mesure ce que ma sœur, consciemment ou non, cherchait à obtenir : bien plus que de l'attention, de l'amour.

Je la regarde. Elle fait les cent pas dans la chambre, dans une tension constante. Elle sent, je sens l'abîme creusé entre nous depuis cette conversation en voiture. Se concentrer sur Milo, sur la présence de Marguerite, sur Gustavo Socratès nous permet à l'une et l'autre de tenir momentanément à distance ce sujet qu'il faudra bien affronter de nouveau. Le mensonge. La dissimulation. L'injuste répartition des chances pour chacun. Les causes et les conséquences.

— Si seulement Socratès pouvait la convaincre d'avorter, reprend-elle d'une voix pincée. Au moins cette liaison serait-elle utile à quelque chose.

— Maman, je t'en prie, arrête avec ça. Et puis, compte les semaines, enfin ! À ce stade, il est impossible d'interrompre cette grossesse.

Je ne sais plus ce qui est bien ou ce qui est mal et je doute que quelqu'un possède des réponses. Marguerite manipule-t-elle Gustavo Socratès ? C'est concevable. Il tente d'influer sur notre interdiction de visite, il lui fournit l'accès aux informations concernant l'évolution de Milo. Pour autant, je me refuse à la juger : même si je le réprouve, je sais combien son entêtement s'enracine dans son amour pour Milo et dans la culpabilité qu'elle ressasse. En revanche, ma mère a raison sur un point : Lino ne supportera pas cette relation, il la vivra comme une provocation, une attaque personnelle. Dieu sait quelle pourra être sa réaction.

Cette sensation qu'on m'écartèle, chacun tirant sur une extrémité au risque de me mettre en pièces, seulement préoccupé par ses propres intérêts. Cette certitude qu'aucun ne cédera : c'est à moi qu'il appartient de me protéger et de protéger mon enfant.

Je me demande à qui j'en veux le plus. À Marguerite, de nous avoir tous menés jusqu'ici, de son obstination ? À Lino, de dévoiler autant de dureté ? À ma mère, de m'avoir bercée d'illusions et d'être incapable de réparer ses erreurs ? Ou bien à moi, d'accepter encore et toujours ce que les autres m'imposent.

Toute mon existence, j'ai lutté pour que ma famille demeure soudée. J'ai accepté, supporté les angles aigus de chacun, rogné sur les miens. Pour quel résultat ? Nous nous éloignons chaque jour un peu plus les uns des autres. Je ne comprends plus mon mari, je découvre la vérité sur ma mère, je perds ma sœur.

Il me reste Milo.

Je me suis collée à la fenêtre.

— Maman, les rideaux, a murmuré mon petit homme, comme vidé de son énergie.

— Ce sont des stores, pas des rideaux.

Cela devenait de plus en plus difficile de les maintenir baissés. La violence du soleil diminuait au fil des jours, éliminant toute justification, plongeant la chambre dans la pénombre.

Et puis quoi, combien de temps encore devrais-je empêcher mon fils de voir au-dehors, le confiner, le restreindre, alors qu'il amorçait enfin sa libération, tout cela pour éviter qu'il découvre la présencc sa tante ?

Ce n'était plus tolérable.

J'ai attendu d'apercevoir l'interne s'approcher de Marguerite, après tout il était concerné, je pensais qu'il m'aiderait à négocier, à la convaincre de se montrer discrète, ou, mieux encore, de disparaître quelques jours, en échange de quoi je me ferais fort d'obtenir de Lino un accord sur une prochaine visite.

— Attends-moi une minute, Milo. Je ne serai pas longue. À mon retour, c'est promis, je relèverai ces stores.

J'ai descendu les marches quatre à quatre, transportée par la décision que je venais de prendre. Ils ne m'ont vue qu'au dernier moment.

Marguerite a bondi à la manière d'un cabri effrayé, mains dans le dos, laissant apparaître une volute blanche juste au-dessus de son épaule.

Elle fumait !

— On ne fait rien de mal, Céleste. On discutait, c'est tout.

— Je suis navré, s'est hâté d'ajouter Gustavo Socratès – sans que je sache s'il évoquait la trahison du secret médical ou plutôt la relation qu'il entretenait avec ma sœur.

Mais je ne pensais plus qu'à une chose. Je l'ai écarté pour m'avancer vers Marguerite.

— Margue... Est-ce que j'ai bien vu ? Tu as recommencé à fumer ? Marguerite !

— Je suis majeure. Je vais où je veux et je fais ce que je veux. Et puis arrête un peu de te prendre pour ma mère, a-t-elle rétorqué crânement.

— Tu plaisantes, j'espère.

— On peut fumer à l'extérieur des bâtiments, a glissé le Dr Socratès. C'est autorisé. Mais croyez-moi, je lui ai conseillé de ralentir.

Ralentir.

Donc, elle avait replongé, vraiment. Au pire moment.

J'ai senti ma gorge se serrer, j'ai tenté de contrôler mon intonation, de m'exprimer calmement – ce n'était pas facile.

— Marguerite, tu ne peux pas fumer dans ton état. Tu n'es pas la seule concernée. Tu sais bien que tu ne dois pas, pas maintenant ! Tu le sais, merde ! Sois un peu responsable !

Lorsque je suis tombée enceinte, lorsque nous avons été sûrs, voici quinze ans, le docteur a dit, Le mieux, Céleste, c'est d'arrêter progressivement, sinon il y aura un effet de manque, et ça, c'est très mauvais pour le bébé.

Je fumais un paquet par jour depuis plus de cinq ans.

Chaque semaine, j'ai supprimé une cigarette du paquet.

À cinq mois, je ne fumais plus du tout.

À ceux qui manifestaient leur admiration, je répondais que ce n'est pas si compliqué lorsqu'on est motivé.

Plus tard, le corps médical a juré qu'en aucun cas, on ne pouvait accuser le tabac d'avoir assassiné l'enfant.

En aucun cas.

Marguerite fixait le docteur Socratès, pétrifiée.

— Dans son *état* ? a-t-il interrogé, bien qu'il soit évident qu'il avait compris.

Je me suis tue. Après quelques secondes, Marguerite a commencé à pleurer, et moi à regretter d'avoir parlé si vite.

Je lui ai tendu un mouchoir, mais elle s'est détournée, écrasant sa cigarette sous son talon.

— Pardon, Margue, je n'ai pas réfléchi, ce n'était pas à moi d'annoncer cette nouvelle, mais enfin je pensais que c'était chose faite, quatre mois de grossesse, tout de même ! Ça ne se passe pas sous silence lorsqu'on entame une relation ! Avec un médecin, qui plus est ! Eh oui, figure-toi que vous n'êtes pas discrets, je suis au courant, je vous ai vus et je ne suis pas la seule !

Le Dr Socratès s'est pris le front dans les mains, Marguerite, j'ai peur de mal comprendre, tu es enceinte de quatre mois ?

— Non, a répondu Marguerite, pas du tout, enfin, c'est compliqué.

J'ai planté mes yeux dans les siens.

— Non ? Pas du tout ? Tu te moques de qui ? Est-ce qu'une fois dans ta vie, une seule fois, tu pourrais assumer tes actes ?

Elle tremblait de tout son long, une tige folle dans un vent d'autan.

— Marguerite, Marguerite, a répété Socratès sans réussir à poursuivre.

— Je suis désolée, Gustavo, a-t-elle répondu avec rage. Tellement désolée.

Et ses larmes ont redoublé.

Le visage du jeune médecin s'est crispé, presque recroquevillé. J'ai pensé qu'il devait déjà être très amoureux pour être aussi déçu, que c'était une sorte de gâchis, puis j'ai pensé à la propre histoire de Marguerite, à ce qu'elle ignorait encore sur elle-même, cette forme de redoublement cruel qui se serait mis en place sans mon intervention, ce n'était pas glorieux mais j'avais fait mon devoir, il est parfois nécessaire d'amputer un membre pour sauver le reste du corps.

J'ai posé ma main sur son épaule, le plus doucement possible.

— Écoute, on pourrait réfléchir ensemble à tout ça. Il y a eu trop de discordes, trop de rancœur, trop de non-dits. Tout le monde souffre au bout du compte.

Elle s'est dégagée avec vivacité.

— Garde tes discours pour Jeanne, pour Lino, pour qui tu voudras, Céleste. Je m'en vais, a-t-elle sèchement coupé.

Elle s'est tournée vers Gustavo, Est-ce que tu veux bien me laisser les clés ? Je vais prendre mes affaires.

Il est demeuré interdit un instant, puis il lui a tendu un trousseau.

— Glisse-les dans la boîte aux lettres, ça ira.

Elle a saisi les clés et s'est enfuie en courant.

Nous l'avons regardée passer la grille, au loin. Côte à côte, pareils à deux orphelins. Ses cheveux volaient autour de sa tête, dessinant une silhouette gracieuse.

— Je lui avais proposé de vivre chez moi en attendant de trouver autre chose, a murmuré Gustavo, devançant mes questions. Elle n'avait nulle part où aller.

Il a hésité une seconde avant de poursuivre

— Elle buvait comme un templier, fumait comme une cheminée, mais c'était la fille la plus tendre et la plus drôle que j'aie jamais rencontrée. Je savais, bien sûr, que ce serait compliqué… Mais ça, j'étais loin de l'imaginer…

Il avait perdu cette lumière qui l'habitait pourtant constamment. Il se concentrait pour donner le change, reprendre ses habits de médecin.

J'ai pensé, il est si difficile de composer avec une vie dont on ne détient que des fragments, quand on n'a même pas idée de ce qui nous échappe, quand tout autour de nous n'est constitué que de pièces manquantes dont on ignore les contours.

Que sait-on les uns des autres ? Que sait-on de nous-mêmes, de nos propres fondations ?

— Il faut remonter, maintenant, a conclu Gustavo Socratès. Milo vous attend et j'ai des patients à voir.

Nous nous sommes séparés sur le palier, sans un mot de plus.

Ma mère m'attendait devant la porte.

— Alors ?

— Alors, rien.

— Tu parles, a-t-elle répliqué. Tu as l'air toute retournée.

Je suis entrée dans la chambre. Milo a désigné les stores d'un mouvement du menton.

J'ai dit, Bien sûr, Milo, il n'y a plus aucune raison de les garder baissés. Je les ai relevés.

Par la fenêtre, j'ai aperçu Lino au bout du chemin – ainsi, nous avions échappé au pire, à quelques minutes près. Au moins quelqu'un serait-il satisfait à l'issue de cette journée : son vœu avait été exaucé, Marguerite avait quitté le centre pour de bon.

Je suis allée à sa rencontre, je voulais lui expliquer avant qu'il ne voie Milo, lui dire que j'avais réussi à la convaincre, j'espérais que cela suffirait à le détendre.

Mais je n'ai pas eu le temps de parler, déjà il m'interrogeait, à la manière d'un commissaire de police.

— Il n'y a personne sur le banc... Où est-elle passée ? Je n'aime pas ça, tu as l'air bizarre. Qu'est-ce qu'il y a ? Dis-moi ce qu'il y a, enfin !

— On a eu une conversation douloureuse, Lino.

Alors il s'est reculé, s'est collé au mur du couloir. Avec cette odeur entêtante de whisky qui s'accrochait à son costume.

— Je le savais... Il faut qu'on en parle, Céleste...

— D'accord, j'ai répondu, mais si c'est pour l'enfoncer encore une fois, si c'est pour me dire que tout est de sa faute, alors n'essaie même pas, je suis fatiguée de l'entendre.

Je voulais seulement qu'il dépose les armes, que l'on se donne une chance de retrouver la paix, que l'on se recentre sur Milo, parce que c'était là l'essentiel, Milo n'avait plus dit un seul mot depuis mon retour dans sa chambre, je les avais pourtant levés, ces maudits stores, j'avais même ouvert en grand la fenêtre, mais rien, pas une réaction, pas un commentaire de satisfaction, ni à moi ni à sa grand-mère, en revanche il avait renversé son verre d'eau puis fait tomber le plateau de son dîner, et ça, c'était encore une régression très claire, ça, c'était l'important.

Mais dans l'immédiat, Lino était en guerre.

— Fatiguée ? Ah oui ? Alors tu as déjà choisi ton camp ! Donc tu refuses d'écouter ma version des faits !

— Ta version des faits ? Si tu veux savoir, elle ne m'intéresse pas, non. Tu as eu ce que tu voulais. Il n'y a rien à ajouter.

Jeanne était sortie de la chambre, alertée par les rugissements de Lino.

— Qu'est-ce qui ne va pas, vous deux ? Êtes-vous conscients que Milo pourrait vous entendre ?

— Écoute-toi un peu, Céleste, a poursuivi Lino sans lui prêter plus d'attention, tu ne t'adresserais pas à un chien sur ce ton. Qui es-tu pour me juger ? Qui es-tu pour décider de ma culpabilité ? Que tous les torts sont de mon côté ? Que je n'ai aucune circonstance atténuante ? C'est un peu rapide, non ? Si j'étais ce monstre ignoble que ta sœur t'a décrit, tu ne crois pas que tu t'en serais aperçue en dix-sept ans de mariage ?

Sa voix s'est brisée, il s'est tourné vers ma mère, l'a pointée du doigt, Et celle-là, elle n'y est pour rien, peut-être ? Si elle s'était occupée de sa fille, tu peux me dire si ce serait arrivé ? Est-ce que je suis le seul salopard dans l'histoire ? Et puis merde, quoi, merde !

Il est parti en courant, alors j'ai couru à mon tour derrière lui, je ne voulais pas que ça finisse de cette façon, cette journée était déjà bien trop triste, je voulais arrêter cette folie, qu'on revienne en arrière, qu'on remette ensemble les choses à leur place, on n'allait pas laisser cet accident nous envoyer par le fond, détruire chacun de nous alors que Milo commençait tout juste à se réparer, c'était absurde, on s'aimait, non ?

Je l'ai rattrapé, il avait déjà atteint la grille, je l'ai appelé, Lino, attends, tu ne peux pas partir comme ça, regarde-moi !

Il s'est figé quelques instants, puis ses épaules se sont relâchées, j'ai cru qu'il allait me prendre dans ses bras, m'embrasser, j'ai cru que tout allait se résoudre, que j'allais pouvoir à nouveau respirer, et avec moi Milo, Marguerite, ma mère, pourquoi pas Gustavo Socratès et le monde entier, mais rien de tout cela ne s'est produit, Lino m'a jeté un regard profondément malheureux et m'a répondu, Peut-être qu'elle a bien fait de tout te raconter, il ne faut pas croire que je m'en tire bien, tu sais, une seule nuit et des années à retourner ça dans ma tête, à vivre avec ce poids sur ma poitrine, cette honte, cette envie de me vomir chaque fois qu'elle réapparaissait, c'est-à-dire chaque week-end, chaque période de vacances, tu crois que c'était facile ? Cette nuit-là, j'avais sans doute besoin de me prouver que j'étais encore un homme, que je pouvais encore ressentir du désir, elle n'avait que quinze ans mais souviens-toi combien déjà elle était belle, insolente de santé et d'avenir, j'étais saoul quand je l'ai suivie dans son lit et puis quoi ? Je n'ai pas réussi à bander, pas une seconde, de la chair flasque, une guenille, voilà ce que j'étais devenu, j'avais la bite molle, alors j'ai dû me contenter de mes doigts, ça te dégoûte, hein, eh bien rassure-toi, moi aussi je me dégoûte, j'avais perdu mes forces en perdant l'enfant puis en perdant ma femme, parce que Céleste, tu étais morte toi aussi, tu prétendais survivre, mais tu n'étais qu'une illusion, peut-être que d'autres pouvaient s'y tromper, mais pas moi, nous étions des fantômes.

Le froid m'a enveloppée, un froid glacial en plein été indien, le sang glacé, le cœur glacé, à l'arrêt, Qu'est-ce que tu as fait, Lino, tandis que j'enterrais encore et encore l'enfant mort, dis-moi que c'est un malentendu, je t'en prie, oui, c'est ça, j'ai mal entendu, mal compris, mal interprété, rassure-moi Lino, tu es celui qui a juré de me protéger, tu es celui qui a juré de m'aimer, tu ne peux simplement pas avoir fait ça !

— Je l'ai fait, a murmuré Lino. J'ai cru qu'elle te l'avait dit. J'ai cru qu'elle voulait se venger. J'ai cru que c'était ça, votre conversation difficile. Et non, même pas.

Un lent cri s'est frayé un chemin entre mes poumons asphyxiés.

Lino a fermé les yeux, tandis que j'allais puiser dans ce qui me restait de souffle.

— Va-t'en, me suis-je entendue gronder. Fous le camp.

L'ombre du soir s'était abattue sur les bâtiments.

Dans la chambre de Milo, la fenêtre était toujours grande ouverte.

J'ignore par quel miracle je tenais encore debout.

# Jeanne

Le soleil s'était absenté depuis plusieurs jours, laissant s'imprimer un ciel gris traversé de pluies lancinantes. Le temps semblait se conformer au climat qui régnait désormais dans la chambre de Milo : tristesse, silence, désolation.

Le soir de sa dispute avec Lino, Céleste m'avait seulement dit : il va déménager au sixième étage. Je m'étais gardée de commenter, nous savions toutes les deux ce que pensait l'autre : la vie me donnait raison en démontrant que cet homme n'était pas fait pour ma fille. J'étais pourtant incapable de m'en réjouir. J'en voulais plutôt à Lino de n'avoir pas su la protéger de ce désastre, comme j'en voulais à Marguerite qui l'avait provoqué et à la vie qui nous laissait si peu de choix.

Depuis ce même jour, Milo avait brusquement cessé de progresser. Il demeurait des heures entières les yeux rivés à la télévision ou bien vers la fenêtre, indifférent à nos questions, nos remarques, nos gestes de tendresse, se contentant la plupart du temps de répondre par de brefs grognements. Il ne mangeait presque plus, perdait du poids tout comme sa mère, dont les joues se creusaient un peu plus chaque jour. Il était devenu incapable de marcher plus d'un ou deux mètres sans s'effondrer. Les kinésithérapeutes l'encourageaient, s'évertuaient à inventer de nouveaux procédés, de nouveaux parcours, en vain.

— C'est incompréhensible, tout allait si bien : on dirait qu'il a abandonné la partie, avait lâché Céleste, exsangue et désemparée, dans le bureau de Socratès. Il est éteint.

— Sur le plan mécanique, tous les indicateurs sont au vert, avait répondu le médecin. Ce qui bloque la guérison de Milo, c'est lui-même.

Il avait hésité un moment, avant de poursuivre :

— Pour être honnête, je crois qu'il souffre de… disons, de certaines tensions.

Nous le savions tous sans qu'aucun de nous ait le courage de l'affronter : Milo reproduisait ce qu'il observait dans sa propre famille. Personne ne parlait plus à personne. Nous étions devenus les satellites recroquevillés d'une planète morte. Marguerite enfin mise à distance, Céleste s'était organisée avec Lino pour ne plus le croiser. Elle avait obtenu un congé sans solde, arrivait tôt le matin et quittait l'hôpital en fin de journée, le laissant prendre la relève. Je la rejoignais l'après-midi et m'asseyais de l'autre côté du lit de Milo, tandis qu'elle faisait mine de somnoler dans le grand fauteuil de Skaï gris. Elle fuyait mon regard, éludait mes rares questions, refusait mes propositions de lui préparer des repas ou de lui faire quelques courses. Quant à Lino, que je voyais parfois lorsque je restais plus tard, il se contentait de secouer la tête d'un air vaguement ironique tandis que j'étalais des livres illustrés devant Milo, des jeux colorés, ou lançais les *Quatre Saisons* de Vivaldi dans l'espoir toujours déçu de le voir réagir.

Durant un temps, je m'étais convaincue qu'il suffirait d'un déclic, que sa joie et sa curiosité naturelles finiraient par l'emporter sur l'abattement. J'avais multiplié les trouvailles.

— Regarde un peu la plante que j'ai dégotée ce matin : une sensitive, touche-la, Milo, c'est amusant !

J'attrapais sa main, guidais ses doigts jusqu'aux feuilles qui se rétractaient aussitôt. Puis je la lâchais, il la ramenait sur son ventre et je pensais : Milo, le sensitif.

— Milo, mon petit gars, devine ce que j'ai trouvé : un écosystème avec des graines, de la tourbe, le docteur est d'accord pour l'installer dans ta chambre !

J'étalais tous les accessoires sur son lit, posais le dôme transparent sur la table, mais son regard le traversait sans s'y arrêter. Je pensais : Milo dans sa bulle.

Je massais son crâne, je caressais ses joues et son front, sa peau était chaude mais son silence demeurait asphyxiant. Je pensais : Milo dans un autre coma.

Après quelques essais et autant de défaites, j'avais renoncé aux trouvailles.

Nous coulions, lentement. Cet accident n'avait pas fait qu'un seul blessé : nous étions tous atteints, jusque dans nos chairs, et nos blessures se creusaient chaque jour un peu plus. Les tremblements de Lino, le visage ravagé par les nuits sans sommeil de Céleste. Et cette bosse apparue dans mon sein, précisément le soir où Marguerite avait disparu, et qui semblait désormais se développer avec constance.

Chaque matin, lorsque j'étais seule, je caressais ma peau, pinçais la bosse devenue boule, l'étudiais à la loupe, persuadée que son apparition ne devait rien au hasard, qu'elle était forcément une nouvelle manifestation de la déflagration. Ne lisait-on pas, çà et là, que certains cancers pouvaient être d'origine psychique ?

J'avais toujours joui d'une santé de fer, j'avais traversé chaque hiver sans une grippe ni même un rhume, n'avais connu ni les suées nocturnes, ni la prise de poids qui affectent les femmes à l'âge climatérique. Et voilà que subitement germait cette boule aux contours irréguliers ?

Marguerite était mon cancer. Elle avait d'abord enflé dans mon ventre et, à présent, elle colonisait mon sein. Ce n'était pas un amas de cellules malignes que je palpais, mais la douleur de sa naissance que je portais depuis toujours sans jamais avoir réussi à m'en délivrer, sans jamais pouvoir en confier le fardeau. C'était ma culpabilité d'être demeurée étrangère à ma propre fille et celle, bien plus insupportable encore, d'avoir engendré ce naufrage. Car, aussi cruel que soit le constat, il fallait bien l'admettre : si je n'avais pas donné naissance à Marguerite, Milo serait encore debout et sa famille avec lui. J'étais le monstre qui avait accouché d'un monstre.

Chaque matin donc, je palpais, sondais, mesurais la grosseur et décidais dans la foulée de me rendre chez un spécialiste afin de faire des analyses et d'évaluer l'urgence de la situation. Puis, chaque soir, je reculais, craignant sans doute d'entendre une sentence définitive, mais surtout parce qu'il m'était inconcevable d'imposer cette nouvelle épreuve à Céleste.

J'étais le dernier pilier sur lequel elle pouvait encore s'appuyer. Peu importe si elle avait creusé ce fossé entre nous, son attitude, j'en étais sûre, n'était qu'une réaction instinctive et temporaire face à l'adversité et aux déceptions. Au fond, elle savait que j'étais là, que je le serais toujours, prête à tout comprendre et tout entendre, prête à donner ma vie pour la sienne. Son fils en rééducation, son couple en état de mort clinique : le tableau était bien assez sombre pour ne pas y ajouter la maladie de sa mère.

J'avais donc résolu d'en faire mon affaire. J'entrerais seule en guerre si c'était nécessaire. Bien sûr, je crevais de peur dès que je laissais divaguer mon esprit et pensais ablation, mutilation, chimiothérapie, effets secondaires, dépendance, mort ! Mais dans le même temps, j'étais prête à combattre, j'avais en moi assez de rage pour défaire une armée et de courage pour en supporter le coût.

Je n'étais pas n'importe qui, merde, je l'avais déjà prouvé : je saurais m'en sortir seule, comme je m'en étais sortie après le départ de Jacques.

J'étais face au miroir, occupée à observer mon sein déformé lorsque, ce soir-là, plus de dix jours après la fuite de Marguerite, le carillon de la porte a retenti dans l'appartement. Il était presque 22 h 30. À sa manière de sonner, longue, répétitive, impérative, provocante, j'ai su aussitôt que c'était elle.

Elle portait deux sacs dont un de grande taille. Elle était vêtue d'une veste épaulée trop large qui lui dessinait une silhouette fluette et fragile, ses cheveux étaient affreusement sales, tout comme ses bottines abîmées par la pluie. La première chose qui m'est venue à l'esprit, c'est qu'elle allait salir la moquette. J'aurais pu lui demander d'ôter ses chaussures, mais elle avait ce regard de défi, cette posture agressive qui indiquaient qu'elle n'attendait qu'une occasion de déclencher les hostilités. Alors je l'ai fait entrer, tout en récapitulant mentalement les opérations à prévoir, passer à la droguerie demain matin à la première heure pour acheter du produit nettoyant, traiter au plus vite cette pauvre moquette qui n'en sortirait pas indemne, la passer au sèche-cheveux et ajouter un peu de désodorisant – une odeur épouvantable de chien mouillé s'était répandue dans le salon.

— Je regrette d'arriver à cette heure-ci, a-t-elle soufflé – l'air de ne rien regretter du tout. Il y a eu du retard au décollage et des encombrements à n'en plus finir depuis l'aéroport.

Je la trouvais anormalement nerveuse.

— L'aéroport ?

— J'étais sur un site dans les Asturies. Une classification à revoir, enfin je ne vais pas t'emmerder avec mes problèmes de boulot.

Elle m'a poussée pour s'avancer vers le salon. Son sac laissait derrière elle d'abominables traces sombres, tout comme je l'avais prévu. Je l'ai arrêtée d'un geste sec.

— Laisse ton sac dans l'entrée, Marguerite, tu salis la moquette. Dis-moi plutôt ce que tu fais ici ?

— J'ai besoin de me poser quelques jours en attendant ma prochaine mission, tu sais que Céleste m'a foutue dehors, ou plutôt Lino, enfin le résultat est le même, je n'ai plus d'appartement et je n'ai pas eu le temps d'en chercher un.

Je l'attendais, celle-là. J'ai serré les poings, garder son calme, gérer au mieux, se concentrer sur l'objectif : qu'elle reparte le plus vite possible. Il y avait tant de gêne entre nous, tant d'impossible. Et cette boule dans mon sein ! J'ai réussi à lui dire les choses avec une relative douceur.

— Marguerite, tu sais bien que je ne peux pas t'héberger. Je n'ai pas la place, il n'y a qu'une chambre ici. Et puis, je ne suis pas très en forme ces temps-ci, j'ai besoin de repos et de tranquillité.

Elle a pris une inspiration profonde, à croire qu'elle s'apprêtait à plonger en apnée, plusieurs secondes qui m'ont paru un siècle.

— Écoute, je me débrouillerai, au besoin je trouverai un hôtel, mais laisse-moi prendre une douche et passer la nuit ici, je me contenterai du canapé. J'ai l'habitude de dormir sous la tente, alors le confort, c'est vraiment le cadet de mes soucis.

Ça, c'était bien Marguerite : moi, moi, moi.

J'ai pensé à de vieilles conversations avec Céleste, lorsqu'elle m'accusait d'être trop rigide avec sa sœur. J'aurais aimé qu'elle soit présente, à cet instant, qu'elle observe la manière dont Marguerite s'imposait, sans même s'intéresser à ma fatigue.

— Je ne te comprends pas. Après ce qui s'est passé, pourquoi es-tu revenue ? Tu ne crois pas que nous avons tous besoin d'un peu de distance ?

Je m'attendais à ce qu'elle dégaine son argument favori, le lien avec Milo, ou encore qu'elle utilise sa grossesse pour m'apitoyer, mais elle s'est simplement assise en lâchant son sac et a déclaré :

— Il paraît que tu as quelque chose d'important à me dire : c'est l'occasion.

Mon cœur s'est retourné. J'étais persuadée que Céleste avait ajourné la question, qu'elle était à nouveau enterrée, mais non, malgré tout ce que nous traversions, malgré ses nombreuses priorités, il avait fallu qu'elle mette sa sœur sur la piste. Par réflexe, mes doigts sont allés caresser la boule sous ma peau.

Quelle folie. Tu aurais dû me prévenir, Céleste. J'aurais aimé me préparer pour affronter cette conversation. Réfléchir aux mots à employer, aux parades à déployer, dans l'intérêt de Marguerite autant que dans le mien – le nôtre.

La spontanéité est dangereuse lorsqu'on manipule de la nitroglycérine.

— Il est tard. Nous en reparlerons une autre fois, lorsque nous aurons du temps.

Ses lèvres se sont pincées.

La tache en croix, légèrement ambrée par les traces du soleil d'été.

La joue de Rodolphe.

Ses premiers pas, courant vers les bras de Céleste.

La froideur de Jacques.

Mon désespoir et ma rage.

— Donc, a repris Marguerite, il y a bien quelque chose. Quelque chose d'important. Eh bien, tu vois, le temps n'est pas un problème pour moi : je suis prête à t'écouter toute la nuit.

Elle me fixait avec un sourire légèrement caustique, comme si elle se préparait à me prendre en défaut, comme si elle sentait qu'elle aurait bientôt matière à reproches. Céleste lui avait-elle fourni des indices ?

J'ai pris quelques instants pour digérer, intégrer l'information, réaliser que la révélation de la vérité était devenue inéluctable, puis j'ai ressenti un immense soulagement, comme une respiration qu'on laisse filer alors qu'on l'a retenue si longtemps qu'on se sent déjà mourir. J'ai su que j'allais pouvoir me débarrasser de ce poignard planté dans mon cœur en le plantant dans le sien, non par choix, mais puisque tel était son désir, son injonction, et surtout, j'ai su que cette nuit-là serait celle de notre libération commune, celle de l'affranchissement du mensonge originel et de son cortège d'obligations, d'hypocrisie, de faux-semblants. Ma poitrine s'est soulevée d'une émotion jamais encore éprouvée.

— Très bien, assieds-toi.

J'ai servi deux verres de gin, bu le mien d'une traite et commencé à parler, sans circonvolution ni euphémisme, Jacques, Rodolphe, le double abandon, la tache de naissance, l'impossible maternité, le malheur, le chagrin, les jalousies, les comparaisons. Je n'ai pas donné de détails, je me suis bornée aux faits majeurs, aux dates les plus importantes – déjà, nous étions au milieu de la nuit.

Elle s'était tassée dans le canapé, assommée, percutée par l'annonce et, alors que défilaient les images du passé, alors que ma propre désillusion, mes peines, mes blessures me remontaient à la gorge, pour la première fois, j'ai ressenti une compassion sincère pour cette enfant qui n'avait rien choisi, ma fille – presque trente ans plus tard, j'avais encore du mal à lui associer ces deux mots.

— Ainsi, voilà ce que je devais entendre, a-t-elle murmuré d'une voix blanche lorsque enfin je me suis tue. Si je m'attendais à ça.

— Désormais, tu sais à qui tu dois ta beauté.

Quelques larmes ont coulé sur ses joues, qu'elle a balayées sauvagement. Puis elle a soupiré, non sans ironie.

— Ma beauté... C'est tout ce que tu retiens de mon héritage...

— Tu en auras au moins tiré cet avantage. Pour le reste, Marguerite, tu n'es pas la plus à plaindre. Nous avons subi cette situation l'une et l'autre, nous portons les mêmes pierres dans nos bagages, mais tu as la vie devant toi pour t'en débarrasser.

— Tu as attendu tout ce temps, a-t-elle poursuivi. Pourquoi ? Peut-être que tout aurait été différent si j'avais su.

— Crois-tu ? Qu'est-ce qui aurait changé ? Est-ce qu'il ne valait pas mieux vivre avec l'idée d'un père mort plutôt que celle d'un père lâche ? Je t'ai caché cette histoire pour te protéger, autant que pour protéger ta sœur – qui, par ailleurs, connaît la vérité depuis quelques semaines seulement. J'ai fait au mieux pour vous deux, c'est aussi simple que ça.

— Mais alors, pourquoi parler maintenant ?

— Parce que tu es enceinte d'un homme qui ne veut pas de cet enfant. Pour t'éviter de vivre ce que nous avons vécu, toi et moi. Je serai franche, Marguerite : j'ai été incapable de t'aimer, je l'avoue et je n'en suis pas fière, mais toi, que m'as-tu apporté ? En naissant, tu m'as privée de l'existence à laquelle j'avais droit. Bien sûr, tout cela s'est construit malgré toi. Je ne t'accuse pas d'avoir sciemment détruit ma vie – et la tienne, par ricochet –, mais c'est un fait, c'est ce qui s'est produit et se produit encore, tel un cercle vicieux impossible à stopper. Ni toi ni moi ne méritions cela, tu en conviendras. Or, tout aurait été différent, Marguerite – et pardonne-moi si ces mots sont difficiles à entendre, au moins sont-ils honnêtes –, tout aurait été différent à la seule condition que j'aie pu réagir à temps. Voilà pourquoi je me suis décidée à parler. Si, par bonheur, tu peux encore interrompre cette grossesse, alors fais-le. Je te dois bien ce conseil.

Elle s'est levée, elle était d'une pâleur terrible.

— Je ne suis pas enceinte.

Pas enceinte ? Je me suis sentie brusquement étouffer.

— Qu'est-ce que ça signifie, Marguerite, j'ai dû mal comprendre, que s'est-il passé, tu as fait une fausse couche ?

Mais elle a répondu en détachant avec soin chaque syllabe, Il n'y pas eu de fausse couche, je n'ai jamais été enceinte, elle semblait soudain complètement détachée, comme si elle parlait d'une vague connaissance, comme si cela n'avait plus aucune importance, J'ai inventé ça au moment où vous m'assassiniez de questions, d'attaques, je me sentais mise au pilori, j'ai eu cette idée subite et j'ai cru que ce serait un moyen de m'en sortir, une sorte de garantie, j'ai cru qu'on me laisserait en paix, mais j'avais tort, rien n'a changé, on m'a fichue dehors, on m'a éloignée de Milo, enceinte ou pas vous vous en foutiez bien ! Cela dit, je présume, ma chère mère, que tu ne me reprocheras pas de vous avoir menti, le mensonge, tu me l'as inoculé avant même que je vienne au monde, tu l'as inscrit dans mon ADN, alors j'ai des circonstances atténuantes, n'est-ce pas ? J'ai menti parce que je ne voulais pas décevoir Céleste ni la faire souffrir davantage et, vois-tu, j'aurais pu poursuivre, la simuler, cette fausse couche, le sujet est assez sensible chez nous, cela me promettait un joli statut de victime ! Je l'aurais d'ailleurs sans doute fait si nous n'avions pas eu cette conversation, mais à quoi bon désormais ? Dans quel but ? Tenter d'obtenir un rôle dans une famille qui n'existe pas ?

Auprès d'une mère qui aurait préféré que je ne naisse pas ? Ou plutôt que je naisse morte, moi aussi ? Au moins les choses sont-elles claires : je n'ai plus rien à attendre, rien à ajouter, hors le regret d'avoir blessé les deux seules personnes qui m'ont un jour aimée.

Elle s'est dirigée vers la porte d'entrée, a ramassé ses sacs. Son maquillage avait coulé, son visage était aussi sale maintenant que ses chaussures, effaçant sa beauté.

Moi aussi, j'avais envie de pleurer. Sur le destin retors, injuste ? L'innocence des victimes ? Les enfants morts ?

— Tu avais raison dès le départ, il n'y a pas de place pour moi ici, pas la moindre, a-t-elle balbutié. Il vaut mieux que je m'en aille.

C'était ma fille, tout de même. Ma fille non désirée, non aimée. Celle qui avait changé le cours de ma vie et annulé mes espérances. Mais c'était aussi la chair de ma chair. Un dégât collatéral involontaire.

Elle a posé la main sur la poignée, hésité un instant.

J'avais rempli mon devoir et l'avais nourrie, soignée, logée pendant plus de dix-huit ans, je pouvais bien y ajouter une nuit supplémentaire – d'autant que je pressentais que ce serait la dernière.

Se séparer proprement, une forme de divorce sur consentement mutuel. L'aider un peu à défaut de l'aimer.

— Reste, Marguerite. À cette heure-ci, tu auras du mal à trouver un hôtel.

Son expression s'est durcie.

— Dis-moi seulement où est mon géniteur.

Mes jambes s'étaient alourdies. Lentement, je suis allée jusqu'à la petite commode de l'entrée. J'en ai sorti un petit carnet vert sur lequel je consignais tous les éléments glanés à propos de Rodolphe. Je l'avais cherché sans relâche et sans résultat durant plus de vingt ans, puis Internet s'était développé, les réseaux sociaux avaient vu le jour et j'avais retrouvé sa trace. Derrière mon ordinateur, j'avais accumulé des bribes de sa vie, sans dessein particulier – mais incapable de m'en détacher.

Je lui ai tendu le carnet.

— Quelque part dans le Sud. Je n'ai pas son adresse, mais tu trouveras là-dedans d'autres informations qui t'intéresseront peut-être.

Elle a ouvert la porte, j'ai pensé qu'elle se retournerait, qu'elle reviendrait sur ses pas, mais elle s'est engouffrée dans l'escalier sans même allumer la lumière.

Je suis restée sur le palier un instant.

— Je suis désolée, ai-je murmuré.

Bien sûr, personne ne pouvait m'entendre.

D'ailleurs, je n'étais qu'à moitié désolée.

Peut-être bien qu'elle allait débarquer pour de bon, vingt-huit ans après sa naissance, dans la vie de ce salopard. Le poids sur la balance allait changer de plateau.

# LE TEMPS DE L’AMERTUME

# Céleste

Ne pas devenir folle. Tenir bon pour Milo. Résister à la tentation de se fracasser la tête contre les murs pour faire taire les images, les pensées, les nausées. De se fracasser tout court, pour arrêter de souffrir.

Comment a-t-il pu. Même ivre d'alcool, même saoul de douleur. Ma sœur de quinze ans. Le père de mon fils.

Nous nous sommes rencontrés au restaurant universitaire. Il a ramassé mon écharpe qui avait glissé sous ma chaise, je l'ai remercié, il y avait une place libre à côté de moi, puis-je m'asseoir ? a-t-il questionné.

Puis-je. Peut-être ces deux mots ont-ils décidé de la suite. De ma vie. De l'issue. Lino tranchait avec tous les autres, il était élégant, s'exprimait avec soin, se tenait incroyablement droit en marchant, il m'a raccompagnée ce jour-là (puis les suivants), a croisé ma mère qui, le soir, a hoché la tête d'un air satisfait : il m'a l'air très bien, ce jeune homme, tu lui demanderas ce que font ses parents ?

Je lui ai demandé, suite à sa réponse ma mère l'a considéré *persona non grata*, y compris lorsque j'ai annoncé que nous emménagions ensemble. Selon elle, je méritais mieux. Elle avait raison, mais se trompait sur les motifs.

Moi, je trouvais Lino encore plus séduisant depuis qu'il m'avait révélé ses origines. Il était la preuve que l'allure comme la détermination n'étaient pas une question de classe sociale. Il était fou d'amour, attentif, prévenant, lorsqu'il a fait la connaissance de Marguerite, il a eu un sourire infini : j'avais justement besoin d'une petite sœur, si tu savais combien les miennes me manquent !

J'étais renversée d'émotion.

Il la prenait sur ses épaules, jouait à chat-ballon, lui enseignait les conversions. Il lui chatouillait les pieds, lançait des crêpes jusqu'au plafond et les rattrapait dans son dos.

Elle hurlait de rire et moi de bonheur.

J'ai tout fait dans les règles. En CM2, la maîtresse avait noté sur mon évaluation : peut-être un peu trop appliquée. Ma mère avait bondi : comment peut-on reprocher à une élève de chercher à bien faire ?

J'ai été consciencieuse à l'école, honnête dans mon travail. J'ai porté les vêtements recommandés par les magazines féminins, j'ai appris à cuisiner, j'ai fait attention à ma ligne dans la mesure des formes que m'avait attribuées la nature, j'ai été une fille attentive, une épouse aimante, j'ai peiné pour avoir mon enfant, mais j'y suis parvenue, je l'ai élevé en suivant les conseils des meilleurs pédiatres, j'ai été économe sans être pingre, j'ai aidé mon prochain sans en faire état.

Nous avons refait le monde avec Lino, nous avons signé des pétitions pour la liberté de la presse, le respect des droits de l'Homme, celui des droits de la femme et la protection de l'environnement – spécialement après que Milo nous a déclaré très sérieusement s'investir dans le développement durable, vers l'âge de dix ans.

Qu'ai-je raté ? Quand la faille est-elle née ? Après le jour noir ou bien avant ? Cette question est-elle capitale ou bien superflue compte tenu de l'ampleur de la révélation ?

À notre mariage, Marguerite tenait ma traîne et portait les alliances. J'avais proposé à Lino de prendre ses neveux et ses nièces comme enfants d'honneur, mais il avait refusé, Ce sera mieux pour Marguerite, avait-il expliqué, elle aura le beau rôle, elle sera fière. Plus tard, au moment de tendre les anneaux, trop émue, la vue brouillée, Marguerite les avait fait tomber. Elle était déjà si mignonne, avec ses anglaises en cascade et ses socquettes en tire-bouchon. Elle est devenue si jolie. Bien plus que moi, qui m'étais épaissie dès la sortie de l'adolescence. Les regards ont changé. Celui de ma mère, celui des hommes. Le sien, aussi. Le mien peut-être ? Je contenais les assauts de ma jalousie, à cause de l'amour, celui que je lui portais bien sûr, mais aussi celui que notre mère refusait de lui accorder.

Marguerite ne riait plus avec Lino – elle ne riait plus du tout. Je la savais malheureuse, je mettais ça sur le compte de la pension, de l'éloignement. Et plus tard, du jour noir : Lino et moi n'avions pas le monopole de la douleur.

Marguerite s'était réjouie de ma grossesse, avait attendu l'enfant mort presque autant que nous, s'était amusée des drôles de bosses formées sous mon ventre par ses pieds et ses mains, avait dressé avec moi des listes de prénoms.

Elle avait souffert, beaucoup.

Le jour noir est un fragment d'obscurité dans mes souvenirs. Je suis incapable de me remémorer le visage ou même la silhouette de Marguerite ce jour-là et les suivants. Nous étions tous plongés dans l'indicible, l'indicible a laissé place à l'inexplicable, puis à l'autocensure. Dans tous les cas : le silence.

Après cela, Milo est né et cette naissance a effacé les questions qui n'avaient pas été posées : trop de lumière aveugle.

Je sais aujourd'hui qu'il faut se méfier de l'euphorie. Elle nous transporte loin des monstres qui nous hantent, loin des dangers qui guettent, si loin qu'on ne revient jamais plus les affronter. On se croit tiré d'affaire, passé à autre chose. On décrète les dossiers classés, tandis qu'ils nous consument lentement.

Tenir bon. Tenir bon pour mon enfant. Mais tenir quoi, et comment ?

Je découvre brutalement que je suis seule. De *ça* je ne peux parler à personne, surtout pas à ma mère. Je dois trouver des solutions qui n'existent pas.

Mettre Lino dehors m'a soulagée un instant, mais cela n'a rien réglé : Milo régresse, notre vie a perdu tout sens, toute direction, toute énergie. Je ne pense plus qu'aux échecs et aux regrets. Je suis dévorée de ressentiment, à l'égard de tous à commencer par moi.

Comme Milo, et tout en étant consciente que c'est m'enfoncer dans l'erreur, je ne regarde plus qu'en arrière.

— Il se rétracte, a abondé Gustavo ce matin. Il a peur, tout simplement. C'est une forme de protection.

Il cherchait à me faire passer un message, de toute évidence. Presque agacé que je ne comprenne pas plus rapidement.

— Peur de quoi ?

Il a forcé le ton.

— De vous tous. Je vous l'ai pourtant assez signalé ! Les tensions. Mettez-vous un instant à sa place : le spectacle offert ne lui donne pas envie de participer.

Son assurance m'était insupportable.

— Comment osez-vous avancer une telle explication ? Et de quel droit donnez-vous des leçons ?

— Je ne donne aucune leçon, je n'invente rien : tout cela, c'est Milo qui me l'a dit. Pas de manière aussi détaillée, je vous l'accorde, mais c'était assez clair.

— Il l'a *dit* ?

Donc, Milo parlait à nouveau – mais pas à n'importe qui, et pas à moi, sa mère. Il parlait à Gustavo Socratès.

J'ai eu un pincement au cœur.

— Ravie de savoir qu'il a retrouvé l'usage de la parole.

Et, aussitôt, une bouffée de honte m'a étouffée.

— Excusez-moi, ce n'est pas très glorieux. Je devrais me réjouir.

— Ce n'est peut-être pas à vous qu'il s'est adressé, a repris le jeune homme, cette fois avec beaucoup de douceur, mais c'est de vous qu'il veut être entendu. Il a besoin de paix. Et il réclame sa tante. Une fixation, en quelque sorte. Comme si son absence symbolisait un précipice impossible à franchir. Ah, au fait, il ne croit pas un mot de cette mission Dieu sait où dont vous lui avez parlé. Et il est très inquiet pour elle.

Il avait baissé la voix en prononçant ces derniers mots, incapable de masquer son émotion. Alors m'est revenu le dernier regard de Marguerite lorsqu'elle avait quitté la clinique, un regard mélangé de désespoir et de colère, et j'ai compris subitement que ces deux-là étaient vraiment tombés amoureux, que c'était autre chose qu'une forme de manipulation comme l'avait évoqué ma mère, ou même une simple liaison de circonstance. J'ai compris que j'avais injustement privé ma sœur de la possibilité de vivre cet amour en la piégeant dans ses contradictions, en la repoussant loin de nous – à ma décharge, j'ignorais tout de la vérité, qu'il s'agisse d'elle ou de Lino, je pensais faire au mieux, servir l'intérêt commun, il n'empêche, ça aussi c'était abîmé, gâché, probablement irrécupérable, comme si l'onde de nos malheurs originels n'en finissait pas de se propager, comme si tout ce que l'on pouvait faire désormais, chacune de nos actions, de nos décisions, ne pourraient qu'aggraver la situation.

— Au sujet de Marguerite, a repris le médecin,

Mais je l'ai interrompu, Il faut que je vous dise quelque chose, Gustavo, quelque chose de très important même si cela arrive trop tard, il faut que vous sachiez que Marguerite ne mentait pas, enfin pas à vous, Marguerite n'était pas enceinte, je l'ignorais jusqu'à ces derniers jours, c'était un subterfuge de gamine prise en faute, elle avait sorti ça de son chapeau en espérant contenir notre réaction après l'accident de Milo, parce qu'elle se sentait responsable, d'ailleurs elle était responsable, enfin, en partie, mais voilà bien le problème, le vrai problème, insoluble, qui est responsable de quoi dans cette tragédie à tiroirs, si seulement il était possible d'affirmer quoi que ce soit.

Gustavo a relevé la tête vivement, comme électrocuté.

— Pour être honnête, je ne sais pas quoi penser, a-t-il répondu après un instant de silence, il faut que je réfléchisse à tout ça, mais c'est gentil de m'avoir prévenu. Vous savez quoi ? Le mieux serait sûrement de discuter de tout cela avec l'intéressée, à vrai dire ce serait surtout bien pour Milo, alors je vous laisse voir ce que vous pouvez faire.

Ce que je pouvais faire : presque rien. Marguerite n'avait plus de téléphone, plus d'adresse, aux dernières nouvelles rapportées par ma mère, elle avait disparu après avoir appris la vérité sur sa naissance, munie d'informations incomplètes mais, semble-t-il, déterminée à retrouver la trace de son père. Elle pouvait être montée dans un train en direction du Sud, ou se terrer dans un appartement pour affiner ses recherches. Elle pouvait aussi avoir rejoint un chantier à l'autre bout du monde et s'oublier dans sa passion – et puis il fallait bien qu'elle travaille, tout de même, qu'elle gagne sa vie.

Peut-être la reverrait-on dans un mois, dans un an, peut-être même jamais – puisque chacun d'entre nous, hormis Milo, l'avait bannie à sa manière.

En quittant le bureau de Gustavo, je suis allée prendre les mains de Milo dans les miennes et j'ai chuchoté à son oreille, mon bébé, mon petit gars, mon enfant chéri, Marguerite viendra te voir dès qu'elle le pourra, j'ignore où elle se trouve, mais je te promets de tout faire pour la retrouver. Je crois qu'il a compris que j'étais sérieuse, que j'avais parfaitement reçu son message, parce que, pour la première fois depuis des jours, ses doigts se sont contractés autour du mien, faisant exploser mon cœur d'émotion.

Dehors, le ciel s'éclairait timidement.

— Eh bien, tu souris, Milo ! a commenté la jolie kinésithérapeute qui venait le chercher pour une séance en piscine. Voilà qui fait plaisir !

Tenir bon et nous sortir de ce champ de boue. Traiter les priorités l'une après l'autre. Oublier qu'il faudra bien affronter la suite, puisque la suite est encore loin. Ne pas interroger le passé, ma faiblesse, ma résignation, mes abdications. Enfermer le prénom, l'image, le souvenir de Lino et les questions indispensables dans une boîte hermétique pour préserver mes forces – pour un temps.

J'ai passé le début de l'après-midi à fuir mon reflet dans la vitre, guettant l'arrivée de ma mère. Une fois de plus – et malgré mes refus systématiques –, elle a surgi munie d'un panier rempli de provisions, l'air faussement dégagé, déversant ses justifications avant même que j'aie eu l'occasion d'ouvrir la bouche.

— Je sais que tu ne veux rien, mais je suis allée au marché et les pommes étaient splendides, alors j'ai fait une compote, que j'en fasse un peu plus ou un peu moins, qu'est-ce que ça change, hein, tu auras un dessert en rentrant chez toi. Ah, et je t'ai aussi pris du miel, du thé et des citrons, avec ce temps qui change sans arrêt, on tombe vite malade, Milo a besoin d'une mère en pleine forme.

— J'ai tout ce qu'il faut, maman.

Elle a eu son soupir favori, ce soupir moitié excédé, moitié fataliste qu'elle maîtrisait à la perfection, et celui-là elle aurait mieux fait de le retenir, parce que tout est remonté d'un coup. J'ai eu envie de lui dire, Maman, quand comprendras-tu que je fais une overdose de ton amour, de ta présence, de ta sollicitude, je n'en peux plus d'être le centre de ta vie (ce qui, au passage, t'a placée au centre de la mienne, étouffant, écartant, biaisant toutes mes autres relations), je n'en peux plus d'être *tout pour toi*, d'être ton *bonheur*, ton *indispensable*, comme tu me l'as si souvent répété, je n'en peux plus de me sentir redevable, coupable, d'être celle que tu veux que je sois, ta consolation, ta revanche, ton défi, je n'en peux plus d'avoir fini par te ressembler malgré moi, de me voir quand je te regarde, parce que sans même en être consciente, je me suis habillée comme toi, coiffée comme toi, maquillée comme toi (à moins que ce ne soit l'inverse, mais ça ne change rien au problème), je n'en peux plus de trouver, à quarante ans passés, des post-its marqués *je t'aime ma chérie* dans mon sac à main, sur mon agenda, parfois même sur ma porte d'entrée, de te voir négocier avec la femme de ménage pour pénétrer chez moi et remplir le réfrigérateur en douce, d'entendre le téléphone sonner chaque midi et chaque soir en sachant que c'est toi qui m'appelles, de supporter tes jugements sur chacun de mes actes, et par-dessus tout de lire dans tes yeux cette sorte de satisfaction à l'égard de l'éclatement de mon couple, parce que tu ne dis rien mais tu penses : *Est-ce que je ne t'avais pas prévenue depuis le départ, hein* ? Alors que tu ne sais rien, absolument rien de ce qui nous arrive au fond, tu ne sais rien du trente-huit tonnes qui m'est tombé dessus, et pire encore si on démêle les fils et il faudra bien finir par le faire, tout laisse penser que tu portes une part de responsabilité, et non des moindres, dans la catastrophe finale.

Mais Milo était allongé là, juste à côté de moi, et Gustavo avait suffisamment insisté, trop de tensions, ce n'était vraiment pas le moment de régler des comptes, il fallait se tenir aux résolutions, aux priorités, respecter les promesses que je m'étais faites, alors j'ai contenu l'explosion, respiré un grand coup, renvoyé ma révolte au creux de mon ventre et j'ai simplement dit :

— Il faut retrouver Marguerite.

Elle a eu un léger tressaillement, Pourquoi ? a-t-elle questionné en surveillant du coin de l'œil une éventuelle réaction de Milo, tu sais bien que ta sœur est partie en *mission* ! C'est toi-même qui me l'as appris. Tu sais aussi que je n'ai aucun moyen de la localiser !

Je l'ai entraînée hors de la chambre.

— Débrouille-toi, maman, tu es la dernière à l'avoir vue, celle qui possède le plus d'éléments la concernant. J'ai discuté avec Gustavo, Milo lui parle, oui, tu as bien entendu, il parle et il la demande. Ce n'est plus une option : il faut qu'elle revienne.

— Gustavo ? Tiens donc. Tu es sûre que ce n'est pas plutôt lui qui la réclame ? Quand je pense que ta sœur a réussi à le séduire. On dira ce qu'on veut, elle a de la ressource. Elle fiche la pagaille dans nos vies, elle envoie Milo à l'hôpital, mais malgré tout, le médecin au physique de jeune premier, c'est pour elle. Sérieusement, et quelles que soient les circonstances atténuantes, je trouve que ce n'est pas juste.

— Maman, arrête tout de suite.

Arrête, car j'entends tout ce que tu ne dis pas et cela m'écorche les oreilles. Personne ici ne peut s'arroger le droit de savoir ce qui est juste ou pas.

— Tu n'es pas obligée de me parler sur ce ton, Céleste. Je te rappelle que je suis ta mère. Si on ne peut plus émettre une opinion...

Elle avait planté ses yeux dans les miens et, pour la première fois de toute mon existence, j'ai soutenu son regard.

Je ne m'étais pas montrée autoritaire, encore moins méprisante, je m'étais contentée de manifester une opposition ferme à son discours, mais elle était tellement habituée à ce que j'aille systématiquement dans son sens, à ce que je fasse le dos rond.

Dos rond pour apaiser les conflits avec mon père, lorsque j'étais enfant.

Dos rond pour gérer ses relations avec ma sœur pendant l'adolescence, puis celles avec Lino à l'âge adulte.

Dos rond pour atténuer les exigences de Lino à l'égard de son fils.

Dos rond parce que j'avais été ou j'étais encore un enjeu pour chacun d'entre eux et que je m'évertuais à les satisfaire tous.

Avec un résultat pour le moins mitigé : preuve qu'il était temps que je me redresse.

— Mesdames ?

Gustavo avait surgi entre nous.

— Je viens d'avoir le compte-rendu de la dernière séance de kinésithérapie de Milo.

Ses yeux brillaient.

— Il a recommencé à travailler.

Un souffle de joie m'a soulevée de terre, effaçant la contrariété de l'instant précédent.

— C'est magnifique, a murmuré ma mère, tout aussi heureuse. Pourvu que ça dure.

Gustavo s'est tourné vers moi.

— Je crois qu'il vous fait confiance, mais il a besoin d'encouragements.

Je me suis précipitée dans la chambre. Mon fils dormait. Son visage m'a paru apaisé, sa peau plus rose, sa respiration moins encombrée. J'ai posé ma tête à côté de la sienne, baignée d'un soulagement inouï.

Tu as raison de me faire confiance, mon Milo. J'ai compris ce que tu attends. J'ai compris ton plan.

Et je vais en tenir compte.

# Lino

Leurs coups étaient de plus en plus forts. Ils allaient finir par démolir ma porte. Avaient-ils un bélier pour faire autant de bruit ? Ça cognait sous mon crâne, j'avais mal, mal, mal.

Je me suis levé péniblement, les jambes en caoutchouc, le ventre gonflé, les yeux et la gorge remplis de saloperie, je me suis traîné jusqu'à l'entrée et j'ai buté dans la bouteille de vodka vide.

J'ai choisi pour m'anéantir la même marque que toi, papa.

Je sais bien que tu n'es pas mort accidentellement, d'un excès d'alcool. J'ai fait semblant d'y croire comme tout le monde, je sentais confusément qu'il fallait appuyer la thèse de ma maman.

Pourquoi a-t-elle choisi cette version officielle ? Je retourne cette question dans ma tête depuis ce jour où l'on t'a enterré. Peut-être était-ce une prosaïque question d'assurance vie. Ou bien avait-elle honte, comme si ton acte était celui d'un lâche.

Elle a hurlé lorsqu'elle a découvert ton corps, un hurlement de colère bien plus que de douleur.

J'ai été le premier à la rejoindre dans votre chambre. Elle a refermé vivement la porte derrière moi pour empêcher les autres d'entrer. Comme chaque samedi, nous étions partis faire les courses au centre commercial et avions déjeuné à la cafétéria – le seul restaurant à notre portée, des steaks trop cuits, des légumes nageant dans une béchamel délayée, mais à nos yeux c'était un trois étoiles –, tu nous avais dit, papa : Allez-y sans moi, je vais me reposer.

Un repos éternel.

Qui aurait pu s'en douter ? Ta misère, tu la supportais quotidiennement avec le même regard mort, la même démarche voûtée, ton acceptation semblait sans limite, alors pourquoi cette semaine-là, ce jour-là plutôt qu'un autre ?

Tu buvais beaucoup, c'est vrai. Je t'ai parfois aidé à mettre la clé dans la serrure ou même à ôter ton bleu de travail lorsque tes doigts tremblants refusaient d'être précis. Tes idées pourtant demeuraient toujours étonnamment claires, tes mots aussi et, surtout, tu n'étais pas malade. Ou pas encore assez pour en mourir. Tu as vidé une bouteille de vodka ce jour-là, oui, mais ce sont les médicaments qui t'ont porté le coup de grâce. Les boîtes vides formaient un éventail coloré à côté de ton corps inerte. Six ou sept différents, des anti-inflammatoires, de l'aspirine, des antidépresseurs, des anxiolytiques. Tu n'avais rien laissé au hasard.

Maman m'a dit en bredouillant, Lino, c'est moi qui ai laissé traîner tout ça ce matin sur le lit, j'avais commencé à faire un tri dans la pharmacie et puis l'heure passait, il fallait qu'on parte faire les courses, j'ai laissé toutes ces boîtes vides en plan, mais ne va surtout pas croire que ton père… Hein ?

Je l'ai interrompue, ça me faisait mal au cœur de la voir peiner à construire un mensonge crédible, je voulais qu'elle cesse de pleurer, je voulais qu'elle tienne debout, déjà qu'on n'avait plus de père et moi je n'avais que dix ans, je me sentais tout petit, j'avais peur, papa, de ta peau froide et marbrée, de tes bras raides, de tes yeux fixes devenus globuleux, j'ai répondu, Oui, oui, je sais bien, ne t'en fais pas.

Elle a pris les emballages, les plaquettes déchirées, et les a fourrés au fond de son sac.

Plus tard, elle s'est enfermée avec le médecin de famille pendant un long moment, lorsqu'ils sont ressortis de la pièce il avait rempli le certificat de décès et l'a posé sur la table de la cuisine. J'ai lu des termes médicaux : asphyxie, arrêt cardiaque.

Tu n'étais absolument pas mort d'un arrêt cardiaque, tu étais mort d'humiliation, d'épuisement et de désespérance. Tu étais mort parce que tu ne supportais plus ton impuissance. Parce que tu ne supportais plus d'être un esclave. J'avais dix ans et pas assez de vocabulaire à ma disposition pour l'exprimer, mais bien assez de tripes pour le ressentir. Est-ce que mentir sur ta fin était une trahison ?

Maman t'en voulait terriblement. Elle considérait que tu l'abandonnais – seule avec ses cinq gosses, c'est vrai, tu ne lui facilitais pas les choses. Elle n'allait pas te faire le cadeau d'annoncer ton suicide. Et puis, admettre que tu avais lâché la rampe, c'était admettre qu'elle ne suffisait pas à justifier ton existence.

J'ai une autre version. Je crois, papa, que tu n'as pas voulu offrir plus longtemps à tes enfants l'exemple d'un père soumis, désarmé, vulnérable. Je crois que tu as voulu nous protéger d'un père dépressif, pessimiste, fatigué d'encaisser les coups, jour après jour, mois après mois, année après année, sans avoir jamais la possibilité de répliquer parce que sinon c'était la porte, et du boulot, tu étais déjà bien heureux d'en avoir dans cette putain de région laissée à moitié morte par des industriels incapables d'anticiper les changements profonds de l'économie.

Tu étais fatigué de n'être plus qu'une machine, machine à produire des godasses pour tes patrons, machine à produire un salaire tant bien que mal pour ta famille, sans jamais avoir le temps d'être un père ni d'être un homme, juste celui de voir ta vie se dissoudre inexorablement.

Tu pensais qu'il valait mieux un père mort qu'un père sans solution et sans avenir : ça se discute.

Je n'ai plus jamais parlé des cachets. J'ai respecté la volonté de maman, et puis c'était plus facile pour Simona, Mario, Nelly et Carlo. Ils ont eu du chagrin, ils t'aimaient autant que moi mais, grâce à l'explication officielle, l'alcool, le corps qui cède, ils ont trouvé le moyen d'accepter ton absence.

Que serais-je devenu si je n'étais pas entré dans ta chambre avec maman ?

Aurais-je été un homme différent ?

Ton suicide a décuplé mon obsession de m'en sortir. J'ai décidé que je ne serais l'esclave de personne, que je ne connaîtrais jamais l'humiliation : à dix ans, comment aurais-je pu savoir qu'il y a toujours quelqu'un assis plus haut que vous pour vous regarder avec dédain ? Comment aurais-je pu savoir que la seule façon d'y échapper n'est pas de continuer à grimper, mais de se moquer de ce regard-là ?

Si, comme mes frères et sœurs, j'avais vu dans la mort de mon père un accident imprévisible et inévitable, j'aurais peut-être aujourd'hui un diplôme moins élevé, mais plus d'appétit pour la vie.

J'aurais peut-être employé l'essentiel de mon temps autrement qu'à tenter de faire mes preuves, d'abord lors de mon parcours scolaire et universitaire, puis auprès de ma femme et surtout auprès de ma belle-mère.

Peut-être aurais-je accepté la possibilité de l'échec. L'échec ultime : le jour noir.

Au lieu de ça, je suis devenu fou.

Je me suis glissé dans le lit de Marguerite.

C'était une erreur, une énorme erreur. Mais tout de même, j'avais des circonstances atténuantes et puis Marguerite ne s'est pas débattue, elle aurait pu résister un peu plus, merde !

Je ne refuse pas ma responsabilité, je demande seulement que l'on considère les événements dans leur globalité, qu'on les rapporte à l'homme que je suis.

Je ne suis pas un salaud. Je suis un type bien qui a fait une grosse connerie. Qui était assis sur du vide et s'est laissé tomber. Une seule fois. Quelques minutes de déraison contre une existence dévolue à aimer, protéger ma famille. Qui n'a jamais été faible ? Qui n'a pas volé dans un porte-monnaie, détourné la tête pour ne pas voir une agression, fermé les yeux sur les cris d'une voisine frappée par son mari, trafiqué sa feuille d'impôts, fui après avoir embouti une voiture en stationnement, laissé un autre payer une faute à sa place ?

Qui n'a jamais blessé, cassé, détruit par égoïsme, par peur, par négligence ?

Quel homme n'a pas séduit une fille juste pour un moment de sexe en lui laissant croire qu'il l'aimait ? Le viol des sentiments est-il plus acceptable que celui des corps ?

Marguerite ne s'est pas plainte. Avec du recul, il aurait mieux valu, pour elle autant que pour moi. J'aurais pu expliquer comment tous les repères s'étaient effacés après le jour noir. Pourquoi elle incarnait la vie et tout le reste, la mort aussi. Comment j'ai soudain interprété sa beauté comme une injustice et mon impuissance comme une condamnation. Ceux qui m'auraient jugé auraient évalué mon geste à l'aune des événements que nous vivions. Je n'aurais pas été plus excusable, mais peut-être aurait-on mieux compris par quelle route étrange et tortueuse j'en étais arrivé à ce geste.

Peut-être Céleste elle-même aurait-elle compris.

J'aurais fait amende honorable, purgé ma peine, et qui sait si les choses ne seraient pas, peu à peu, rentrées dans l'ordre pour chacun d'entre nous.

Au lieu de quoi, Marguerite a étouffé l'affaire. Du moins me l'a-t-elle laissé croire. Elle n'y a fait aucune allusion, s'est comportée comme si rien ne s'était produit. Les premiers jours, je ne pensais qu'à ça, je tremblais en croisant son regard, je guettais ses mots chaque fois qu'elle ouvrait la bouche. Elle est demeurée muette. Elle avait une autre stratégie pour me faire payer, une stratégie à long terme : coloniser le territoire, s'incruster dans ma vie, m'imposer sa présence et ainsi interdire l'oubli. Brandir une invisible épée de Damoclès en soupant à ma table, en s'asseyant dans mon fauteuil, en trustant les conversations familiales.

J'ai attendu longtemps qu'elle me tranche la tête. Mais Milo est né, dès qu'il a su marcher ils sont devenus inséparables, elle était son héroïne, il était son meilleur ami, ils s'adoraient.

A-t-elle décidé de se taire pour de bon ou attendait-elle seulement qu'il grandisse pour me dénoncer, une ultime manœuvre qui aurait amplifié les dégâts ? Quelle était chez elle la part de tactique ?

Je penche pour la revanche à retardement. Je crois qu'elle savourait de me savoir seul face à ma culpabilité et se préparait tranquillement au moment idéal. Aucun de nous deux n'avait prévu qu'une chute de vélo allait redistribuer les cartes.

Quoi qu'il en soit, elle a gagné sur toute la ligne. J'ai cru un instant que je pourrais reprendre la main lorsqu'elle a causé l'accident de Milo, merde, elle avait ruiné nos vies, je m'estimais *a minima* en droit d'effacer ce geste malheureux, j'avais certes violé son intimité, mais elle avait envoyé mon fils en réanimation !

J'ai pensé qu'enfin je pourrais la mettre à distance, la mettre en orbite, cela se justifiait, je pouvais même compter sur l'appui de Jeanne.

Rien n'a été effacé, bien au contraire. J'ai tout perdu. Milo, mon garçon adoré, adulé, mon petit gars promis au bonheur, ma raison de vivre, végète dans un centre de rééducation. Céleste m'a quitté, elle qui disait, je serai là pour le meilleur et pour le pire, et Dieu sait que nous avions traversé le pire ! Elle qui toujours s'est attachée à équilibrer les points de vue, à apaiser les colères, à écouter les explications, à voir le bon et le beau là où les autres ne voyaient que le mauvais et le laid, Céleste toujours douce, souple, arrangeante, refuse de m'entendre, refuse de me voir, permet tout juste que je prenne soin de Milo quelques heures le soir.

Le plus ironique dans tout ça, je l'ai compris après coup : Marguerite n'avait pas parlé.

J'ai creusé seul ma tombe.

Je me vomis, de A à Z.

— Ouvre, Lino, a fait la voix de Jeanne, ouvre, bon sang, je sais que tu es là !

Alors c'était elle, non un escadron de gendarmerie ? Comment une aussi petite bonne femme pouvait-elle frapper avec autant de force ?

J'ai déverrouillé la porte. Elle s'est précipitée à l'intérieur, a parcouru d'un œil rapide la pièce, a ramassé la bouteille vide et l'a posée sur l'évier, à côté des deux autres, Eh bien tu es dans un bel état, mon gendre, bravo !

— Qu'est-ce que vous faites ici ? ai-je articulé avec difficulté.

Question purement formelle. Céleste lui avait forcément livré mes aveux. Jeanne venait pour m'achever, m'étouffer dans ma honte, savourer sa victoire, la vieille peau, depuis le temps qu'elle rêvait d'une séparation – depuis toujours en fait.

Il y avait au moins une heureuse dans ce chaos.

— Écoute, Lino, il y a du nouveau du côté de ton fils et j'ai besoin de ton aide. Il faut retrouver Marguerite. Céleste est au chevet de Milo, il a parlé à Socratès, il la réclame. Je sais, tout ça est compliqué, mais voilà, quoi que tu en penses, Milo fait une fixation sur sa tante, et Socratès comme Céleste sont convaincus qu'elle seule peut faire évoluer rapidement sa situation. Crois-moi, cela ne me ravit pas, mais il faut faire avec, Céleste a été très claire sur ce point. Le problème, c'est qu'on ignore où se trouve ta belle-sœur : elle a littéralement disparu.

Pas la moindre mention du motif de notre rupture. Ainsi, Céleste n'avait rien dit ! Céleste m'avait protégé.

Céleste, peut-être, m'aimait encore un peu ?

— J'ai une piste un peu floue, a repris Jeanne, une vieille histoire de famille, mais ça va me prendre du temps, ce serait bien que tu essaies de trouver de ton côté comment la joindre. Que tu recherches auprès de ses amis, de ses collègues. Lino, si tu espères un jour reconquérir ta femme, retrouve sa sœur. Montre-lui de quoi tu es capable. Elle ne peut pas gérer ça, mais toi oui. Ah, et puis tu ne le sais peut-être pas : mademoiselle n'est pas enceinte, elle avait inventé ça en espérant qu'on la traiterait avec plus de clémence après l'accident. Inutile donc d'imaginer qu'elle soit à l'étranger en train d'avorter.

Souhaiter la disparition de Marguerite durant des années, l'obtenir comme une sorte d'effet collatéral inattendu, mais supposé bénéfique, et s'apercevoir qu'elle détient la clé du coffre.

Supporter les attaques de sa belle-mère, la voir manigancer jour après jour dans le but de briser notre mariage, et l'entendre soudain pousser à la réconciliation.

*Si tu espères reconquérir ta femme, Lino.*

Milo a parlé. Pas à son père ou sa mère, mais à ce Socratès, le médecin que tout le monde adore, admire, l'homme sans défaut qui réunit les uns et les autres – et laisse entendre avec placidité que l'état actuel de mon fils est lié à sa famille de merde. Passons. S'ils sont convaincus.

— Je vais m'en occuper.

Jeanne a soupiré.

— Encore faut-il que tu tiennes debout pour te lancer à sa recherche. Tu n'es pas beau à voir, mon pauvre Lino.

Elle a quitté les lieux – elle était restée à peine vingt minutes. Dans le miroir accroché au mur, j'ai aperçu mon reflet – ou plutôt celui d'un homme qui ne me ressemblait plus que vaguement.

Au moins cet état m'avait-il permis, la veille, de me faire prescrire un arrêt de travail d'une semaine. Lorsque le médecin, pas dupe, me l'avait tendu en recommandant de dormir et de me nourrir autrement qu'avec de l'alcool, j'avais souri, Bien sûr, docteur. Et j'étais passé au supermarché me recharger en vodka.

Ne pas subir, Lino. Prendre le contrôle. Retourner le sablier.

Mettre son ressentiment au fond de sa poche, comme disait ma mère – au moins le temps d'avancer.

Retrouver Marguerite et l'amener sur un plateau à Céleste et Milo.

Reprendre les négociations. Obtenir qu'on donne la parole à la défense.

Regagner un peu d'estime et, qui sait, plus encore.

*Seul l'objectif compte.*

J'ai avalé deux cachets d'aspirine et un grand verre d'eau, ouvert les fenêtres en grand, nettoyé le studio. Réfléchir, par quoi, par où commencer. Le dernier chantier : cette villa romaine, dans le sud de la France. Elle avait raconté qu'il faisait très chaud, alors j'ai lancé une recherche sur mon ordinateur en croisant avec les données météorologiques, c'était lent, difficile, les lettres dansaient sous mes yeux, mais j'ai trouvé six chantiers en cours qui pouvaient correspondre. J'ai téléphoné sur chaque site, sans succès : personne n'avait vu ou ne connaissait Marguerite.

J'ai étendu la recherche aux départements de l'Ouest, il y avait encore plusieurs zones de fouilles en activité, j'ai passé une quarantaine d'appels, sans résultat.

J'ai pensé qu'il s'agissait peut-être d'un petit chantier non répertorié sur Internet, ou pas avec les mots clés que j'avais utilisés. J'ai recommencé en choisissant des termes plus larges, patrimoine, restauration, mais j'ai dû abandonner, cela générait des millions de réponses.

Alors, j'ai initialisé une nouvelle recherche avec le prénom et le nom de Marguerite. La plupart des gens laissent des traces sur Internet, j'étais persuadé que je débusquerais des éléments au détour d'un compte rendu ou d'un programme de conférences, ou encore sur les réseaux sociaux. J'ai consulté les rapports ou les études publiés suite aux différentes missions auxquelles elle aurait pu participer, sur des lieux où elle était supposée s'être rendue, les Asturies, le Machu Picchu par exemple, je n'ai rien trouvé, elle n'était mentionnée nulle part.

J'ai imaginé qu'elle s'était peut-être inscrite sous un autre nom, alors j'ai rappelé tous les sites contactés dans la matinée en précisant le nom de jeune fille de Jeanne et en fournissant une description détaillée. Cela n'a rien donné.

Il était 18 h 30 quand j'ai raccroché avec mon dernier interlocuteur : le moment était venu de rejoindre Milo à l'hôpital. J'avais le dos rompu, les doigts gonflés, une migraine atroce et malgré cela, aucune envie de m'allonger, tenaillé au contraire par la volonté hargneuse d'avancer dans mon enquête, de remporter une victoire.

Je suis tombé nez à nez avec Céleste au niveau de la grille d'entrée. Elle s'est figée un instant tandis que ma poitrine se comprimait, puis s'est remise en marche sans un mot et s'est dirigée vers le parking. Je l'ai observée jusqu'à ce qu'elle sorte de mon champ de vision. Elle avait changé. Physiquement. Je n'aurais pas su dire précisément en quoi, c'était un sentiment général – même son allure était différente, c'était presque une autre Céleste.

Plus belle. Plus souple.

Les cheveux plus longs, une boucle sur la tempe. La taille affinée.

Cela m'a déstabilisé un instant.

Dans sa chambre, Milo regardait des dessins animés. Jeanne était assise à son chevet.

— Ton fils a encore fait de bonnes séances aujourd'hui. N'est-ce pas, Milo ?

Il n'a pas répondu. Il s'est contenté de tourner la tête dans ma direction, avec une lenteur anormale. Je n'ai pas réussi à interpréter son expression et ça m'a déchiré. Les jours passaient, les semaines, les mois désormais, il paraît que d'autres ici s'habituaient, recomposaient leurs attentes, leurs exigences face à leurs proches diminués, limités, pour moi c'était toujours aussi difficile de le trouver dans cet état, étendu, engourdi, muet. J'étais incapable de chasser les images d'avant la tragédie, Milo sautant, courant, mangeant, chantant, aimant, Milo vivant.

Ne rien laisser paraître. Serrer les dents, les poings.

— C'est bien, fiston, il faut continuer, hein ? Je sais que tu as réussi à parler de nouveau. C'est formidable. Prends ton temps.

— As-tu des nouvelles ? a questionné Jeanne.

— Rien. Aucune trace. J'ai passé en revue tout ce que j'avais, mais à vrai dire, c'était maigre.

Elle a soupiré. Nous pensions forcément la même chose à cet instant, nous étions responsables, si nous nous étions montrés plus curieux, ou au moins un peu attentifs, si nous nous étions intéressés à Marguerite, nous aurions pu mettre un nom sur les lieux, nous aurions su qui étaient ses amis, mais à l'époque on se fichait bien de ce qu'elle avait pu faire çà ou là, elle nous agaçait l'un et l'autre, nous insupportait même, nous n'avions qu'une hâte lorsqu'elle se mettait à raconter ses faits d'armes, ses découvertes toujours plus incroyables les unes que les autres : qu'elle se taise.

En fait, ni l'un ni l'autre ne l'avions jamais écoutée.

— Je pars demain, a fait Jeanne brusquement. Je t'ai dit que j'avais une piste. On verra bien. Essaie par l'université. C'est plus ancien, mais on ne sait jamais. J'ai encore ses inscriptions, je t'envoie tout ça par mail dès que je rentre à la maison.

— D'accord, ai-je répondu, je vais m'en occuper. Elle ne s'est tout de même pas volatilisée.

Le son du téléviseur s'était interrompu. La télécommande posée sur sa cuisse, Milo esquissait un sourire. C'était presque imperceptible, mais cela m'a cloué d'émotion.

Jeanne avait raison. Il fallait que je la retrouve, coûte que coûte. Je n'allais pas décevoir mon fils.

— On va réussir, Milo. Je ferai tout pour que ça arrive, je te le promets.

Le prénom de Marguerite n'avait pas été prononcé une seule fois, mais chacun dans la pièce savait de qui l'on parlait.

Alors Milo a bougé le bras, doucement. Un signe. Je me suis approché de lui.

Il a tendu le cou dans un mouvement que je le croyais incapable d'effectuer, et il a déposé un baiser sur ma joue.

J'ai retenu mes larmes.

# Jeanne

J'avais décidé de quitter la maison en tout début d'après-midi. Il me faudrait environ huit heures pour arriver à destination : presque six heures de train pour commencer, puis deux bonnes heures de voiture, sans compter le temps pour se rendre à la gare et, plus tard, jusqu'à l'agence de location. J'avais réservé une chambre dans un gîte rural et prévu d'y passer la nuit avant d'entrer dans le vif du sujet.

À Céleste comme à Marguerite, j'avais menti par omission : je savais exactement où aller. Je savais dans quel village Rodolphe vivait, je possédais même son adresse exacte. Mais jusqu'au dernier moment, je m'étais sentie incapable de le révéler. Il aurait fallu admettre que je l'avais pisté au plus étroit. Que je l'avais maintenu sous surveillance, cela pendant des années.

Il aurait fallu admettre le mal qu'il m'avait fait. De certains amours, on ne se remet pas.

Le cahier fourni à Marguerite contenait une photo décolorée de Rodolphe à l'époque des travaux de la maison, entouré de Céleste et moi, d'autres photos glanées sur Internet, imprimées et découpées, à l'encre délavée, où un œil exercé pouvait distinguer Rodolphe parmi une équipe de pompiers volontaires, Rodolphe à la galette des rois organisée par la municipalité, Rodolphe entraîneur de l'équipe de foot poussins. Il y avait aussi des factures de son ancienne entreprise, un mot de sa main concernant un devis. J'avais ajouté quelques notes, les prénoms de sa femme et de ses deux enfants à mesure que j'avais appris leur existence, des destinations de vacances, les sports pratiqués. La plupart de ces informations provenaient des réseaux sociaux, grâce soit rendue aux nouveaux modes de communication et à l'imprudence de ceux qui les emploient.

Je terminais de rassembler mes affaires lorsque Lino m'a téléphoné. Il avait une voix blanche.

— Jeanne, asseyez-vous. Vous ne vous attendez pas à ce que je vais vous apprendre.

J'ai posé mon sac et j'ai suivi mécaniquement sa consigne, je me suis laissée glisser sur le fauteuil, que va-t-il encore nous tomber sur la tête, mais j'étais loin, très loin d'imaginer ce qu'il allait m'annoncer, J'ai retrouvé la promotion de Marguerite, a-t-il balbutié, ça c'était facile, ils sont tous inscrits sur le site des anciens élèves, enfin, ses camarades, pas elle, j'ai même pu joindre le secrétariat, j'ai fait un pieux mensonge, une histoire de don de moelle osseuse, j'ai prétendu que sa sœur avait besoin de la retrouver pour une urgence vitale et qu'on ne savait plus comment la contacter, que nous étions désespérés, alors ils se sont mis en quatre pour dénicher l'information, mais l'information, Jeanne, c'est que Marguerite n'a jamais suivi les cours, n'a jamais validé quoi que ce soit. La première inscription est valable, oui, mais on ne l'a jamais vue sur les bancs de la fac, elle ne s'est jamais présentée et pour la suite, ce sont des faux grossiers, son nom n'apparaît plus sur aucun de leurs registres. Elle a trafiqué les formulaires pour vous faire croire qu'elle suivait son cursus et qu'elle obtenait des diplômes.

Marguerite semblait heureuse de s'inscrire la première année. Elle avait obtenu un logement en cité universitaire et était pressée de déménager. J'estimais qu'elle était assez grande pour s'occuper de la partie administrative de ses études. Je lui faisais un virement mensuel pour couvrir ses dépenses, calculé au plus juste, c'est vrai, car je jugeais qu'à dix-huit ans passés, il était normal qu'elle participe à ses frais grâce à des jobs étudiants – tout comme je l'avais fait pour Céleste.

Nous parlions peu de ses cours et, lorsque nous l'interrogions, elle avait toujours une réponse cohérente. À la fin de l'année, elle m'informait rituellement qu'elle intégrait le niveau supérieur et je me contentais d'accuser réception de la nouvelle.

Je considérais que l'histoire de l'art en général et l'archéologie en particulier étaient des filières sans avenir. Elle rétorquait que je me trompais, qu'elle me le prouverait et, en effet, les années suivantes, elle avait enchaîné les démonstrations en étalant ses missions aux quatre coins du globe.

— La secrétaire m'a aidé à remonter jusqu'aux masters et aux doctorats, on a pu consulter la liste des mémoires de recherche, là non plus, rien du tout, le néant. Je suis désolé, Jeanne.

Nous sommes restés suspendus au téléphone un moment sans pouvoir prononcer un mot, il fallait assimiler ce qui se faisait jour, Marguerite avait triché sur tout depuis plus de dix ans, ce n'était pas une petite chose, elle ne s'était pas contentée d'embellir la réalité comme le font tant de gens, elle n'avait pas seulement amélioré un curriculum vitae, elle avait inventé sa vie, entièrement ou presque, puisque tout découlait de ses premiers mensonges, sa formation, ses compétences qui justifiaient ses voyages, ses collègues, ses mandats – tout cela n'était qu'une immense illusion.

— Je vais devoir raccrocher, a soufflé Lino. Je ne me sens pas très bien.

— Elle est malade, ai-je répliqué. C'est une pathologie, c'est de la mythomanie. Elle doit se faire soigner.

Mais il n'était déjà plus en ligne.

Je tremblais. J'ai enfilé un pull. Mes doigts ont effleuré la boule sous mon sein – je l'ai trouvée plus dure que la veille. Enflée.

Un sentiment terrible d'amertume m'a étranglée, mêlé de rage et d'impuissance. Je savais bien qu'il faudrait tout reconsidérer, reprendre l'histoire depuis le début pour comprendre. Accepter le partage de certaines responsabilités dans ce chaos : au minimum, notre indifférence (la mienne, en particulier) avait-elle ouvert la voie aux inventions de Marguerite. Malgré cela, je me sentais terriblement trahie. Elle avait abusé de ma confiance. M'avait trompée froidement, les yeux dans les yeux. J'avais pourtant été correcte depuis le début, j'avais assumé, assuré tout ce qui était sous mon contrôle le temps de son éducation, le temps qu'elle grandisse et devienne autonome, c'est-à-dire tout ce qui ne relevait pas de l'amour puisque cette part-là échappait à ma volonté, et voilà ce que je récoltais pour fruit de mes efforts !

Pire, cette trahison se révélait au moment où, enfin, je m'imaginais libérée. Comme j'avais été naïve de croire, après notre dernière conversation, que tout était soldé, que tout reviendrait dans l'ordre. Que Marguerite ferait sa route d'un côté et nous de l'autre, que chacun y trouverait son compte, séparément et dans une forme d'apaisement.

Au lieu de cela, non seulement son retour s'avérait nécessaire, mais il me faudrait affronter d'effarantes questions. Qui était ma seconde fille ? Où se trouvait-elle, que vivait-elle durant ces dix dernières années ? S'agissait-il de pure mythomanie ou plutôt d'une sorte de couverture pour cacher quelque activité illicite ? De folie ou de manipulation ?

Comment pourrais-je, si je la retrouvais, la conduire auprès de Milo comme si de rien n'était ? Comment pourrais-je annoncer la nouvelle à Céleste ? Comment celle-ci supporterait-elle de n'avoir rien vu de cet écran de fumée ?

D'avoir été jouée, elle aussi, malgré le lien qui semblait les unir ?

À quoi devait-on s'attendre désormais, à quelle nouvelle surprise ?

Quant à ma visite à Rodolphe, elle devenait encore plus urgente. Que lui raconterait Marguerite si elle se rendait chez lui la première ? Allait-elle perpétuer les mensonges, les développer, en imaginer de nouveaux ?

Si ça trouve, elle était déjà là-bas. C'était une fille intelligente. En agrandissant les photos, on pouvait distinguer le nom de la commune sur le camion des pompiers ou les banderoles du stade de foot.

Elle allait encore compliquer les choses.

Dans le train bondé, j'occupais une place dans le sens inverse de la marche. J'ai regardé s'éloigner la ville. Jusqu'à m'asseoir près de cette fenêtre, j'avais eu l'image de Marguerite vissée à l'esprit mais, à mesure que la nature prenait le pas sur les constructions, celle de Rodolphe est venue se superposer.

Car nous en étions là : j'allais revoir Rodolphe.

J'allais revoir Rodolphe et j'aurais le beau rôle, j'expliquerais que je n'avais pas eu d'autre choix, qu'il fallait protéger Marguerite et Milo. Rodolphe et sa femme seraient bien forcés de reconnaître que j'avais été respectueuse, irréprochable même jusque-là, que je m'étais sacrifiée pour qu'au moins une de nos deux familles puisse vivre en paix. Qu'il était juste qu'après presque trente ans, le secret soit levé : il y avait prescription, chacun pourrait s'exprimer sur le passé et dans le calme.

J'ai échafaudé toutes les hypothèses. Téléphoner pour organiser un rendez-vous paraissait trop risqué : il pouvait se dérober au dernier moment, or je n'avais pas fait tout ce chemin, à tous les sens du terme, pour me voir opposer une fin de non-recevoir.

Envoyer ou déposer une lettre dans sa boîte serait tout aussi hasardeux. Il pourrait choisir de ne pas répondre ou le faire trop tard, ou, pire encore, la lettre pourrait tomber dans d'autres mains que les siennes et terminer en miettes dans une poubelle.

J'irais frapper à sa porte à l'heure du petit déjeuner. Il faudrait s'adapter selon que lui ou sa femme ouvrirait – je supposais que les enfants, devenus adultes, ne vivaient plus à cette adresse depuis un bon moment.

Bonjour madame, j'aimerais parler à Rodolphe, je suis une vieille amie de passage dans la région.

Bonjour Rodolphe. C'est moi.

Au premier instant, je saurais si Marguerite m'avait ou non précédée.

Au premier instant, je lirais dans le regard de Rodolphe des informations qui, selon, me briseraient le cœur ou me transporteraient.

Bien sûr, dans tous les cas, il n'y aurait rien à attendre en dehors de son aide pour retrouver notre fille. Il faudrait s'affranchir des regrets et des remords. J'avais passé trop de temps à le haïr, puis à espérer le voir un jour franchir le seuil, appeler par surprise, me dire qu'il n'avait jamais cessé de penser à moi et à Marguerite : aujourd'hui, la possibilité d'une autre vie était derrière nous.

Mais savoir seulement s'il m'avait aimée pour de bon, même un seul jour, même une seule minute. S'il avait parfois rêvé de nous lorsqu'il tenait sa femme dans ses bras. S'il avait conservé mon empreinte comme j'avais conservé la sienne. S'il s'était senti lâche, ignoble, lorsqu'il jouait avec ses enfants au ballon.

Le train roulait, les gares s'enchaînaient, le ciel était clair et j'avais trente-trois ans, le reste n'existait plus, Milo et son accident, Lino et son alcoolisme, Céleste et ses espoirs, jusqu'à Marguerite et sa mythomanie, il n'y avait plus que le souvenir de Rodolphe, la chaleur du printemps et la moiteur entre nous, l'éclat dans son œil lorsque sa main frôlait la mienne en indiquant sur le plan la présence d'une gaine, les dimensions d'un faux plafond, lorsque chacun de ses mots prenait un autre sens, avant-corps, chambranle, châssis ou embrasement.

Puis ce jour où le portail s'était ouvert, la camionnette s'était garée dans le jardin et un incon-nu en était descendu.

— Où est Rodolphe ? avais-je interrogé le patron, luttant pour dissimuler mon trouble. Il fait de l'excellent travail.

— Rodolphe, on ne le verra plus, celui-là. Il a eu une meilleure offre ailleurs. Ils sont payés au noir, alors tous les avantages, c'est pour eux ! Ils nous lâchent du jour au lendemain. Si seulement on n'était pas assommés par les charges, on pourrait s'y prendre autrement, mais que voulez-vous, ma petite dame. Encore heureux que j'aie pu réorganiser mes équipes au pied levé. Rassurez-vous, Rodolphe n'est pas irremplaçable.

Les contractions, par rafales. Je m'étais affaissée, les mains autour du ventre. J'avais chuté sur les grosses pierres qui bordaient les plates-bandes, les deux hommes s'étaient précipités, affolés, ignorant l'origine de mes larmes.

Je pleure encore presque chaque jour. Ça se passe à l'intérieur, ça ne se voit pas, je suis seule avec mon chagrin. Il suffit d'un détail, la démarche d'un homme dans la rue, des yeux verts, une tache de naissance débusquée sur une joue anonyme, une camionnette blanche peinte avec des lettres rouges, « Rénovation gros œuvre tous corps de métier », la couverture d'un magazine féminin sur les familles monoparentales ou les doubles vies, ou simplement les effusions incontrôlées de deux amoureux sous un porche. Trente ans ne suffisent pas à étancher mes sanglots muets. J'ai honte de mon émoi. J'ai honte d'avoir aimé et de frémir encore pour un homme qui ne m'a rien accordé, qui n'a fait que prendre et partir. J'ai honte d'avoir dépassé soixante ans et d'être encore dépendante de mes sensations et de mes souvenirs, et j'ai honte de penser que je suis trop vieille pour éprouver cette agitation.

Aurais-je refoulé ces pensées sans la présence de Marguerite ? Rodolphe serait-il demeuré un simple fantasme, un amant de passage ? Mon mariage aurait-il duré, aurais-je pris d'autres amants ?

Rodolphe a disparu, Marguerite est née, Jacques m'a répudiée. Leur trio a fait de moi une femme abandonnée.

Sans Céleste, l'amour de Céleste, son soutien, sa manière de me rendre indispensable et par conséquent de devenir indispensable elle-même, je le sais, je n'aurais pas survécu.

Sans Céleste, je ne vaux pas grand-chose. Voilà pourquoi, pour Céleste et Milo, aujourd'hui, je serais prête à tout.

Cette nuit-là, je n'ai pas trouvé le sommeil avant une heure avancée. Quinze kilomètres à peine me séparaient de Rodolphe. Je repassais en boucle la scène que j'avais imaginée, lui clignant des yeux, C'est bien toi, Jeanne ? Je sourirais, Oui, Rodolphe, c'est bien moi. Je serais maquillée légèrement, juste de quoi atténuer mes rides et redessiner ma bouche.

J'étais assez lucide pour savoir ce qu'il penserait : Eh bien, elle a pris un sacré coup de vieux, cette pauvre Jeanne, mais tout de même, elle n'est pas mal conservée pour son âge.

Et lui, les années l'auraient-elles abîmé ?

Sur les quelques photos volées du carnet, il était toujours de face, en groupe, jamais en gros plan. Ses cheveux avaient blanchi, ses traits s'étaient épaissis. Peut-être découvrirais-je un ventre de buveur de bière ou une calvitie à l'arrière de son crâne.

Sur les photos volées du carnet, je distinguais aussi l'autre femme, la soi-disant unique, en fait une femme qu'on aurait pu croiser dans n'importe quelle ville et presque n'importe quel pays. Seins larges, hanches larges, lunettes rectangulaires, cheveux teints, sourire irrégulier. Lorsqu'elle figurait à ses côtés, elle avait toujours la tête penchée sur son épaule et une expression tranquille qui signifiait, je crois, celui-là, il m'appartient.

Peut-être apprendrais-je que j'avais été la seule entorse ou, au contraire, une parmi beaucoup d'autres.

Elle surgirait derrière lui et dirait : tu me présentes, chéri ?

Mais elle saurait exactement qui je suis, ce serait une forme d'égalité.

Au petit déjeuner, le propriétaire du gîte m'a tendu un panier de brioches. Je l'ai refusé : je n'avais pas faim. J'ai bu un café que je suis allée vomir dans ma chambre dix minutes plus tard. Puis je suis descendue régler la note, le temps me paraissait distendu, ralenti, c'était une impression étrange, incompréhensible, l'envie d'être déjà devant cette porte et celle, plus violente encore, de ne jamais y parvenir, j'ai remercié mon hôte et je suis montée dans ma voiture.

Quinze kilomètres.

Le village ressemblait au nôtre, si l'on faisait exception du style typique du Sud, quelques maisons de pierre et de bois, une petite église dont le presbytère avait été transformé en mairie, une rue principale où étaient alignés une boulangerie, un café tabac, une supérette et, à la sortie, un lotissement sans âme bordé d'une petite zone commerciale.

Je me suis garée au coin de la rue et suis demeurée un long moment assise au volant, moteur éteint. J'ai abaissé le pare-soleil et fixé le miroir.

Pourquoi étais-tu venue jusqu'ici, Jeanne ? Ou plutôt, pour qui ?

Pour Marguerite ? Pour Milo ? Pour Céleste ?

Ou bien pour toi, rien que pour toi ?

Allons. J'étais là pour Céleste, parce que Céleste ne survivrait pas sans Milo. J'étais là pour Milo, parce qu'un jeune médecin brésilien prétendait qu'en retrouvant Marguerite, Milo retrouverait ses moyens. J'étais là pour Marguerite, parce que Rodolphe était notre seule piste.

Tout était clair désormais : je pouvais aller sonner à cette porte, j'en avais même le devoir.

J'ai terminé la bouteille d'eau qui traînait depuis la veille sur le siège passager, passé mes doigts dans mes cheveux, posé un peu de blush sur mes joues pour masquer leur pâleur. J'ai marché Dieu sait comment jusqu'à la grille de fer forgé, j'ai tourné la poignée, Dieu sait pourquoi elle était ouverte. Le jardin était joli, bien entretenu, l'herbe verte, les fleurs colorées, les graviers d'une blancheur éclatante.

J'ai avancé jusqu'à la maison, appuyé sur la sonnette, allons Jeanne, ne laisse rien paraître, emprunte un air dégagé, applique-toi, n'oublie pas que *tu remplis ton devoir*, la porte s'est entrebâillée, il est apparu, plus grand que dans mon souvenir, les épaules plus larges aussi, il avait un torchon sur l'épaule et une tasse à la main, il a interrogé : c'est pour quoi ?

J'ai essayé de lui répondre, puisque manifestement il ne me reconnaissait pas, mais j'étais bouleversée, pétrifiée par l'émotion, pétrifiée par ce que je voyais – ou plutôt par ce que je ne voyais pas, comme je restais silencieuse il a ajouté, Je peux faire quelque chose pour vous, madame ?

Il était à moins d'un mètre de moi et il ne me reconnaissait pas. J'ai murmuré, Je suis Jeanne, Jeanne Polge, il a froncé les sourcils, réfléchi, Jeanne Polge, mais oui, Polge, ça fait longtemps, si je m'attendais à ça ! Et le plus incroyable, c'est qu'il ne paraissait pas plus secoué que s'il revoyait une ancienne partenaire de bridge, disons un peu gêné, tout au plus inquiet, tandis que je parvenais à peine à articuler, Pardon, Rodolphe, mais ta tache de naissance, qu'est-elle devenue, est-ce que tu l'as fait enlever ?

— De quoi parles-tu ? a-t-il répondu. Quelle drôle de question, quelle tache ? Je ne vois pas, est-ce que tout va bien ?

Non je n'allais pas bien. J'étais électrique, la gorge sèche, les tempes moites, presque morte, Enfin, Rodolphe, la tache en croix sur ta joue, cette putain de tache en forme de croix ! Ma grossièreté – à moins que ce soit mon exaspération – l'a fait sursauter, son front s'est plissé, il réfléchissait encore, le plus terrible c'est qu'il semblait sincère, de bonne volonté, il cherchait à quoi je faisais allusion, soudain il s'est touché la tête, il a claqué des doigts, Ah, mais oui, bien sûr, la tache en croix, ça y est, je sais de quoi tu parles, mais ça n'a jamais été une tache de naissance, Jeanne, c'était une cicatrice, la trace d'une brûlure, un coup de chalumeau mal placé, une vraie saloperie d'ailleurs, elle a mis des années à disparaître, mais ça fait bien vingt ans, pour tout te dire je l'avais complètement oubliée.

Une cicatrice. Une vraie saloperie.

— Ça ne me dit pas ce que tu fais ici. Tu n'es pas venue me parler d'une vieille brûlure, je suppose.

Une crampe m'a vrillé le ventre, je me suis pliée en deux de douleur. Son expression s'est assombrie.

Si, Rodolphe, précisément : je suis venue te parler d'une *vieille brûlure*.

— Voyons, ça fait... quoi...

Il calculait.

— Vingt-cinq ans ?

— Plus que ça, Rodolphe. Je me demandais si tu avais reçu une visite récemment ?

— Non, pas de visite. Écoute, c'est une chance, ma femme est déjà partie, elle travaille pour une association de bénévoles, elle visite des personnes en difficulté. Pour être franc, c'est inutile qu'elle te trouve ici. Je ne lui ai jamais rien dit, alors pourquoi remuer le passé à nos âges.

Comme c'était difficile.

— Pourquoi ? Parce que j'étais enceinte, Rodolphe !

— Ça, oui, merci, je m'en souviens, a-t-il rétorqué sans ciller, d'ailleurs c'est bien pour ça que j'étais aussi mal à l'aise à l'époque – même s'il était clair que ce n'était pas de moi. Je crois que c'était pire encore, je ne pouvais pas supporter de croiser ton mari. Cette proposition de boulot est arrivée au bon moment. C'était mieux pour tout le monde, non ?

Il s'est avancé d'un pas, subitement soucieux.

— Dis-moi... Tu n'es pas en train de m'annoncer que je suis le père de cet enfant ?

— Je ne sais pas... Si... En fait, je ne sais plus.

— Bien sûr que tu le sais. On se protégeait. Je faisais attention. Très. Qu'est-ce que tu cherches, Jeanne ? De l'argent ? Je ne peux pas être le père de ce gosse. Tu veux quoi, un test de paternité ? Merde, j'ai du mal à croire ce que je vois.

Être écrasée par un éboulement et vivre encore, hélas.

— Accorde-moi quelques minutes, ai-je soufflé sans savoir comment je parvenais à émettre le moindre son. Je ne resterai pas longtemps, c'est promis.

Il a hoché la tête, l'air consterné.

La crampe ne cédait pas, je transpirais.

Il m'a fait signe d'entrer.

# Marguerite

J'ai froid. La température a baissé, il pleut. Le versement du RSA aura lieu après-demain. J'achèterai un pull, fin pour ne pas prendre trop de place, mais 100 % laine pour tenir chaud, sinon autant jeter l'argent par-dessus le pont. D'ici là, le mieux c'est de marcher, le plus longtemps possible et le plus vite possible en évitant de glisser sur les pavés mouillés. Il faut avoir l'air pressé sinon, la nuit, les loups flairent la fragilité. À 4 h 30 la gare ouvre, on peut s'y réfugier.

Je suis fatiguée. Je n'ai pas dormi depuis longtemps, ou si peu, ou si mal. Depuis plusieurs jours, je n'ai pas travaillé, pour travailler il faut sourire et je n'y parvenais plus : je n'ai pas de quoi régler l'hôtel.

Je pourrais entrer dans un bar, m'asseoir au comptoir, incliner la tête, soupirer et attendre qu'un homme s'approche, me propose son aide, puis son amitié, puis son lit. Ou bien répondre à un regard, un clin d'œil, une invitation lancée sur mon passage.

Hé, ma belle, m'interpellent l'égoutier qui s'apprête à descendre, le chauffeur de l'autobus qui démarre, le maçon sur son échafaudage, le livreur sur son deux-roues, le chargé de clientèle qui fume sur le trottoir et boit une bière accompagné de ses collègues.

Cela marche toujours. Parfois, je réussis même à m'en sortir sans coucher avec eux. Je leur donne l'illusion qu'ils ont quelque chose à conquérir, je gagne du temps, puis je disparais au petit matin alors qu'ils sont enfermés dans la salle de bains ou occupés à préparer un café.

Je n'ai plus envie. Je suis fatiguée de mentir à ces hommes, à ceux que j'aime, par-dessus tout à Milo. À moi.

Je suis fatiguée de vivre. Ça ne date pas d'hier, mais maintenant, je sais pourquoi. J'ai attendu longtemps qu'elle l'admette, je l'ai provoquée, souvent, mais elle se défilait et ça m'arrangeait bien, parce qu'au fond, très au fond de moi, j'espérais encore qu'elle me surprendrait, qu'elle me prouverait que c'était une interprétation erronée de ma part : bien sûr qu'elle m'aimait, différemment de Céleste, mais elle m'aimait, une mère ne peut absolument pas faire autrement, cela ne dépend pas d'elle, c'est lié à la fonction, c'est inscrit, programmé, qu'elle le veuille ou non une mère aime ses enfants ! Quant à sa manière de reporter constamment l'affrontement, de changer de sujet, de répondre à côté depuis des années, ne visait-elle pas à éviter de me blesser, dans une forme d'amour inconscient ?

L'hypothèse était peu réaliste, mais elle m'apaisait, au moins un temps, alors je m'en contentais.

Chez Jeanne, il n'y avait qu'une seule photo de moi. Un cliché pris durant des vacances au bord de la mer et offert par Céleste, caché derrière une plante en pot sur le guéridon de l'entrée. Je n'y ai jamais prêté attention, jusqu'à ce dernier soir où je me suis présentée chez elle.

Son pas en arrière lorsqu'elle a ouvert la porte. Ce regard terrible me parcourant des pieds à la tête, s'accrochant sur mes chaussures souillées.

Du plus loin que je me souvienne, je n'ai jamais été la bienvenue chez ma mère. J'ai toujours été un poids, un encombrement, une gêne un peu honteuse. J'ai fait semblant de ne pas le voir, de ne pas en souffrir. J'ai masqué mon chagrin, par orgueil ou par désespoir, j'ai reculé et accepté ses règles. Jusqu'à ce soir-là, lorsque je lui ai forcé la main et me suis imposée. Je n'ai pas été particulièrement courageuse, je n'avais simplement pas d'autre choix. Je voulais clore les dossiers, en finir avec les faux-semblants et sans doute avec moi. Mais pour la première fois, alors que je m'attendais à la guerre, j'ai vu sur le visage de ma mère une expression de soulagement.

Elle m'a proposé un verre et m'a avertie :

— Marguerite, je vais être franche, j'aurais pu cultiver l'ignorance et maintenir la version officielle, elle possédait ses avantages, mais les circonstances et ton insistance en ont décidé autrement. Ce que je vais te dire sera douloureux à entendre, mais cela nous aidera toi et moi.

Elle avait raison : il y a une forme de libération à apprendre sa malédiction. Elle m'a rendu un service précieux : je peux me confronter à ma folie, puisque j'en comprends les racines. Je viens d'un flottement, d'une erreur, je viens de la somme des regrets.

C'est une chose de ne pas avoir été désirée, c'en est une autre d'être un fardeau.

En me tendant ce carnet, elle me parlait du Sud, de recherches interrompues, tentait de maîtriser le tremblement de sa voix, mais je pouvais lire dans ses yeux fébriles la violence d'une revanche, Tiens, prends ça, et tant pis si c'est l'autre que je vise, tant pis si c'est toi qui voles en éclats, il faut bien que quelqu'un paie pour le mal qu'il m'a fait.

J'ai lu les notes avec application. Sur les photos, l'homme avait l'air jovial, heureux. Il est toujours plus facile d'oublier ce que l'on n'a pas sous le nez. Il avait cet avantage sur ma mère, et elle, cette circonstance atténuante.

Elle avait écrit au feutre rouge, en bas d'une page griffonnée : deux enfants. Léo et Coralie.

J'ai déposé le carnet à la consigne avec le reste de mes affaires. J'aurais pu enquêter et trouver l'adresse de mon géniteur, monter dans un train, sonner à sa porte, lui demander des comptes, anéantir d'une phrase sa jolie petite famille. Je suppose même que Jeanne comptait là-dessus. À tort : je ne serais pas l'instrument de sa vengeance. Je savais trop bien à quoi je m'exposerais, j'incarnerais une fois encore l'empêcheuse de s'aimer en rond, on m'accueillerait comme une catastrophe qu'on croyait avoir évitée, une maladie dont on pensait être immunisé. L'homme et sa femme se disputeraient à mon sujet, leurs enfants me détesteraient, me regarderaient comme une intrigante, une voleuse, peu importe si j'étais la seule dans cette histoire à qui on avait volé quelque chose – ma vie en somme.

Quel intérêt.

Et puis qu'aurais-je dit de moi à cet homme ? Il aurait fallu continuer à mentir ?

J'étouffe. Je meurs de mes mensonges.

J'essaie en vain de déterminer quand cela a commencé. Il faudrait remonter dans ma nuit des temps. Dans mes nuits d'enfant.

Tu es le seul, Milo, à qui je n'ai jamais menti ouvertement. Certes, je ne t'ai pas dit non plus la vérité, je me suis débrouillée pour la contourner, mais je crois maintenant que tu la connaissais. Sinon pourquoi aurais-tu eu cette grâce de ne jamais m'embarrasser, de ne jamais m'interroger sur les sujets suspects ?

Tu écoutais lorsque je répondais aux questions de tes parents, tu écoutais lorsque je leur parlais de mes voyages. Tu n'intervenais jamais, au besoin tu éludais. Tu as toujours fait en sorte que je puisse te regarder droit dans les yeux. Nous deux, nous avions d'autres terrains de discussion. D'autres jeux.

Je n'avais pas à gagner ton amour, ton estime : tu m'avais tout donné, dès le départ.

Mais pour les autres, Milo, comprends-moi : le mensonge était la seule issue. Dissimuler l'abjection de Lino, pallier l'absence d'un prétendu père, obtenir un peu d'intérêt de ma mère, décharger Céleste de ses responsabilités. Je n'ai pas trouvé d'autre moyen de survivre. Je n'ai rien calculé, je n'ai pas bâti de raisonnement. J'ai commencé par amplifier les événements en espérant me donner du relief, puis le reste a suivi, s'est structuré.

C'est devenu une seconde nature. J'improvisais à la demande, sur-le-champ. Souvent, je me suis surprise à croire mes propres inventions. Je ne distinguais plus ce qui était réel de ce qui ne l'était pas, peut-être parce que l'idée de la mythomanie ou d'une usurpation devenait insupportable. Je savais pourtant que l'escalade aurait une fin, qu'un jour il faudrait bien que tout explose puisqu'il n'existait pas de porte de sortie, puisque j'avais franchi les dernières frontières.

Il fallait qu'un jour ou l'autre la machine s'enraye et que je m'écrase au sol, c'était inévitable.

Et puis tu es tombé, Milo.

Tu es tombé et avec toi tout s'est précipité, jusqu'à me broyer le cœur et la tête. Il est devenu impossible de fuir. Un cul-de-sac et le revolver sur la tempe.

Le plus dur a été de mentir encore une fois à Céleste, mentir alors qu'on ignorait encore si tu pourrais un jour te relever, c'était si difficile, mais elle n'était pas en état d'entendre la vérité, ni moi de l'assumer.

Et plus tard, mentir à Gustavo pour consolider l'édifice. Le premier homme qui m'ait regardée différemment, avec ce point commun, Milo, cette absence de jugement qui te caractérise. Le premier homme avec qui j'aie eu envie de me réveiller, non pas d'une nuit, mais d'un long cauchemar de vingt-huit ans.

Nous aurions pu former un joli trio, tous les trois, dans une autre vie.

Au lieu de cela, j'ai détruit tout ce que j'aimais. J'ai joué à l'équilibriste, sans filet, mais c'est toi, mon petit homme adoré, qui t'es brisé sur le bitume.

Il n'y a plus aucune confusion, je sais exactement qui je suis : une coquille vide – hormis l'amertume.

Le ciel a pâli, la pluie s'est interrompue. À l'autre bout de la ville, les portes de la gare se sont ouvertes, mais je ne m'y rendrai pas. Je n'irai pas non plus consulter les petites annonces de serveuse, vendeuse, hôtesse, je ne proposerai pas mes services pour distribuer les tracts promotionnels d'un fast-food ou des échantillons de produit pour les sols dans les rues piétonnes.

J'ai décidé de tout dire à Céleste – du moins ce qu'elle ne sait pas déjà. J'ignore encore de quelle manière je m'y prendrai. Avant cela, il faudra que je trouve comment m'approcher de Milo. Je veux le serrer dans mes bras, je veux lui répéter combien je l'aime, je veux lui demander pardon de l'avoir entraîné sur cette route et le remercier des instants de joie, d'oubli, de paix.

Lorsque nous étions allongés côte à côte en pleine nuit, au fond du jardin, après s'être échappés en catimini, et que nous inventions des galaxies.

Lorsque nous nous blottissions l'un contre l'autre les nuits d'orage, parce que nous partagions en secret les mêmes peurs de la foudre et de la grêle.

Lorsque nous lisions un livre à deux, lui la page de gauche et moi celle de droite, d'abord des albums illustrés, puis des romans de plus en plus longs.

Lorsque nous récitions tour à tour des vers farfelus d'Alphonse Allais, de Jacques Prévert ou de Raymond Queneau – et cette surprise, le jour de mon anniversaire, comment avait-il, à douze ans, déniché seul cette poésie de Supervielle ?

Lorsqu'il réfléchissait durant des semaines à la manière de répartir équitablement l'eau de l'Himalaya entre la Chine, le Tibet, l'Inde et le Pakistan, ou lorsqu'il proposait de fonder le parti du Bien commun (dont il suggérait que je sois la porte-parole).

Lorsqu'il me disait que j'étais un soleil, alors que c'était lui qui éclairait ma vie.

Lorsque son doigt traçait le contour de la croix sur ma joue et qu'il murmurait, ils se trompent tous, ce n'est pas une croix, c'est le signe plus, parce que tu es plus que tout.

La vérité c'est que je suis moins que rien, mais je veux qu'il sache qu'avec lui, je n'ai jamais triché.

Nous avions juré d'être toujours là l'un pour l'autre. Je tiendrais ma promesse le temps qu'il guérisse, d'une manière ou d'une autre.

# LE TEMPS DU PARDON

# Lino

Le pare-brise gras et sale, la pluie abondante, mes doigts crispés sur le volant, je dévorais la route quasi déserte depuis des kilomètres – en fait, depuis la jonction avec l'autoroute. À cette heure-ci, chacun était rentré chez soi, éreinté après sa journée de labeur. À moins qu'il ne soit demeuré ankylosé de désœuvrement depuis le réveil : par ici, on travaillait trop ou pas du tout.

Je regardais la route mais c'est mon père que je voyais : lorsqu'il s'asseyait, ou plutôt s'effondrait sur le rebord du lit au retour de l'usine. Il ôtait ses chaussures, grimaçait de douleur, tout était devenu sensible, la peau, les os, les articulations écrasées à force de gestes répétitifs. Il s'allongeait, fermait lentement ses yeux brûlés et attendait que ma mère appelle : c'est prêt !

Nous nous précipitions autour de la table comme une volée de moineaux affamés, il nous rejoignait de son pas lourd, exténué, commençait par vider un verre d'eau-de-vie cul sec, exhalait un soupir caverneux.

Après sa mort, ma mère n'a plus jamais appelé. Nous avons cessé de nous asseoir à la même heure autour de la même table. Chacun piochait dans la marmite, dans le réfrigérateur, à tout moment de la journée. Maman restait des jours entiers assise sur une chaise en Formica rouge face à la cuisinière. Parfois, sans qu'aucun de nous ne lui ait adressé la parole, elle se mettait à hurler : Vous ne voyez pas que je n'en peux plus ? Foutez-moi la paix !

Il a fallu deux ou trois ans pour qu'elle retrouve un peu de calme. Entre-temps, chacun s'était débrouillé pour grandir.

J'ai laissé un mot à Céleste. Je n'ai pas eu le courage de lui parler, je crois qu'elle ne m'aurait pas écouté de toute façon. Jeanne se chargerait d'annoncer l'épouvantable résultat de nos recherches. Je l'ai simplement informée que je m'absentais deux ou trois jours pour me rendre dans le Nord. Elle saura ce que cela signifie. Peut-être s'en réjouira-t-elle – si seulement.

Combien de fois m'a-t-elle supplié de renouer avec ma famille ?

Je refusais, m'arc-boutais, arguais que ma propre mère m'avait rejeté. Céleste la défendait, considérant que j'avais commis une faute lourde avec cette affaire de mariage.

— Tu l'as traitée en inférieure. Tu l'as blessée.

— C'est Jeanne qui a refusé d'avoir ma mère à sa table, pas moi !

— Mais tu as accepté. Pourquoi ?

J'aurais pu lui rétorquer qu'elle-même avait donné son accord au moment du choix, que les forces en présence étaient largement inégales, deux Polge contre un Russo. Mais elle posait la vraie question : pourquoi ?

Pourquoi, à quoi avais-je sacrifié ma propre famille ? Je n'avais pas hésité à l'humilier, alors même que cette humiliation avait tué mon père. J'avais reproduit ce que j'avais haï. Je n'avais qu'une idée en tête, sauver ma peau. Être *quelqu'un*. Être *différent*. Ne plus appartenir à cette lignée, à cette histoire, prendre la tangente quel qu'en soit le prix.

Contrôler ma vie et me hisser au sommet.

Ne pas mourir.

Que pensera Céleste lorsqu'elle apprendra les affabulations de Marguerite ?

Est-ce pour ne pas mourir, elle aussi, que sa sœur nous mentait ?

Les arbres penchés sur la route me renvoient son image, perchée sur une large branche, longues jambes de part et d'autre, dix-sept ans, agitant ses bras comme des ailes pour faire rire Milo allongé sur l'herbe. Petit corps tortillé de joie, Céleste a posé sa main sur son ventre, elle rit aussi, mais le regard de Marguerite croise soudain le mien tandis que j'approche de l'arbre, éblouissement du soleil, son torse vacille, ses doigts s'accrochent en pure perte au feuillage clairsemé, elle tombe, sa cheville forme un angle bizarre.

— Margue ! Lino ! hurle Céleste affolée.

Milo se met à pleurer, je ne pense pas à la cheville, à la jambe, au corps de Marguerite, je pense seulement que cette satanée fille va occuper une fois de plus l'espace, le centre, je pense que j'aimerais me débarrasser d'elle, de Jeanne, je pense que j'aimerais que l'on parte à l'autre bout du monde, Céleste, Milo et moi, j'aimerais qu'il n'y ait soudain plus de passé pour aucun d'entre nous, seulement un avenir vierge.

Céleste était encore en congé parental. Elle a aussitôt proposé à Marguerite de s'installer chez nous après le week-end, c'était une belle entorse du ligament latéral, il était hors de question qu'elle pose le pied par terre pendant deux ou trois semaines, ce serait plus simple pour tout le monde et surtout pour Jeanne qui travaillait encore.

Était-ce de sa part une forme de prescience ?

J'ai dû porter Marguerite chaque soir dans son lit. Dans mes bras, elle laissait flotter sa tête comme une morte, mais c'était moi qui crevais.

J'approche des lumières de la ville. Éclaireront-elles mon ignominie ?

Refuser la fatalité, l'impuissance, se prouver que l'on est encore vivant : je ne cherchais rien d'autre. Je croyais me défendre. Je croyais maîtriser. En fait de maîtrise, plus de quarante ans d'une lente glissade.

*Marguerite Polge ? Non, monsieur, cette jeune fille n'a pas validé son année, ensuite elle disparaît de nos registres.*

J'ai déclenché l'engrenage. C'était mon doigt sur l'interrupteur, pas la faute des autres, ni celle du hasard.

Milo a chuté parce que Marguerite l'a convaincu de faire la course. Elle l'a convaincu de faire la course car elle ne pouvait pas l'aider à réviser son histoire. Elle ne pouvait pas l'aider à réviser son histoire puisqu'elle avait menti sur ses études.

Mentir et tromper pour se prouver que l'on est vivant.

Se mentir et se tromper en croyant que l'on est puissant.

Je suis le coupable, depuis l'origine. Longue est la liste de mes victimes et, ce soir, j'ai l'impudeur de m'y inclure.

Dans un quart d'heure, maintenant, je serai arrivé.

Mon pied relâche la pédale d'accélérateur, c'est là que je dois être et pas ailleurs, je le sais, mais je ne suis pas certain d'être prêt. Je tremble.

Lorsque Milo avait huit ou neuf ans, croisant ses bras et fronçant les sourcils, un matin, il a réclamé avec solennité de connaître sa famille paternelle.

Céleste l'a appuyé.

— Qu'apprenons-nous à notre fils, Lino ? Que l'on peut se couper pour toujours de ses origines à cause d'un plan de table et d'un excès de fierté ?

— Je n'irai pas voir ma mère, ce n'est pas une question de plan de table. Une mère doit pardonner à son enfant, une mère doit tout comprendre, une mère doit aimer sans la moindre condition. Au lieu de ça, ma mère m'a banni, elle n'a jamais cherché à me comprendre, elle n'a pas accepté que je veuille m'en sortir.

J'étais bouffi d'orgueil, d'ego, d'aigreur.
J'étais bouffi de peur.

— Et elle, avait rétorqué Céleste, est-ce qu'elle s'en est sortie, au fait ?

Seulement maintenant, sur cette route humide, je m'interroge. Comment ma mère a-t-elle pu surmonter le chagrin et les trahisons ? Abandonnée d'abord par son mari et ensuite par son fils. Nous étions deux à porter le secret, mais je l'ai laissée seule face au reste du monde. Comment a-t-elle survécu durant toutes ces années ? Où a-t-elle puisé la force de reprendre les rênes de sa vie ? Je ne m'en suis jamais soucié. Je n'en ai aucune idée. Je m'étais construit une planète étanche, dont je ne sortais que pour me ravitailler, sans la regarder, sans la questionner.

Étudier, travailler, s'enfuir.

À dix ans, c'était logique. À quinze, beaucoup moins. À bientôt cinquante, il est tard pour les regrets.

Lors de notre ultime tête-à-tête, lorsqu'elle m'a reproché d'être devenu un étranger, à vrai dire, je me suis réjoui intérieurement. J'étais heureux d'être étranger à ce que je considérais comme une somme d'esclaves dépourvus d'ambition, des ploucs mal fagotés, incapables de lire autre chose que le programme télé ou les pages sport et faits divers du journal local. Des filles grosses en robes à grosses fleurs, des garçons aux cheveux trop courts ou trop longs, en survêtements trop courts ou trop longs, achetés en magasin d'usine.

Il aura fallu que mon fils se brise pour que volent en éclat les apparences.

Je suis le champion des ploucs. Le pire. Un sale con déguisé en type bien avec un costume haut de gamme en guise d'armure. Jugeant à tour de bras et saccageant autour de soi.

Ma mère a-t-elle cessé de m'écrire par désintérêt ou par fierté ?

A-t-elle choisi de disparaître de la vie de Milo pour lui éviter d'être celle dont on a honte ?

Ou, simplement, avait-elle compris la première à quel point j'étais faible ? Combien je me trompais ? On ne possède rien, jamais. Surtout pas l'amour.

Je n'ai pas téléphoné pour prévenir de mon arrivée. Elle pensera sans doute que c'est par suffisance, que je juge inutile de m'inquiéter de son emploi du temps ou de sa disponibilité parce que je suppose qu'elle n'a que faire de ses journées, encore plus à son âge.

La vérité c'est que j'ai peur qu'elle refuse ma visite.

J'aimerais qu'elle me prenne contre sa poitrine, me rassure, me dise, mon garçon, mon petit garçon, les dégâts tu ne les as pas voulus, tu as fait comme tu as pu avec les cartes que la vie t'avait fournies, ne t'en veux pas, ce n'était pas facile à dix ans.

J'aimerais qu'elle me prouve que je ne suis pas un salaud.

Je viens vers toi, maman, parce que toi et moi sommes les seuls témoins du drame originel.

Je viens vers toi, maman, parce que toi seule peux me sauver.

Rien ne semble avoir changé depuis mon départ. Les maisons étroites, toutes identiques, sont alignées à la manière d'un jeu de construction, renforçant le sentiment d'immobilisme. Tout au plus les trottoirs se sont-ils affaissés sous les assauts répétés du mauvais temps et le lierre a-t-il gagné quelques mètres de façades.

J'entends les rires de notre enfance, le bruit des caisses à savon sur le pavé, les sons du carnaval, la joute des radios à l'heure du déjeuner.

J'entends le silence après la mort de mon père. Je sens les regards fuyants et lourds de commisération des voisins, la main sur l'épaule de la boulangère, je lis la mention « Poursuis tes efforts » sur la dictée assortie d'un point bonus totalement immérité.

Derrière la porte, le pas traînait. Portait-elle toujours ces mules en éponge déchirée ?

— Qui est-ce ? a lancé une voix rauque – pas la sienne : j'ai reconnu le timbre particulier de Simona.

— Lino.

La serrure s'est déverrouillée, laissant apparaître ma sœur. Nous sommes restés face à face plusieurs secondes, nous dévisageant, aussi surpris l'un que l'autre non seulement par la situation mais aussi parce que nous avions vieilli, parce qu'il fallait raccorder nos souvenirs à l'être que nous avions sous les yeux, en l'occurrence une Simona aux cheveux courts platine sans le maquillage dont elle abusait autrefois, une cuiller en bois à la main et un tablier blanc noué autour de hanches arrondies. Quant à moi…

— Tu n'as pas l'air bien, a-t-elle lâché, suspicieuse.

Elle s'est déplacée sur le côté afin de me permettre d'entrer. J'étais conscient de ma dégradation, ces derniers jours mes joues s'étaient encore creusées, mes cernes avaient noirci et ma peau jauni, mes rides s'étaient multipliées et mes cheveux devenus poivre et sel formaient des épis désordonnés sur le sommet de mon crâne.

Elle a reniflé plusieurs fois en prenant mon manteau.

— Tu as bu, n'est-ce pas.

Pas depuis plusieurs jours, mais l'odeur de l'alcool, Simona, colle à la peau pour longtemps, tu le sais comme moi. Cette puanteur qui pique le nez et provoque le dégoût, qui s'imprègne et s'installe, peu importe le temps que l'on reste sous la douche, on en sortira sale.

— Plus ou moins. Où est maman, et qu'est-ce que tu fais ici ?

— Maman est dans sa chambre. Je suis là parce qu'on est jeudi, et le jeudi c'est mon tour.

Elle m'a précédé dans la cuisine, sur la table un monceau de papiers s'étalait, des feuilles de maladie, des courriers administratifs, des lettres à en-tête de laboratoires.

— Simona…

— Elle a fait un AVC au mois d'août. Elle est sortie de l'hôpital il y a deux semaines, ce n'est pas brillant, mais on a pu choisir l'hospitalisation à domicile, c'est déjà ça. Il y a des séquelles, parce qu'il y a eu cette saloperie d'hématome au cerveau. Elle ne parle pas et elle a encore beaucoup de mal à se déplacer, même avec la rééducation. Le coup dur, quoi.

Elle s'est retournée.

— Lino, faut pas croire hein, je te sens venir avec tes reproches, on a essayé de t'appeler, mais tu devais être en vacances, ou bien tu as changé de numéro, aucun de nous n'a ton portable, alors on ne pouvait pas te joindre, on a fini par renoncer, mets-toi à notre place, mais tu vois on s'en sort très bien sans toi, on fait des tours de garde du lundi au samedi et le dimanche on se réunit autour d'elle, les enfants, les petits-enfants. Elle tient le choc.

Parfois, les mots qui se bousculent sont si nombreux qu'ils créent au bord des lèvres un embouteillage impossible à endiguer.

Parfois, la confusion est telle qu'on devient incapable d'identifier la nature des sentiments qui nous habitent.

Parfois, la vie semble nous prendre par le cou et nous précipiter contre un mur de béton – au cas où les messages envoyés précédemment n'auraient pas été parfaitement assimilés.

Elle a rempli la carafe au robinet, servi deux verres.

— Alors tu es venu ici par hasard...

— Il n'y a pas de hasard, non. Il n'y a que des causes et des conséquences.

— Je ne suis pas sûre de comprendre. Tu ferais mieux de t'asseoir, tu es plus blanc que mon tablier.

Le sentiment que la cage thoracique se referme sur elle-même, emprisonnant ces deux mots, maman, Milo, deux oiseaux hallucinés, coups d'ailes et sang versé, crânes ouverts.

— C'est l'accident... Tout est dans tout, Simona.

Ma sœur s'est approchée, sa froideur avait subitement disparu, tout ce qu'elle pensait venait de se dissoudre, ce frère autrefois hautain, lointain, puissant, était devenu une silhouette molle menaçant de s'écrouler, un être faible, confus et paniqué.

La roue avait tourné, et pas dans le bon sens, ça elle le devinait même si elle ignorait de quelle manière, même si elle ignorait que j'avais tout détruit, mon fils, ma femme, Marguerite, même si elle ignorait que jamais – Jeanne avait bien raison –, jamais je n'aurais dû ramasser l'écharpe de Céleste.

— Assieds-toi, a-t-elle ordonné. Dis-moi ce qu'il s'est passé.

Ce qu'il s'est passé, Simona : Papa est mort.

— Je suis au courant, merci.

— Je voulais bien faire. Je voulais mieux faire. Je voulais rompre le cycle, merde, il n'est pas mort de maladie, la voilà l'explication, le voilà le fondement, j'ai fait au mieux pour supporter cette idée, mais tu sais quoi, j'étais seul, seul avec maman, à dix ans ! Désolé, Simona, de t'apprendre ça aussi brutalement, seulement voilà, la machine infernale s'est mise en route ce jour-là, lentement, ses mâchoires se sont déployées durant plus de trente ans et se referment maintenant, justement maintenant, va comprendre, alors que j'atteins l'âge fatidique, le sien lorsqu'il s'est suicidé, parce que Simona la voici la clé, notre père s'est foutu en l'air, il a rendu les armes, cette histoire d'alcool, de foie malade, d'asphyxie, c'était pour protéger maman, pour vous protéger vous, papa a mis fin à ses jours et depuis je me bats pour ne pas mettre fin aux miens, pour grandir, m'élever, ne rien lâcher, ne rien céder. Tu parles d'un résultat, non seulement je vous ai sacrifiés, mais mon fils, Milo, mon petit homme, dort tout comme notre mère sur un lit médicalisé, ma famille est atomisée, alors si tu veux savoir pourquoi je suis venu, oui pourquoi ? C'est pour demander pardon à maman, à vous tous, pour essayer aussi de pardonner à ce fichu père cette douleur indélébile et, qui sait, parvenir à sauver ce qui peut encore tenir debout dans mon existence, crois-moi, Simona, je regrette si je te fais mal en t'imposant aujourd'hui la vérité sur notre histoire, mais je ne vois tout simplement plus comment en faire l'économie.

Elle m'écoutait, son expression navrée mêlait la compassion à la gêne, son regard parcourait la pièce comme si elle cherchait une inspiration, un mot. Elle a eu un soupir désabusé :

— Tu ne me fais aucun mal, mon pauvre Lino, sûrement pas avec ça. Cette *vérité*, il y a bien longtemps que nous la connaissons et il y a bien longtemps que nous avons fabriqué nos propres antidotes. Qu'est-ce que tu imagines, depuis plus de trente ans, maman aurait gardé ce secret, elle nous aurait laissés dans l'ignorance ?

Tu es comme un astronaute, Lino, tu as quitté la planète, tu t'es mis en orbite mais nous autres, en bas, on a toujours eu les pieds dans la boue. Un jour, Carlo est rentré de l'usine avec ce drôle de regard, il venait d'avoir dix-neuf ans, on travaillait déjà tous là-bas depuis des années, sauf Nelly qui avait trouvé depuis peu un boulot dans une boutique – une boutique de chaussures, bien sûr, mais passons. Carlo était vraiment bizarre, il est allé directement dans sa chambre, a refusé d'ouvrir à maman et s'est même enfermé à clé, alors elle nous a appelés. J'étais encore à la maison, Nelly vivait avec Fabrice, Mario louait un petit appartement à deux rues de là, tout le monde a compris que c'était important, tout le monde a rappliqué, Mario a défoncé la porte de la chambre et, crois-moi, Carlo n'était pas beau à voir, la mousse aux commissures des lèvres, couché sur la moquette, les bière vides, la boîte de Lexomil. Le chef d'équipe l'avait traité comme une merde une énième fois et à la fin, il lui avait craché : Va mourir comme ton père, ça nous fera des vacances.

— Oh, Simona.

— Maman s'est mise à hurler, à pleurer, des larmes de rage, des flots entiers, elle a secoué Carlo, elle a grondé, ils ne prendront pas mon gosse, les salauds, ils ont déjà pris votre père, ça suffit !

C'est comme ça qu'on a su. Elle a tout raconté, lâché plutôt, le suicide de papa, sa culpabilité ensuite de nous voir – tous sauf toi – pointer dans cette usine, coupable de quoi je me le demande, vu qu'on n'avait pas le choix, pas plus elle que nous, pour échapper à cette maudite usine il aurait fallu déménager, mais pour aller où, et avec quel argent ?

C'était notre vie, c'est tout, c'était trop tard pour revenir en arrière, se motiver comme toi pour les études. À ce propos, tu sais, on s'est questionnés bien souvent, comment il fait, Lino, pour être aussi sérieux et préférer bosser à la bibliothèque plutôt qu'aller jouer au flipper ? Il y avait certains avantages à être orphelins tant que l'explication donnée était la maladie : on était libres comme l'air, on profitait, on faisait les quatre cents coups !

Et toi qui partais à l'aube avec ton cartable déformé sous le poids de tes livres.

Le réveil a été difficile pour nous autres. Peut-être moins qu'à l'âge de dix ans, va savoir. Disons qu'on n'a pas été au même moment au même niveau d'information. Mais tu sais quoi ? Quand on a su ça, on s'est révoltés, on s'est serré les coudes, on a récolté des témoignages, on a accumulé des preuves. Mario et moi on est allés voir les délégués du personnel, le temps où on pouvait se faire écraser la gueule aussi facilement était révolu, on n'était plus dans les années soixante, on n'avait pas encore la loi sur le harcèlement mais les syndicats étaient bigrement puissants et on l'a fait virer, cet enfoiré, sans indemnités, que dalle, oui, c'est lui qui a dégagé, on avait la moitié de l'usine derrière nous, t'aurais vu ça, le jour où on l'a su, on a dansé comme des fous dans la rue, tout le quartier était là, on l'avait vengé, papa. À toute chose, malheur est bon.

— Pourquoi je n'ai rien su… Pourquoi on ne m'a rien dit… ?

Elle a haussé le ton.

— Tu plaisantes, Lino ? Tu n'étais jamais là. Quand est-ce que nous aurions parlé ? Est-ce que tu t'intéressais à nous ? Les rares fois où tu t'es déplacé, avant ton mariage, c'était en coup de vent, le temps de régler des problèmes pratiques. Tu téléphonais à maman et tu commençais la conversation en prévenant, *Je ne vais pas pouvoir rester en ligne*. Il aurait fallu que tu prennes le temps de t'asseoir avec nous, mais ça, c'était pas dans tes cordes. Tu sais ce qu'on a ressenti le jour de ton mariage ? Et lorsque tu as envoyé tes cadeaux ? Et puis dis-moi, de ton côté, pourquoi n'as-tu jamais pris le temps de nous parler d'adulte à adultes, alors que tu te croyais seul dépositaire du fameux secret ? Tu pensais nous épargner ? Ou tu nous croyais trop bêtes pour comprendre ? Sérieusement, Lino ?

— J'ai cru bien faire.

— Et voilà : l'enfer est pavé de bonnes intentions.

Mon téléphone a vibré, signalant l'arrivée d'un SMS de Jeanne.

« Marguerite introuvable. »

Simona avait retrouvé son calme.

— Ne parlons plus de ça. C'est derrière nous. Dis-moi plutôt, qu'est-il arrivé à ton fils ? Les enfants, c'est la seule chose qui compte.

— Il faisait la course à vélo, il est tombé, Simona. Si tu le voyais.

Une chute qui a tout précipité. Une tornade qui laisse derrière elle une terre rasée. Qui sait ce qui peut encore y pousser. Traumatisme crânien sévère, rééducation difficile, communication quasi inexistante. Le drame, le chaos, la tragédie.

— Je suis désolée pour lui, pour vous. Dis-moi si je peux t'aider.

— Laisse-moi voir maman, s'il te plaît.

— Tu n'as pas besoin de ma permission, si ?

Au fond du couloir, la porte était entrouverte. J'apercevais des caisses marquées au nom de l'hôpital voisin. Des compresses, des tuyaux, des perfusions, des flacons de toutes sortes. J'ai lavé mes mains et ôté mes chaussures avant de pénétrer dans la chambre.

Ma mère avait le visage orienté vers le mur. Ses épaules nues parcourues de veines bleues dilatées émergeaient du drap blanc, sa nuque dégagée m'a semblé incroyablement fragile, comme prête à être brisée, tandis que ses cheveux courts formaient une délicate couronne de boucles blanches ombrées de gris, tout autour de son front.

Je me suis approché, elle respirait avec un sifflement discret, je la trouvais si menue, comme si son AVC l'avait réduite, comprimée. Mon cœur s'est soulevé d'un flot de tristesse, de regrets et d'amour, j'ai pris sa main le plus doucement possible dans la mienne, j'ai caressé ses doigts, caressé son front, sa peau était devenue si fine, je la trouvais belle et affreusement vieille à la fois, j'ai chuchoté, Maman, c'est moi, c'est Lino, je suis venu t'embrasser, je suis venu te demander pardon, maman, s'il te plaît, maman !

Alors sa tête s'est tournée, très lentement, ses yeux clairs presque translucides m'ont fixé, sa mâchoire a bougé avec difficulté, comme démantibulée, et elle a exhalé un interminable gémissement, un son rocailleux dont il était impossible d'affirmer s'il était une réponse ou un hasard.

J'ai glissé une chaise près du lit, je me suis assis à côté d'elle et j'ai posé ma joue sur sa poitrine.

Une odeur à la fois douce et âcre avait envahi la pièce. J'ai embrassé ses doigts, encore et encore.

Mon téléphone a vibré à nouveau.

« PS : Milo a marché. »

# Jeanne

J'ai posé les enveloppes sur la table du salon. Elles sont arrivées le même jour au courrier. L'une contient les résultats de la cytoponction, l'autre ceux du test de paternité.

Vie et mort.

C'est Rodolphe qui a suggéré la démarche. Il a peur. Il voit déjà sa jolie construction s'écrouler, tout ça pour un *moment de faiblesse* – c'est ainsi qu'il a qualifié notre relation, splendide et cruel lieu commun. Il a cherché sur Internet comment réaliser un test, m'a confié des cheveux et un coton-tige imprégné de sa salive. Tout est allé si vite. Pas une seule seconde il ne s'est inquiété de ce que je ressentais, ou même des conséquences pour Marguerite. Il n'a pensé qu'à lui, sa femme, ses gosses, il m'a fait promettre le silence en cas de résultat positif, on trouverait *le moyen de s'arranger*, mais, a-t-il assuré, il savait déjà qu'il n'était pas le père, c'était impossible, le père c'était Jacques, ou un autre d'ailleurs, « parce que Jeanne, à cette époque, pardon d'être aussi franc, mais tu avais le feu au cul ». Il m'a tendu un billet de cent euros pour *participer aux frais*.

Je lui ai laissé.

Il était pressé de me voir partir et anxieux à l'idée que Marguerite pourrait à son tour sonner à sa porte.

D'autres à ma place se seraient-elles jetées sur ces enveloppes ?

Je repousse le moment de les ouvrir. D'une manière ou d'une autre, ce que je lirai fera basculer ma vie. Il y aura un avant et un après.

Je ne dors plus. L'image du corps de Rodolphe a cessé de me renverser, elle me glace.

Je pense aux chimères, à l'aveuglement, aux destructions, je pense à Marguerite, je pense à ma chère Céleste.

Elle m'a appelée brièvement hier, la voix remplie d'espoir malgré la distance qu'elle s'emploie désormais à cultiver lorsqu'elle s'adresse à moi : Milo s'est levé. Il a marché sur plusieurs mètres. Il a souri, il a parlé. Peu, mais suffisamment pour la transporter de joie.

J'étais incapable de réagir, malgré cette bonne nouvelle.

— Allô ? Maman, tu es toujours là ?

Bonne question. Où je suis, je n'en sais plus rien. Je me cogne aux quatre murs de mon isolement, il n'y a ni porte ni fenêtre pour m'en échapper. Le piège se referme, il est parfait, c'est moi qui l'ai fabriqué.

— Et sinon, tu as des nouvelles de Marguerite ? Tu m'entends, maman, oui ou non ?

Je ne parviens pas à lui dire ce qu'à l'évidence, Lino a également gardé pour lui – la vie inventée. Je redoute sa condamnation. Céleste sera catastrophée, elle va pointer du doigt le manque d'amour, ma faute pleine et entière. Ou s'en voudra aussi, ce qui me semble encore pire.

— Pas de nouvelles, non.

— Ça me soucie beaucoup. Je n'aurais jamais dû la laisser partir. Heureusement, j'ai l'impression que Milo s'est fait une raison.

Du fait de l'absence récente de Lino, nous avons réparti les temps de visite différemment, je viens et je reste plus tard. Nous ne nous sommes pas croisées hier, ni aujourd'hui. Elle aurait pu attendre que j'arrive pour repartir, mais chaque fois elle s'est trouvé des courses « urgentes » à faire. Je crois qu'elle m'évite.

J'essaie de sourire à Milo, je fais de mon mieux pour le préserver de mes tourments, de ma peine.

Avant que je quitte sa chambre tout à l'heure, alors que je poussais la porte, à moi aussi il a parlé. Enfin.

— Tout ira bien, grand-mère.

J'ai sursauté.

Le son de sa voix formait une douce sinusoïdale.

Je manipule les enveloppes. Je les prends, je les repose. Les déplace de quelques centimètres, de la table à la commode et vice versa. Elles me brûlent les doigts. Je me surprends à faire d'étranges prières : si le test de paternité est négatif, si je me suis trompée sur tout, si j'ai passé trente ans dans le mensonge, si j'ai déstructuré ma fille cadette sur un fantasme, une folie, alors, mon Dieu, accordez-moi au moins d'être malade.

C'est pathétique, je le sais. Je ne pense même pas vraiment à me punir, je n'ai pas ce sens de l'autoflagellation, je crois que je cherche seulement à être jugée moins sévèrement (par moi y compris). Qui accablerait une femme atteinte d'un cancer ? La maladie et la mort ont le pouvoir d'absolution.

Misérable Jeanne, regarde-toi. Ce que tu espères vraiment, c'est ouvrir ces enveloppes et lire :

1. l'annonce que tu es en bonne santé

2. celle que Rodolphe est bien le père de Marguerite.

Ou mieux :

Tu es atteinte d'une minuscule tumeur qui se révélera sans conséquences, mais portera un nom suffisamment inquiétant pour conduire Céleste à oublier tous ses griefs et te pardonner tes erreurs

2. Rodolphe est bien le père de Marguerite.

Car le point 2, bien entendu, est non négociable.

L'appréhension me paralyse. Tout se mélange en moi, le passé, le présent, les possibilités du futur. Les visages de Céleste, Marguerite, Jacques, Rodolphe, Milo. Jusqu'à celui de Lino : la désintégration de nos vies a cet effet surprenant, nous nous rapprochons lui et moi. Nous avons en commun d'avoir rejeté Marguerite autant que d'avoir voulu s'approprier l'amour de Céleste, nous en payons ensemble les conséquences.

Étrange sentiment de regarder celui que l'on croyait son ennemi et, soudain, de se reconnaître.

Mon pouce a glissé au coin de la première enveloppe. Et si c'était grave ? Et s'il ne me restait plus que quelques mois à vivre ? Ne dit-on pas que notre système immunitaire est sensible au poids de nos secrets et à celui de la colère ? Le papier se déchire, ma main tremble, j'ai chaud, j'extirpe le compte rendu, mon œil fuit encore un peu à droite et à gauche, soixante-quatre ans c'est beaucoup trop tôt pour mourir. Allons, un peu de courage, Jeanne !

Une courte lettre du médecin est jointe aux analyses. Sa dernière phrase est celle que je lis en premier : « Je vous reverrai donc dans un an pour votre examen de contrôle, bien à vous. »

Bon sang, je n'ai rien. Je n'ai RIEN ! Le nodule est bénin, une simple masse graisseuse. À vrai dire, j'ignore si je suis heureuse ou pleine de rage. J'hésite à pleurer de joie ou à arracher de mes ongles cette boule saillante qui m'a trompée, qui s'est fait passer pour ce qu'elle n'est pas.

Je n'ai rien. C'est magnifique. Pourquoi ai-je tant de mal alors à me réjouir ? Est-il si difficile d'admettre que je puisse échapper à une sanction ? Ou bien est-ce que je pressens, soudain, que le pire est à venir ?

J'ouvre la seconde enveloppe, souffle court. Il me faut plusieurs longues minutes encore pour me décider à en extraire le contenu. Deux feuilles, un tableau, un encadré. En gras.

Non, non, non, non.

Je hurle comme une bête. Non !
Je me fragmente.
Je m'épouvante.
Je tombe.

J'ai appelé les urgences médicales après une heure passée en enfer. Mon cœur battait trop fort, je sentais que j'allais mourir, je voulais mourir, j'avais peur de mourir, je voulais ouvrir une fenêtre et me jeter dans le vide, j'avais peur de m'écraser, je n'arrivais plus à respirer, je ne voulais plus respirer, je voulais sentir éclater ma tête contre les murs, sentir mes os craquer, j'avais peur de mourir, il n'y avait pas de solution, je voulais faire seppuku, j'avais peur des couteaux, je n'y arrivais pas, je ne m'en sortirais pas, je voulais m'arracher les poumons, m'arracher les yeux, j'avais peur, peur, peur, j'étais mal, mal, mal, horriblement mal, je voulais respirer, il y avait une tache en forme de croix qui dansait devant moi, qui s'imprimait au plafond, c'était ma croix, ma condamnation, j'avais peur de mourir, au secours, venez vite, sinon je vais crever ou bien faire quelque chose de grave, de très grave, je l'ai déjà fait vous savez, je suis dangereuse, je ne respire déjà plus, il faut faire vite parce que je ne vais pas tenir !

— Vous faites une attaque de panique, a diagnostiqué le médecin. Nous allons traiter cela, tout ira bien. Un de vos proches peut-il vous rejoindre ici ?

Il n'y a plus de proches, docteur, il n'y a plus que des lointains, des étrangers, des inconnus qui ne parlent pas la même langue, qui ne voient pas les mêmes choses. Il n'y a plus que des victimes et des assassins.

Il est techniquement impossible que tout aille bien.

— Pour commencer, un anxiolytique vous permettra de vous calmer. Mais ça ne résoudra pas le problème : madame, je vous engage à consulter très rapidement. Voyez un professionnel dès demain, c'est d'accord ?

Après son premier infarctus, j'ai rendu visite à Jacques. C'était une idée de Céleste, je n'avais pas osé lui refuser. Dès notre arrivée, il a demandé que l'on nous laisse seuls, lui et moi. Sa nouvelle épouse a emmené Céleste dans le jardin, je me souviens qu'il faisait très beau, elles ont cueilli ensemble des campanules et des jonquilles, je les apercevais par la fenêtre qui riaient dans l'herbe trop haute, je savais que Céleste se forçait pour ne pas froisser la femme, pour ne pas faire de peine à son père, pour que tout se passe bien pour tout le monde.

Je pensais : qu'on en finisse, et vite.

Je m'attendais à ce qu'il reprenne nos éternels sujets conflictuels, m'annonce qu'il entendait diminuer le montant de la pension globale ou réduire les frais occasionnés par Marguerite, mais il m'a fait signe de m'approcher et, contre toute attente, il a murmuré :

— C'est merveilleux que tu sois venue, Jeanne : je voulais que tu saches que je t'ai pardonné.

Il m'a fallu quelques secondes pour réagir.

— C'est très gentil de ta part, Jacques, mais il faut être deux pour ça. Je ne crois pas t'avoir demandé pardon.

Pardon de quoi au fait, de t'avoir trompé ? D'être tombée enceinte d'un autre ? Mais qui a trompé l'autre ? N'est-ce pas toi, lorsque tu as juré m'aimer passionnément ? Tu ne me touchais plus ou presque, tu t'enfermais des heures sur tes collections de monnaies anciennes ou de sujets miniatures, les dernières années, la plupart du temps, tu ne prenais même plus tes repas avec nous – ah mais oui, c'est vrai, entre deux absences tu passais déposer un baiser sur mon front ou sur la joue de Céleste en clamant, comme je vous adore mes petites femmes, comme vous êtes belles toutes les deux, était-ce cela, ta passion ?

Ton pardon ne vaut rien, Jacques, puisque je n'ai rien requis. Puisque les torts sont partagés.

Il avait un regard doux, tranquille, apaisé.

— Détrompe-toi, Jeanne. On peut accorder son pardon sans qu'une demande soit formulée. C'est une affaire intime. Je ne te pardonne pas pour toi, mais pour moi. Ce n'est pas une faveur que je t'accorde, c'est moi que je libère. Je vivais dans l'aigreur et la colère. Je me sentais coupable de n'avoir rien vu, rien compris. Je ressassais. Tu occupais bien malgré moi une partie importante de mon cerveau, de mon temps, et tout ça pour quel bénéfice ? Cet infarctus m'a permis de comprendre combien la vie est précieuse et combien elle est courte. Je veux la poursuivre dans la lumière, non dans l'ombre. Et pour cela, il fallait que je puisse refermer le dossier. Je n'oublie rien, je n'excuse rien, mais je pardonne, ce qui est fait est fait, rien ne changera le passé, en revanche il nous appartient de modifier l'avenir. Ne prends pas ce pardon si c'est ce que tu veux, cela ne me regarde plus, je te l'ai donné. Si tu préfères vivre avec ton amertume et tes regrets, c'est ta décision.

J'avais hésité avant de répondre, de me défendre, de l'attaquer, de lui rappeler qu'il serait peut-être bon, pour parfaire sa sérénité, que je lui pardonne également – mais que, contrairement à lui, je ne concéderais rien sans qu'il m'implore de le faire. Et puis j'avais pensé, à quoi bon, Céleste se donnait tant de mal pour que nos relations demeurent à peu près correctes, elle ne supporterait pas de nous retrouver en guerre, son bouquet à la main, encore moins avec un père affaibli, j'allais passer pour la méchante, alors merci bien.

Je m'étais contentée d'acquiescer vaguement.

Quatre mois plus tard, Jacques était mort d'un deuxième infarctus.

Il est le père de Marguerite – mais il est aussi l'homme qui a quitté la salle d'accouchement.

Son pardon, aujourd'hui, me déchire.

Que serait-il advenu de nous si nous avions su la vérité sur notre enfant ? Si nous avions été capables de la voir ?

Rodolphe m'aurait quittée de la même façon, mais loin de devenir une figure de haine, il serait demeuré un souvenir troublant et enfiévré. J'aurais pris d'autres amants, Jacques et moi aurions trouvé un nouvel équilibre. Ou bien nous aurions fini par nous séparer, lassés l'un de l'autre, mais alors beaucoup plus tard, car cette naissance aurait fourni un nouveau souffle à notre famille.

J'aurais sans doute aimé Marguerite dès le premier jour, puisqu'elle aurait été non l'enfant de l'adultère et de l'abandon, mais l'enfant inespéré. Sa beauté m'aurait éblouie au lieu de me blesser. Elle m'aurait consolée de la désaffection de son père et émue par ses maladresses. Céleste n'aurait pas eu à jouer les petites mamans, ou seulement pour son plaisir, nous nous serions serré les coudes « entre femmes ».

Je n'aurais pas eu à tricher et Marguerite n'aurait pas eu à mentir. Il n'y aurait pas eu de donation cachée, Marguerite ne serait pas demeurée seule avec Milo.

Il n'y aurait pas eu d'accident.

Il y aurait eu des vies heureuses, plus ou moins, cela va de soi. Pas des vies étouffées de ressentiment et de douleur.

Je suis un monstre, un bourreau.

Jacques m'a pardonné, mais Céleste et Marguerite ?

Est-il possible d'aimer son enfant après vingt-huit ans ?

Où se trouve Marguerite ?

Je suis l'infanticide.

Je me suis précipitée sur le placard qui renfermait les albums. J'ai renversé à même le sol la demi-douzaine de boîtes en carton pleines à ras bord – j'avais cessé de trier les photos après l'adolescence de Céleste. J'ai cherché frénétiquement, il y avait peu de clichés de Marguerite, forcément, je ne la prenais presque jamais et uniquement avec sa sœur – mitraillée, elle, sous toutes les coutures. Par bonheur, Céleste avait insisté à intervalles réguliers pour que nous posions toutes trois ensemble, tendant l'appareil à des tiers.

Céleste, Marguerite et moi sur la plage de Quiberon – Marguerite à deux ans. Céleste, Marguerite (même âge) et moi devant le marchand de glaces. Céleste, Marguerite (déguisée, sept ou huit ans) et moi, à la fête annuelle de l'école. Céleste et Marguerite ramassant les pommes à la campagne. Céleste, Marguerite devant le tableau d'affichage du baccalauréat (mention bien pour Céleste).

Ils étaient là, comme clignotant pour attirer mon attention, tous ces détails que j'avais refusé de voir en vingt-huit ans, l'allure longiligne de Marguerite et sa moue ronchonne conformes à celle de Jacques, ses yeux et ses sourcils allongés, parfaites répliques de ceux de sa grand-mère paternelle – oui, mais cette maudite tache de naissance.

Un désamour construit sur une erreur.

Le temps perdu, les moments impossibles à rattraper, à corriger. Lorsqu'on l'a posée sur mon ventre à la maternité, je lui en voulais d'exister. Je lui ai volé la tendresse, l'amour fou, les caresses auxquels elle avait droit.

Lorsqu'elle jouait dans la rue à la corde à sauter, je la regardais avec dépit, je lui en voulais d'être aussi jolie, plus que sa sœur, plus que moi, je pensais, c'est la beauté du diable. Je lui ai volé la fierté et l'admiration maternelles.

Lorsqu'elle se blessait, tombait malade, s'angoissait à la veille d'un examen, je lui reprochais d'être douillette, maladroite, faible. Je lui ai volé la consolation, le soin, la délicatesse, la confiance.

Je lui ai volé ma présence, y compris lorsque j'étais là.

Comment a-t-elle tenu ? Aujourd'hui je le sais : c'est le mensonge qui l'a sauvée. Elle s'y est mise à l'abri, elle y a trouvé un espoir, jamais récompensé mais toujours renouvelé, de susciter mon intérêt à défaut de mon affection. Le mensonge était son armure.

Le plus difficile était de contempler ces photos sans parvenir à éprouver l'amour que je savais lui devoir. La révélation n'était pas magique, j'aurais voulu sentir mon cœur palpiter d'un battement de paupières, mais la mécanique se refusait à m'obéir. De la même manière que l'amour maternel ne s'était pas déclaré lorsqu'elle était sortie de mon ventre, il n'explosait pas sur ce changement de données.

Sans doute était-ce une question de temps. Ou pas. J'errais dans un tel état de confusion qu'il m'était impossible même de savoir si je le désirais.

J'avais besoin de Céleste. J'avais besoin de son soutien.

Bientôt, je serais seule face à Marguerite. Il faudrait lui expliquer qu'elle n'était finalement pas la fille d'un autre, qu'elle avait été privée d'amour sur une méprise, une idée fixe, qu'elle avait payé au prix fort l'égoïsme, la fragilité, la décomposition du couple de ses parents.

Oh, Jacques, tu auras vécu dans la certitude que tu détenais la vérité, que tu avais raison sur tout. C'est à la fois un privilège et un drame : tu n'auras pas connu la culpabilité. Tu seras littéralement passé à côté de ta seconde fille, certes, mais sans jamais douter.

Je comprends enfin le message que tu m'as offert peu avant ta mort. Mon tour est venu de pardonner. Te pardonner de m'avoir délaissée, pardonner à Rodolphe son insondable lâcheté. Pardonner à tous ceux qui m'ont fait pleurer, souffrir, en espérant qu'à mon tour, je serai pardonnée, en espérant qu'une seconde chance me sera accordée. Une chance de vivre.

Car l'essentiel est là, n'est-ce pas ?

Où es-tu, Marguerite ?

Exclue par tous, as-tu plié, renoncé, accablée de solitude ?

Milo savait-il ton désespoir lorsqu'il t'a réclamée avec tant d'insistance ?

J'ai peur que tu sois morte.

# Céleste

Le téléphone m'a réveillée.

— Céleste, je dois te parler, maintenant.

Sa voix chevrotait, on aurait dit une vieille femme effrayée, pas Jeanne la forte, Jeanne la dure, pas ma mère. J'ai su que c'était important. J'ai jeté un œil à ma montre : elle indiquait 6 h 15.

Dehors, la nuit était encore épaisse.

— Je suis désolée de t'avoir réveillée, j'avais peur de te rater et ça ne peut pas attendre.

— Bon. Je prépare un café, viens.

Elle n'avait que la rue à traverser, elle serait là dans une minute. Je me suis aspergée d'eau, j'ai enfilé un peignoir en cherchant quelle urgence pouvait motiver sa visite. Mais déjà la sonnerie retentissait. Elle n'était pas maquillée – chose exceptionnelle –, à peine coiffée. Plus étrange encore : elle était vêtue de son pyjama et d'un simple lainage. Je l'ai trouvée vieillie.

— Que se passe-t-il, maman ?

Son regard m'a parcourue des pieds à la tête, lentement, puis elle s'est appuyée à la cloison et a murmuré dans une sorte d'effarement :

— Tu lui ressembles de plus en plus.

— De qui parles-tu ? Tu m'inquiètes.

— Je parle de Marguerite, bien sûr. Tu te souviens ? Pendant longtemps, les gens nous prenaient pour des sœurs. Maintenant, c'est à elle que tu ressembles.

Instinctivement, je me suis tournée vers le miroir accroché au-dessus de la cheminée du salon, visible depuis l'entrée.

Je m'observais pourtant chaque matin lorsque je me préparais à sortir pour rejoindre Milo, lorsque je posais mon mascara et étalais un peu de crème teintée pour masquer ma mine chiffonnée, lorsque j'examinais mes rides naissantes et les marques sur mon cou, lorsque je tournais la tête pour ajuster ma coiffure, lorsque je reculais et me haussais sur la pointe des pieds pour vérifier le tombé de mon chemisier, alors pourquoi cela ne me sautait-il aux yeux qu'aujourd'hui ?

Mon visage et mon corps s'étaient affinés, mes cheveux avaient poussé – au point que je les attachais maintenant en queue-de-cheval. Je me suis trouvée plutôt jolie, un sentiment qui ne m'avait pas effleurée depuis une bonne vingtaine d'années.

— Depuis que tu as perdu tes joues, tu as le même profil, exactement.

Elle avait raison. Je ressemblais à Marguerite. Notre sororité éclatait subitement au grand jour. J'ai pris une profonde inspiration pour maîtriser le trouble qui me gagnait.

— Bien. Dis-moi pourquoi tu es là, maman. Qu'est-ce qui est si urgent ?

— As-tu parlé à Lino récemment ?

— Non, il a essayé de m'appeler plusieurs fois mais je n'ai pas décroché. Pour être honnête, je n'ai pas envie de l'entendre.

Je n'ai même plus envie d'y penser. J'y suis bien obligée, c'est le père de mon fils. Hier, Milo a questionné :

— Quand reviendra papa ?

J'ai pensé, Ne reviens jamais, Lino. Ça n'a duré qu'une seconde, ce n'était qu'une pulsion. Je sais bien que Milo a besoin de son père, quels que soient ses antécédents. Je sais bien que Milo aime son père, et que son père aime Milo. Je me suis répété cette phrase durant des heures comme un mantra, pour me souvenir que je ne dois pas les séparer.

Mais lui parler, non : c'est trop difficile. J'entendrais Marguerite, j'entendrais le glissement des mains larges de Lino sur la peau diaphane de ma sœur, j'entendrais le soupir muet de l'enfant mort, j'entendrais l'amour mort.

— Nous avons lancé des recherches, lui et moi, pour retrouver Marguerite. Nous l'avons fait pour Milo. Et pour toi ! Ton mari ne s'est pas ménagé, il a remué ciel et terre.

Mais ce que nous avons découvert, Céleste, sera difficile à entendre. Assieds-toi, c'est préférable. Si seulement je savais par où commencer. Peut-être par la naissance de ta sœur ? Cette partie-là de l'enquête, je suis seule à l'avoir menée, c'est si compliqué de t'en faire part et pourtant il le faut, écoute-moi bien, Céleste, si possible sans me juger, je me suis trompée depuis toujours. Marguerite est la fille de ton père, oui, tu m'as bien entendue, elle est la fille de Jacques et non celle de Rodolphe, comme je te l'avais confié, comme je l'ai cru sincèrement dès l'origine, Rodolphe, ce triste sire, ce misérable Houdini, je lui ai rendu visite et nous avons effectué un test de paternité à sa demande, car figure-toi qu'il était convaincu que Marguerite ne pouvait être de lui, monsieur ne s'en est jamais soucié, n'en a jamais douté, l'affaire était réglée, passée en pertes et profits ! Et tiens-toi bien, cette tache de naissance, Céleste, était une pure coïncidence, ce que nous prenions pour une marque génétique n'était chez lui qu'une banale brûlure qui avait d'ailleurs tout à fait disparu lorsque je l'ai revu. Oh, si tu savais combien cette joue intacte m'a fait mal, lorsque j'ai sonné à sa porte, plus encore que son indifférence.

Marguerite, Jacques ?

Je l'ai fait répéter, j'étais mal réveillée, mon cerveau était encore engourdi, il ne pouvait s'agir que d'une confusion, d'une sorte d'hallucination, ou bien des réminiscences d'un cauchemar, mais elle a insisté, confirmé, Marguerite est la fille de Jacques, alors j'ai lâché ma tasse, renversé mon café, maman, je t'en supplie, dis-moi que ce n'est pas sérieux, ou dis-moi que j'ai mal compris, il y a trop de conséquences, trop d'enjeux ! Tout ça pour ça, cette haine sourde, ces années que tu as employées à faire deux poids, deux mesures et que j'ai employées à réparer l'injustice sans jamais y parvenir, cette culture du secret, ce manteau de plomb sur nos épaules, tout ça pour rien, tout ça parce que tu *as cru que*, toi comme papa d'ailleurs !

Vingt-huit années vécues à contresens, Marguerite et moi passagères embarquées contre notre volonté.

— Je suis tellement désolée, Céleste. Nous voyons ce que nous avons besoin de voir, ce que nous voulons voir. Ou plutôt, nous voyons ce que nous sommes capables de supporter. Le reste, on le modifie, on l'efface. À cette époque, il était inenvisageable que Jacques puisse être le père. Je ne cherche pas à me justifier, je mesure l'impact, crois-moi, je sais combien cette croyance a conditionné ta vie et celle de ta sœur, et j'ai peur pour Marguerite, qui sait où elle se trouve, qui sait même si elle est vivante, car voilà l'autre volet de nos recherches, Céleste, et sans doute le plus grave, le plus inquiétant, ce qu'a compris Lino en partant sur ses traces, en fouillant dans les archives, en harcelant les secrétariats : ta sœur nous ment depuis toujours, elle n'a pas fait d'études au-delà du baccalauréat, elle n'est pas plus archéologue que je ne suis marchande de bonbons, elle ne possède rien, ni titre ni formation ni adresse ni revenus, hors sans doute le RSA, et encore, s'est-elle au moins inscrite ? Ce n'était pas seulement sa grossesse qu'elle avait inventée, mais toute sa vie ou presque, et pourquoi ? Exister ? Se sentir enfin aimée, reconnue ? J'ai peur, Céleste, de ce que j'ai engendré. J'ignore comment m'y prendre désormais, dans quelle direction me tourner, mais je dois la retrouver, je dois lui expliquer, peut-être que si tu m'aides, peut-être pourrons-nous avancer, peut-être pourra-t-elle, pourrez-vous me pardonner ?

Les sons et les images se sont bousculés dans ma tête, mon cœur, mon ventre tandis que ma mère déroulait ses conclusions, Marguerite, ma petite Marguerite au sourire irradiant, ma petite sœur chérie, son rire aigu, nos verres tintant lorsque nous nous rejoignions après mes cours, Marguerite narrant ses voyages, ses rencontres, Marguerite pour qui tout semblait si léger, facile, joyeux, lumineux, les amours et les déménagements, les diplômes et les mentions, les contrats et les découvertes, tout cela était faux, illusoire, imaginaire, Marguerite était désespérée, Marguerite était seule, Marguerite était sombre, elle ne possédait rien excepté notre complicité et l'amour de Milo ! Ses ennuis de santé, ses problèmes de chantier, de sacs volés, tout cela n'était que de pauvres paravents destinés à abriter sa solitude et son indigence, voilà pourquoi elle s'arrangeait toujours pour loger chez nous, pour nous accompagner en vacances, par plaisir bien sûr de partager un peu de bonheur avec Milo et moi, mais aussi et peut-être surtout parce qu'elle n'avait nulle part où se réfugier !

Et malgré la force de l'affection que j'éprouvais pour elle, je n'avais rien vu.

Maman est allée jusqu'à la cuisine et s'est assise, effondrée. Elle s'est mise à pleurer. Cela ne lui était plus arrivé, pour autant que je me souvienne, depuis l'enterrement de sa propre mère.

— Je n'ai rien voulu de tout ça, a-t-elle lâché, ma vie m'a échappé, et avec elle la vôtre, mais qu'est-ce que je peux bien y faire.

J'étais incapable de parler. Moi aussi, j'avais envie de pleurer, de me lamenter et même de me mettre en colère, merde, il avait d'abord fallu s'habituer à l'idée d'une sœur adultérine, une idée troublante mais presque rassurante, en ce qu'elle expliquait le désamour de ma mère, et voilà qu'il fallait désormais y renoncer et en affronter une autre, bien pire encore, celle de la méprise, de l'innocence condamnée, piétinée, celle d'un gâchis incommensurable.

Marguerite était une victime absolue, poignardée par nous tous, chacun certes à des degrés divers, mais chacun à notre tour, nous l'avions enfoncée lorsqu'elle aurait pu relever la tête, tous sauf Milo – Milo, sa source évidente de vie et d'espoir, dont nous l'avions privée.

— Comment ai-je pu engendrer autant de malheur ? a poursuivi ma mère. Comment le naufrage a-t-il pu se dérouler sous mes yeux, durant si longtemps, sans que j'en aie jamais conscience ? Je suis un monstre.

J'ai pris sa main, je pouvais sentir battre son pouls, percevoir l'étendue de son désespoir, il n'y avait plus de *Jean,* de verbe haut, de vanité, plus de certitudes, seulement une femme désemparée, une femme dont j'avais entrevu l'expression il y a bien longtemps, et voilà qu'il ressurgissait de la boue de mes souvenirs, ce visage funeste et accablé, j'avais douze ans, elle venait d'accoucher, la vie aurait dû s'épanouir mais au contraire, le chagrin la terrassait, mon père muet regardant à peine le bébé, le berceau placé dans ce recoin sombre, la douleur si dense qu'on aurait pu la toucher du doigt, ma mère tentant de me rassurer d'une voix blanche, nous sommes tous fatigués, ne t'en fais pas, Céleste, bientôt tout ira mieux ici.

— Tu n'es pas un monstre, maman.

C'est la situation qui est monstrueuse. Notre capacité commune à nous tromper sur l'essentiel. Notre manière d'enfouir nos erreurs en espérant qu'elles s'annuleront. Mais par-dessus tout : nos silences.

Nous avons été incapables de parler, toi la première mais pas la seule. Lino aussi, et, d'une certaine manière, Marguerite elle-même. Et moi qui n'ai jamais demandé de comptes alors que les alarmes hurlaient de tous les côtés !

Nous sommes des criminels en bande organisée, des criminels cruels au style feutré, mais pas moins efficace et parmi nous, le pire de tous, celui qui avançait masqué, mon propre mari. Car à toi, maman, je peux pardonner. Tes errances, je peux tenter de les comprendre. Mais ce qu'a fait Lino, ça, c'est au-dessus de mes forces : jamais je ne pourrai l'accepter.

Elle s'est essuyé rageusement les joues.

— Lino n'est pas plus responsable que moi de l'accident de Milo, Céleste. Certes, il a poussé Marguerite à la faute en la coinçant avec ces révisions d'histoire impossibles à assumer, mais je suis celle qui a créé les conditions de cette faute en organisant cette donation, en excluant ta sœur. Si tu savais combien de fois je me suis repassé le film de cette journée ! Et puis, je n'aurais jamais cru prononcer ces mots un jour, mais je dois le reconnaître, ton mari n'est pas si mauvais. Il a tout fait pour retrouver Marguerite.

— Je ne parle pas de l'accident, maman. Je parle d'une trahison. Je parle d'une agression sur une jeune fille dont on peut désormais mesurer la vulnérabilité. Elle avait quinze ans, maman. Et il était censé la protéger. Je peux concevoir qu'ensuite elle ait eu besoin d'inventer sa vie. Faire plus de bruit pour couvrir le vacarme de la souffrance.

Elle s'est redressée vivement, Une agression ? Voyons, Céleste, ça c'est impossible, où es-tu allée chercher pareille idée ?

J'ai lâché sa main, les phrases sont sorties en rafales, Eh bien vois-tu, auprès de Lino en personne, il a tout avoué, et le plus affreux : il ne l'a pas fait par remords, mais sur un quiproquo. C'était après cette dispute, après qu'elle a quitté le centre et qu'on ne l'a plus revue, si tu savais combien je m'en veux, moi aussi ! J'étais celle en qui elle avait confiance, que lui restait-il en dehors de Milo et moi ? Je l'ai repoussée, je l'ai privée de ses dernières ressources, et même de Gustavo Socratès, qui était peut-être sa seule chance d'avenir.

— Tu n'as rien à te reprocher, a murmuré ma mère, glacée. Puisqu'elle n'a jamais rien dit. Tu n'avais pas l'information, comment aurais-tu pu, aurions-nous pu imaginer... Tu lui en voulais d'avoir été à l'origine de l'accident, elle n'avait pas écouté tes consignes. Tout ce que tu voyais, c'était ton fils grièvement blessé. N'importe qui aurait réagi comme toi.

— Peut-être, mais au bout du compte, Milo va beaucoup mieux, maman. Ses couleurs sont revenues. Sa diction s'est améliorée. Il prend ses couverts et mange presque seul, il fait plusieurs pas. Il a essayé de taper dans un ballon. Il sourit ! Le Dr Socratès est très confiant, il affirme que le processus est réenclenché, qu'il n'y aura pas de retour en arrière, que cette fois c'est gagné, selon lui ce n'est plus qu'une question de patience. Il y aura peut-être quelques séquelles plus longues à éliminer, des difficultés de concentration, de mémoire, mais ce n'est même pas certain. Il y a eu une sorte de retournement. Milo va s'en tirer, maman. Mais Marguerite ! Que deviendra Marguerite ? Pourra-t-elle un jour guérir de ses blessures ? Qui s'occupera de sa *rééducation* ?

Hier, Milo portait cette chemise bleu azur qu'il aime tant. Depuis plusieurs jours, il réclame d'être « bien habillé » – ce sont ses termes. Nous avons consulté ensemble un catalogue de chaussures de sport, il a indiqué un modèle que j'ai commandé. Il était présenté par un petit garçon photographié sur son vélo.

Je suis heureuse, bien sûr, si heureuse de le voir revenir à la vie. Mais ce bonheur s'est écrasé contre un mur de doutes. On dirait qu'il ne se préoccupe plus du tout de Marguerite depuis quelques jours. Comme s'il avait fait son devoir en nous lançant à sa recherche, comme s'il était passé à autre chose et qu'il n'était plus si important qu'elle réapparaisse. Cela me fait de la peine, bien plus encore à présent que la vérité a éclaté : je le vois comme une injustice ultime, il était le dernier de nous tous à ne pas l'avoir abandonnée.

Je sais bien que son obsession le cadenassait, j'ai prié pour qu'il s'en débarrasse, j'y ai travaillé avec ardeur, je lui ai même chuchoté à l'oreille qu'il devait avancer *pour Marguerite*, qu'elle s'en voudrait terriblement en apprenant qu'elle était une cause de blocage.

Dix fois, je lui ai dit, Milo, si tu aimes vraiment ta tante, laisse-la vivre sa vie, elle reviendra un jour ou l'autre, dès qu'elle le pourra, c'est certain, tu sais bien qu'elle t'adore.

Dix fois, il m'a lancé un regard incrédule qui semblait signifier, maman, je ne suis pas dupe, je sais qu'elle m'adore, mais je sais surtout que vous l'avez jetée dehors, grand-mère, papa et toi.

Peut-être étais-je paranoïaque. Peut-être ce regard voulait-il simplement dire, Je fais ce que je peux, maman.

À lui aussi, un jour, il faudra bien donner des explications.

J'ai nettoyé la table et rempli nos tasses de café.

— Qu'allons-nous devenir ? a soupiré ma mère. Comment la retrouver ? Comment la sauver ? Nous sauver. Réparer. Je suis démunie.

Il était 8 h 30.

Mon téléphone a sonné, le prénom de Lino s'est affiché. J'ai décliné l'appel.

— Allons voir Milo ensemble, nous réfléchirons sur le chemin. Je n'en ai pas pour longtemps, je serai prête dans une demi-heure.

Nous nous sommes levées dans un même mouvement. Elle a trébuché, sa cheville s'est tordue, je me suis précipitée pour la retenir et, sans que je le veuille, elle s'est retrouvée dans mes bras. Nous sommes demeurées plusieurs secondes ainsi, paralysées par ce maelström de sentiments qui nous rapprochait et repoussait à la fois.

Elle a reculé, a pris son sac, s'est dirigée vers la porte, voûtée.

— Je t'attendrai dehors.

Dans la salle de bains, tandis que je me préparais, j'ai hésité avant d'enclencher mon répondeur.

Je pense ne t'avoir jamais confié, Lino, combien d'heures j'ai passées à écouter en boucle les messages que tu me laissais. Au début de notre relation, dans mon lit, avant de m'endormir. Les graves de ta voix m'enveloppaient de douceur, je me croyais la femme la plus comblée au monde. Plus tard aussi, après le jour noir. Tu terminais invariablement par la même phrase : Je voulais que tu saches que je serai toujours là, ma Céleste, ma chérie.

Les graves de ta voix me donnaient une raison de ne pas mourir. Je te croyais le plus vigilant, le plus attentif, le plus protecteur des hommes. J'avais foi en toi.

Encore aujourd'hui, cette voix me retourne le cœur.

Tu chuchotes, tu dis que tu aimerais me voir, que tu n'attends rien d'autre que quelques minutes, que tu as blessé, échoué, mais que tu veux essayer, si c'est encore possible, de préserver notre fils. Tu dis que tu étais près de ta mère ces derniers jours, qu'elle aussi a eu un accident, qu'elle se bat comme Milo. Tu dis que tu lui as demandé pardon, mais que tu ignores si tu l'as obtenu, que la vie offre de mystérieux redoublements qu'il serait fou de ne pas examiner. Tu dis qu'à nous aussi, tu veux demander pardon, à moi pour tes mensonges, à Marguerite pour ta lâcheté et ta violence. Tu dis que tu n'attends pas que nous oubliions, tu dis que tu es prêt à assumer tes actes, parce que c'est la seule manière de t'accorder encore le droit de vivre, le droit de te regarder dans la glace, le droit de te regarder dans les yeux de Milo, parce que c'est la seule manière de donner un sens à tout cela.

Tu dis que tu viendras à l'hôpital tout à l'heure pour expliquer à Milo ta responsabilité dans la disparition de Marguerite.

Tu dis que tu n'entreras pas dans les détails, mais que tu tiens à ce qu'il sache que tu es coupable parce que tu n'as pas seulement voulu bien faire, mais mieux faire, plus faire, et que c'était ça, la plus grosse erreur.

Tu dis que Milo doit apprendre cette leçon fondamentale : il arrive que l'on soit impuissant face aux événements.

Tu pleures, toi aussi.

# Marguerite

Le temps n'en finissait pas de s'écouler. La circulation s'était atténuée, puis les passants s'étaient raréfiés. Je n'avais pas de montre, mais je pouvais estimer l'heure : 22 heures, peut-être 23.

Je m'étais assise sur une borne de voirie, face au porche, c'était inconfortable mais à force de piétiner, mon dos commençait à souffrir. J'ignorais à quel moment il pourrait bien rentrer, s'il n'était pas sorti dîner avec des amis ou s'il n'avait pas une garde prévue pour la nuit. Je m'étais préparée à attendre, je n'étais pas impatiente, la confrontation serait sans doute difficile, mais j'étais déterminée, convaincue que c'était la meilleure option.

Un couple s'est arrêté près de moi pour me proposer son aide. Cela m'a peinée, je pensais que ce n'était pas si visible, ma précarité, ma fragilité, ma solitude, j'ai tenté un air bravache pour répondre que je n'avais besoin de rien, que j'attendais quelqu'un et au même instant, il est arrivé. Il devait être noyé dans ses pensées car il s'est pratiquement cogné à la femme, a sursauté en m'apercevant, tandis que je clamais,

Eh bien, je vous le disais, j'attendais quelqu'un, justement le voici !

Le couple s'est éloigné. Sa mallette à la main, son manteau boutonné et son écharpe beige nouée autour du cou comme un écolier, il était stupéfait de me voir. J'ai inspiré profondément pour calmer les battements de mon cœur, puis je lui ai demandé s'il accepterait de m'écouter, ça concernait Milo, ça le concernait lui, ça nous concernait tous, j'aurais besoin d'un peu de temps, une petite heure au plus, on pouvait s'installer dans un café s'il trouvait cela moins gênant, mais il a souri et m'a répondu : on sera plus tranquilles chez moi.

Avant de venir, j'avais démêlé mes cheveux, lavé ma robe, nettoyé mes bottines, déposé quelques gouttes de parfum dans mon cou. Je ne l'avais pas fait pour le séduire, mais parce que j'étais amoureuse, parce que je savais que ce serait sans doute la dernière fois que je pourrais éprouver ce sentiment, m'y laisser flotter, parce que j'arrivais à la fin de mon histoire, c'était ma façon de la terminer en beauté.

Revenir dans son appartement m'a bouleversée. À la seconde où j'y ai pénétré, j'ai mesuré combien je m'y étais sentie protégée, désirée, heureuse, mieux que partout ailleurs en dehors des fleurs sauvages dans lesquelles je me roulais avec Milo en plein été. Je n'ai même pas enlevé mon manteau. J'ai commencé à parler, Je sais que tu m'en veux, Gustavo, pour la grossesse, je peux tout éclaircir, je dois le faire, à vrai dire je suis venue ici pour ça, mais pas seulement, je suis venue car je suis exténuée, usée par cette vie fabriquée, ces mensonges, il fallait que tout cela s'arrête, mais pas n'importe comment, je ne voulais pas disparaître sans dire au revoir à Milo, sans m'expliquer et, pour cela, j'ai besoin de toi.

Il a eu une expression inquiète.

— Disparaître, Marguerite ? Qu'est-ce que tu entends par là ?

Disparaître : m'éloigner d'une manière ou d'une autre, supprimer mon nom de la liste, ma silhouette de la photo, puisque je suis en trop dans cette famille, puisque je suis celle dont on ne voulait pas, dont personne n'avait besoin, que personne n'avait réclamée, puisque je suis le grain de sable dans le bel engrenage, celle qui pèse, provoque des soucis, des ennuis, des souffrances, l'intruse, la gaffeuse, la maladroite et, pire, la coupable, mais de ça au moins tu es déjà au courant, alors vois-tu, je vais leur rendre ce service, je vais partir, je ne leur manquerai pas !

Pour moi, ce sera plus difficile. Je les ai aimés, j'ai aimé ma mère malgré sa froideur, j'ai aimé ma sœur qui m'a aimée aussi jusqu'à cet accident, j'ai aimé Milo plus qu'il n'est possible de l'exprimer, il était à la fois mon neveu, mon fils, mon frère, mon seul ami, je les aime toujours, ils sont dans mon cœur, mon sang, mais voilà, justement parce que je les aime tant, je dois les libérer de ma présence, plus de Marguerite, plus de problèmes, plus de tensions, plus de non-dits : retour au calme.

Il a froncé les sourcils : c'était confus. Je lui ai proposé de reprendre au début, s'il le voulait bien, je lui ai fait promettre de m'interrompre quand il en aurait assez, je n'étais pas sûre que cela puisse l'intéresser, mais il a souri, Bien sûr, Marguerite, que ça m'intéresse, au plus haut point d'ailleurs, tu n'imagines pas !

Alors j'ai raconté comment j'avais grandi pour ainsi dire sans père et mère, disons sans l'amour d'une mère mais avec celui de Céleste, comment j'avais appris que mon père n'était pas celui que je croyais, comment j'avais souffert en silence de l'enfant mort, pour moi, pour ma sœur, comment j'avais cru trouver en Lino un frère et comment celui-ci m'avait anéantie, et surtout comment, depuis ce jour, j'avais essayé de tricher avec l'amour, les hommes, les événements, de quelle manière j'avais menti, inventé, édifié, arrangé, parce qu'il fallait fuir vers l'avant pour ne pas tomber, pour ne pas s'arrêter, pour ne pas affronter, il le fallait pour s'en sortir, pour vivre tout simplement.

Il a posé plusieurs questions, c'était à la fois le médecin et l'homme qui m'interrogeaient et ça me rassurait, parce que j'espérais qu'il pourrait me dire si j'étais une malade incurable, complètement folle d'être allée aussi loin, s'il fallait m'interner d'urgence, m'assommer de médicaments, et puis, j'étais tellement soulagée de pouvoir déposer chaque brique de ma construction sur la table, me débarrasser de chacun de mes mensonges, ôter mes déguisements, je me sentais soudain si légère malgré la perspective sombre de me retrouver au mieux dans une solitude totale, au pire dans un établissement spécialisé, si légère que je ne redoutais plus le diagnostic, je craignais seulement qu'il ne me croie pas, parce qu'il était ma dernière porte de sortie.

Il m'a crue.

— En effet, il va falloir te soigner, Marguerite. Non parce que tu es folle, mais parce que tu es blessée. Parce que tu es abîmée.

La douceur dans sa voix m'a chavirée.

Il s'est approché.

— Une chose est sûre : tu n'as pas menti lorsque tu étais dans mes bras. Quant au reste, je peux tout comprendre. J'ai vu assez de corps et d'esprits fracassés, de vérités dévoilées – c'est le privilège et le fardeau de ce métier. Je te remercie de t'être confiée, Marguerite. Ça n'a pas dû être facile. Tu peux être fière, et moi, je vais t'aider, je te le promets.

Vingt-huit ans de combat. Tomber à genoux, abandonner, accepter d'en finir. Puis entendre une poignée de mots et envisager de renaître.

Il a passé sa main chaude sur mon front.

— Comment te sens-tu ? Tu devrais dormir un peu.

Dormir ? Tu es le seul, Gustavo, qui m'ait regardée, écoutée différemment dès le premier jour. Tu te soucies de moi, alors que nous avons si peu vécu ensemble. Malgré tout ce que tu viens d'apprendre, tu ne me juges pas. Je ressens tant de gratitude. Je ne veux pas dormir, non. Je veux utiliser la force que tu viens de m'insuffler. Je veux revoir Milo. Je refuse qu'il pense que je l'ai abandonné. Cela te fera sûrement sourire, mais nous avions des engagements, lui et moi. Je veux le revoir et lui dire que je ne les ai jamais trahis. Qu'il a eu raison de me faire confiance. Je veux assumer mon erreur, lui demander pardon de l'avoir entraîné sur cette route, mais surtout, surtout, qu'il soit sûr que je ne me suis pas enfuie. S'il te plaît, Gustavo. Permets-moi de le revoir. Une seule fois. Je t'en prie.

Il a arrangé les coussins, m'a fait signe de m'allonger. Il avait une expression amusée.

— Oh oui, Marguerite, tu le vas revoir. À vrai dire, ce n'est pas que je le permette, mais plutôt que je le recommande. Ce n'est pas seulement parce que tu le souhaites mais parce qu'il a besoin de toi. Depuis que tu es partie, ta famille s'est désintégrée. Tu croyais être superflue ? Détrompe-toi : je crois plutôt que tu étais la colonne vertébrale, le pivot commun. Ta sœur, ta mère, ton beau-frère, personne ne se parle plus depuis que tu as disparu. Ils se croisent, se toisent, et devine qui souffre le plus ?

J'ai une proposition à te faire, Marguerite. Car moi aussi, j'aime ce petit garçon. Je l'ai aimé à la seconde où il a pénétré dans ce service et il me l'a bien rendu. Il était plein d'énergie, de promesses. Il enchantait le bâtiment, les soignants, les patients. Tout s'est délité lorsqu'il a compris que tu ne reviendrais pas. Il t'a réclamée avec insistance, ta sœur a prétexté que tu étais en mission, mais il n'a pas acheté sa version, il a régressé, il s'est assombri. Il ne parle plus à personne sauf à moi, par instants, rarement. Il refuse les exercices qu'on lui propose, fixe le mur de sa chambre pendant des heures, n'allume plus la télévision, n'écoute plus de musique. Il a besoin de toi, il t'attend, et il le fait savoir. Reste ici pour la journée et rejoins-moi ce soir après la fin des visites. Je te conduirai à sa chambre. Les infirmières de nuit sont des amies, elles garderont le secret.

Ce soir-là, Gustavo est venu m'accueillir à l'entrée de l'hôpital, fermé à cette heure tardive. Nous avons longé les bâtiments en silence comme deux cambrioleurs, puis nous avons grimpé les marches quatre à quatre. Gustavo a gratté à la porte de la chambre.

— Oui ? a fait une toute petite voix.

Gustavo a entrouvert.

— Je t'avais promis une surprise, j'espère que notre accord de confidentialité tient toujours ?

— Oui, a fait à nouveau la voix de Milo – le seul fait de l'entendre me plongeait déjà dans le bonheur.

Gustavo a reculé et m'a laissée pénétrer.

Je ne t'avais pas vu depuis des années, des siècles, des vies, Milo.

Il a écarquillé les yeux, bégayé, peiné à prononcer mon prénom Ma, Ma, Margue, oh, Margue, qui de nous deux était le plus ému, ou même de nous trois, je ne sais pas.

— Eh bien, a plaisanté Gustavo, voilà un peu de carburant, mon cher Milo, mais attention, je compte sur toi pour ne pas le gaspiller !

Milo souriait, se redressait, tendait les bras, moi je titubais, je me suis précipitée sur lui, Hé, doucement, Marguerite ! a ri Gustavo, ce petit homme a épuisé son crédit de fractures !

Sa plaisanterie m'a fait l'effet d'une gifle, j'ai reculé, Pardon, mon Milo, pardon de t'avoir emmené faire cette course, toutes ces douleurs, ces difficultés, tout ce que tu endures est ma faute ! Mais il a aussitôt secoué la tête en signe de dénégation, Non, non, non, Margue, non, et Gustavo a murmuré d'un ton émerveillé, Eh bien voilà, c'est aussi simple que ça, tu vois, Marguerite, Milo n'avait pas eu des mouvements de tête aussi francs, aussi fermes depuis un bon moment, et ces bras presque vigoureux, on dirait que la thérapie fonctionne déjà, mais nous allons faire mieux encore, qui est partant pour une balade ?

Il s'est éclipsé quelques minutes, durant lesquelles Milo et moi sommes restés blottis l'un contre l'autre. Lorsqu'il est revenu, il poussait un imposant fauteuil roulant.

— Par ici, monseigneur !

Son accent brésilien, ajouté à la révérence qu'il mimait, était aussi drôle que bouleversant. Il a soulevé Milo et l'a déposé avec délicatesse sur le fauteuil. Puis il a ajouté plusieurs couvertures et a noué sa propre écharpe autour de son cou gracile.

Dans le couloir, l'infirmière qui passait en tirant son chariot nous a lancé un clin d'œil entendu. Nous avons emprunté le monte-charge et sommes descendus au rez-de-chaussée.

— Juste pour le plaisir de prendre l'air, hein, a commenté Gustavo.

Je serrais la main de Milo dans la mienne, il a tourné sa tête et m'a souri tendrement tandis que Gustavo poussait le fauteuil.

Ce soir-là, nous nous sommes contentés de faire le tour du bâtiment. Nous avons simplement respiré l'air, observé les arbres et les étoiles, écouté ensemble les bruits nocturnes comme nous l'avions fait si souvent autrefois. Les soirs suivants, alors que les températures s'étaient élevées, nous nous sommes aventurés jusqu'au fond du parc. Milo caressait les écorces du doigt et moi, je caressais ses cheveux.

Durant nos escapades, je lui ai raconté que j'avais menti sur mes études et sur mon emploi. J'ai ajouté que je n'en étais pas fière, que je n'avais pas su arrêter la machine, jusqu'à cet accident, jusqu'à ces derniers jours. Je lui ai promis de lui expliquer, de répondre à toutes ses questions lorsqu'il se sentirait capable de me les poser.

Il m'a écoutée avec beaucoup de sérieux.

Tu te souviens, Milo, de notre jeu ?

Pardonnable, impardonnable.

Après chaque promenade, Gustavo faisait de nous une photo qu'il imprimait et légendait. Jour de la marche. Jour de la fourchette. Jour de la piscine. Jour du ballon. Car après chaque sortie, Milo effectuait un nouveau progrès. Il réintégrait son lit les joues rouges, je l'embrassais encore et encore, Gustavo plaisantait en montrant la photo de la veille, puis sonnait la fin des réjouissances : tout le monde va se coucher !

Je me suis réinstallée chez lui.

Nous ne parlions pas de nous, d'avenir, nous nous préoccupions seulement du présent. Parfois, il me donnait des nouvelles de ma famille.

— Céleste est aux anges de voir les progrès de Milo. Quant à Jeanne, elle lui a encore promis aujourd'hui qu'elle te retrouverait. Il semble que tout le monde s'inquiète et te cherche sans relâche. J'étais un peu gêné d'entendre ça. Milo aussi, je crois. Mais il n'a rien dit de notre secret, rien montré.

— Tu vois, Gustavo : je suis un problème.

— Nous pourrions le résoudre. Il va falloir s'y préparer, de toute façon. Jusqu'ici, Milo pensait que tu n'étais pas la bienvenue. Il te protégeait en dissimulant ta présence.

— C'est le cas.

— Ne crois pas cela. Les choses changent, ils changent. Tous. Attention, Marguerite : tu as voulu sortir du mensonge, mais nous sommes en train d'y replonger, et cette fois c'est à trois, tu nous entraînes avec toi.

— Laisse-moi du temps, je t'en prie.

Laisse-moi ce temps de bonheur, Gustavo. J'ai peur que cette parenthèse se referme, qu'à nouveau il y ait de la cruauté et des déceptions. Laisse-moi profiter de ce rêve éveillé, des caïpirinhas que tu me tends le soir, de tes disques de Seu Jorge et d'Os Mutantes, de tes caresses, de ta bonté, de tes éclats de rire. Laisse-moi profiter des échappées avec Milo, des clairs de lune et des nuits ennuagées, lorsque nous cherchons à distinguer des formes fantomatiques et jouons ensemble à nous faire peur.

Le temps viendra bien assez tôt où il faudra se présenter à la barre, ou bien disparaître pour toujours après un dernier adieu.

Le téléphone offert par Gustavo a sonné dans la matinée. Ce ne peut être que lui, personne d'autre n'a ce numéro.

— Marguerite, viens maintenant à l'hôpital. Je t'appelle un taxi.

— Maintenant ?

— Ils sont tous là, Céleste, Jeanne, Lino : cela faisait longtemps qu'ils n'avaient pas été réunis. C'est un signe, c'est le moment, Marguerite. Sois courageuse, Milo le mérite, alors si ce n'est pour toi, fais-le pour lui.

— Ils me mettront dehors. Et ils te traîneront en justice en apprenant que tu m'as fait entrer.

— Ne t'inquiète pas pour moi, je suis un grand garçon. Tu n'es pas frappée d'une mesure d'éloignement, et quand bien même ! S'il te plaît, Marguerite, viens. Sais-tu ce que je pense ? Au pire, ils se neutraliseront les uns les autres. Crois-moi, il vaut mieux les affronter en groupe. Milo sera soulagé, il n'aura plus rien à cacher. Et il se pourrait bien qu'ils comprennent ce qu'ils te doivent.

Je me suis roulée une dernière fois dans le grand lit, j'ai respiré l'odeur dans son oreiller. Puis j'ai enfilé ma robe à damiers rouge et blanc.

Gustavo m'attendait devant l'ascenseur. Il m'a accompagnée jusqu'à la chambre. Je n'avais pas envie d'être là. Je n'avais pas envie de les voir. Surtout pas Lino, surtout pas ma mère. Dans mon sac, j'avais emporté le carnet concernant mon père. Je le lui rendrais. Cette histoire lui appartenait.

— Allons, a murmuré Gustavo. Vas-y, entre.

J'ai poussé la porte. Lino était appuyé contre le mur, face au lit de Milo. Céleste et Jeanne étaient assises à son chevet.

— Marguerite, a souri Milo. Marguerite !

Ils se sont tournés vers moi, trois regards parcourus d'un courant électrique. Ma mère a lâché le livre qu'elle tenait, tandis que Céleste se précipitait vers moi, Marguerite, tu es là, oh merci, merci, merci, comme je t'aime, ma Margue, elle m'a serrée contre elle, elle m'a couverte de baisers, je n'avais plus de mots, mon cerveau ne proposait rien, c'était trop de stupéfaction, trop d'inattendu !

Ma mère s'est approchée à son tour, a pris ma main dans les siennes, Céleste me serrait toujours aussi fort, à m'étouffer, Marguerite, a soufflé Jeanne, Marguerite, Marguerite, Marguerite, elle répétait à son tour mon prénom en tremblant, sans parvenir à poursuivre sa phrase, pour la première fois elle semblait heureuse, émue de me voir, il y avait dans ses yeux cette lumière que j'avais guettée si longtemps, que je n'attendais plus, cette attention, ce regard qui ne comportait ni agacement ni mépris, ni colère ni froideur, ce regard qui parlait sinon d'amour, au moins d'attachement.

Nous sommes demeurées longtemps les unes contre les autres, presque imbriquées.

Je cherchais ma respiration

J'étais en apnée.

Hagarde, sonnée.

Le sourire de Milo, radieux.

Le sourire de Gustavo.

Lino, un cadavre, collé contre le mur.

Tout cela est-il possible ? Pourquoi ?

Tout cela est-il durable ?

Pardonnable, impardonnable.

À qui le tour ?

La kinésithérapeute est venue chercher Milo, Navrée de vous interrompre, c'est l'heure de la séance ! Elle a tendu les bras pour l'aider, mais il a posé seul le pied par terre, il avait un regard triomphant en franchissant le seuil.

— Céleste, il faut que je te dise...

— Pas maintenant, Margue. Nous allons prendre le temps. Il va nous en falloir, mais puisque tu es là, tout ira bien.

Elle m'a encore une fois serrée contre elle.

J'ai annoncé à Gustavo : ce soir, je ne dormirai pas chez toi. Il a répondu : j'espère bien !

Éblouissement.

Lorsque je suis sortie de la chambre pour aller me laver les mains, Lino, jusque-là demeuré muet, m'a rattrapée.

— Je te demande pardon, Marguerite. Cela fait treize ans que je te le dois. Treize ans de pourrissement, treize ans pour que je puisse te regarder en face. Je ne peux rien faire de plus, je suis désolé.

Il s'est engouffré dans l'escalier, j'ai frissonné.

Nous avons pris le temps, comme promis. Céleste et Jeanne m'ont raconté : les illusions, la vérité, les révélations et les bouleversements. Moi aussi. Nous avons terminé le puzzle de nos vies, cette fois nous possédions toutes les pièces et, ensemble, nous avons réussi à les remettre dans le bon ordre. Du chagrin, des erreurs, des blessures, des espoirs.

Je n'aurai donc jamais de père, mais il n'est pas tout à fait impossible que j'aie un jour une mère. Tout cela fait encore mal, mais comme l'a souligné Gustavo, la cicatrisation est une affaire de patience. Pour elles comme pour moi.

Elles aussi m'ont demandé pardon. Alors j'ai tenu à en faire de même. La mythomanie, l'accident de Milo, ce n'était pas rien.

Mais Céleste a dit : Milo est tombé pour nous aider à grandir.

Je trouvais qu'elle exagérait. Je trouvais que c'était injuste pour Milo, que lui, en tout cas, ça ne l'aidait pas à grandir.

Elle a persisté.

Elle pense qu'il a gagné deux parents séparés mais conscients. Elle pense que ce que nous vivons tous lui servira aussi, qu'il apprendra, plus tôt que d'autres, combien il est important de parler, de s'écouter, de partager.

Milo s'est penché vers moi. Il m'a glissé à l'oreille, de sa voix encore mal assurée : pardonnable.

# Remerciements

À Karina Hocine-Bellanger pour son humanité, sa délicatesse et son grand talent, Laurence Barrère pour sa subtilité, son humour et sa poésie, Claire Silve pour sa sensibilité et sa rigueur, Philippe Dorey (et toute l'équipe commerciale), Éva Bredin, Brigitte Béranger et Anne Blondat pour leur enthousiasme et leur soutien sans faille.

À Corinne Rives, toujours près de moi, pour sa clairvoyance bouleversante et sa bienveillance infinie.

À Nathalie Couderc le chevalier et Lydie Zannini l'alchimiste, pour leur inestimable écoute, leur énergie et leurs convictions, et à travers elles tous les libraires passionnés qui m'encouragent et me portent depuis des années.

À Solange Payet pour ses indications éclairées et Hélène Tibéri pour son épatant grain de sel.

Aux chroniqueurs, blogueurs et lecteurs qui ont aimé, défendu, transmis *L'Atelier des miracles*.

À mes parents, mes enfants, la joyeuse tribu de ma famille et de mes amis qui m'émerveille, m'enchante et m'équilibre, avec une pensée spéciale pour Sylvie Aouston et Sophie Deiss.

Et bien sûr à Eric, dont l'amour, le regard et la force, jour après jour, rendent ce chemin possible.

11382

*Composition*
NORD COMPO

*Achevé d'imprimer en Espagne*
*par* BLACKPRINT CPI IBERICA
*le 23 février 2016.*

Dépôt légal février 2016.
EAN 9782290113943
OTP L21EPLN001846N001

ÉDITIONS J'AI LU
87, quai Panhard-et-Levassor, 75013 Paris

*Diffusion France et étranger : Flammarion*